이별하는 골짜기

이별하는 골짜기

임철우

1954년 전남 완도에서 태어났다. 1981년 『서울신문』 신춘문예로 등단했다. 소설집 『아버지의 땅』 『그리운 남쪽』 『달빛 밟기』 『황천기담』 『연대기, 괴물』, 장편소설 『붉은 산, 흰 새』 『그 섬에 가고 싶다』 『등대』 『봄날』 『백년여관』 『이별하는 골짜기』 등을 펴냈다. 한국일보 창작문학상, 이상문학상, 단재상, 요산문학상, 대산문학상 등을 수상했다.

임철우 장편소설

이별하는 골짜기

초판 1쇄 발행 2010년 8월 20일
초판 3쇄 발행 2025년 8월 25일

지은이 임철우
펴낸이 이광호
펴낸곳 ㈜문학과지성사
등록번호 제1993-000098호
주소 04034 서울 마포구 잔다리로7길 18 (서교동 377-20)
전화 02)338-7224
팩스 02)323-4180 (편집) 02)338-7221 (영업)
전자우편 moonji@moonji.com
홈페이지 www.moonji.com

ⓒ 임철우, 2010. Printed in Seoul, Korea

ISBN 978-89-320-2073-0 03810

이별하는 골짜기

임철우 장편소설

문학과지성사
2010

차례

사라져가는 이 땅의 간이역들에게

프롤로그

10월의 끝자락, 강원도의 가을은 깊다. 그중에서도 정선의 가을빛은 한결 더 깊고 아늑하다. 구절양장 첩첩산중. 해발 천 미터 이상의 봉우리만도 서른 개가 넘는 대표적 고산지대. 참빗 살처럼 빼곡한 능선들과 실뿌리처럼 뻗어 나간 무수한 물줄기. 아스라이 깎아지른 천길 절벽들이며 숨이 넘어가게 구불구불 치닫는 고개와 고개…… 이즈음 정선 땅은 그 어디나 온통 선연한 단풍 빛에 혼곤히 잠겨 있다.

지도를 펼쳐 보면, 그 첩첩 병풍 같은 협곡들 사이, 외줄기 철길 하나가 서에서 동으로 구불구불 이어져 있다. 태백선이다. 충북 제천에서 출발, 모두 열아홉 개의 작은 역들을 지나 태백 시 외곽의 백산역까지 이어지는 전장 백여 킬로미터의 국내 대 표적인 산업철도. 한때 수십 년 동안 전국 최대의 화물 운송량을 자랑하던 적도 있었지만, 이젠 석탄업의 쇠퇴와 함께 아득한 전설처럼 뒷전으로 밀려나버린 노쇠한 철길.

지금 그 쓸쓸한 철길로 지네를 닮은 열차 하나가 동쪽을 향해 숨차게 달리고 있다. 꽁무니에 객차 일곱 량을 단, 청량리발 강릉행 무궁화호 열차다. 방금 전 영월역을 빠져나온 그것은 이내 탄부, 석항역을 차례로 슬렁슬렁 통과했다. 하나같이 작고 초라한 산골 역들이다. 예미, 함백, 조동, 자미원역을 지나온 열차는 이윽고 증산역에서 잠시 정차한다. 그곳 증산역을 기점으로 철길은 두 줄기로 갈라진다. 한쪽은 태백을 거쳐 곧장 강릉까지 달리고, 다른 하나는 정선읍을 거쳐 종점인 구절리역까지 이어지는 전장 45.9킬로미터의 정선선이다.

조금 전 우리가 따라왔던 그 강릉행 열차는 이미 부리나케 동쪽으로 떠나버렸다. 이용객이 적은 산골 역에선 늘 그렇다. 갈 길 먼 급행열차들은 으레 오줌 마려운 강아지처럼 서는 둥 마는 둥 하고 달아나버린다. 지금 증산역 플랫폼에 내린 승객은 스무 명쯤. 그중 절반은 건널목을 질러 개찰구를 빠져나갔고, 나머지는 반대편에 대기 중인 정선선, 구절리행 비둘기호 열차에 옮겨 타는 중이다. 그것은 현재 전국에서 이곳 정선선에만 유일하게 남아 운행되고 있는 완행열차다.

정선선을 운행하는 차량은 디젤 기관차 하나에 객차라곤 딱 두 개뿐. 그래서 일명 꼬마 열차라고도 부른다. 한때 객차를 네댓 개씩 달고 오가던 호시절도 있었다. 하지만 광산업의 쇠퇴와 함께 인구도 돈도 썰물 빠지듯 떠난 뒤, 이 일대는 삽시간에 적막강산으로 변해버렸다. 저 꼬마 열차의 처지가 모든 걸 대변해준다. 명색이 비둘기호인 그 완행열차는 기관차건 객차건 낡고 허름하기 짝이 없다. 맨 마지막으로 몸체를 도색한 게 언제였을까. 시커멓게 전 때는 고사하고 사방에 칠 벗겨진 자리마다 녹이 슬어 벌겋다. 필시 그것들은 머잖아 고철 처리장으로 옮겨져 함께 최후를 맞이하게 되리라.

이윽고 정선행 꼬마 열차가 둔중하게 움직이기 시작한다. 바퀴가 덜컹일 때마다 객차는 한 켤레 고무신마냥 좌우로 뒤뚱댄다. 증산역을 벗어나자 철길 양쪽 산세가 부쩍 험상해졌다. 산 그늘 드리운 가파른 골짜기를 열차는 늙은 고양이처럼 연신 갸릉갸릉 신음 소리를 내며 10여 분쯤 기어오른다. 터널 하나를 통과하고, 이어 작은 다리를 건넜다. 마침내 저만치 좁은 골짜기 어귀, 아담한 건물 하나가 톡 튀어나온다. 도토리 깍지를 닮은 조그마한 역사. 딱 한 채뿐인 그것의 지붕 꼭대기엔 간판 한 개가 달랑 붙어 있다.

'이별하는 골짜기' 라는, 퍽도 애잔한 이름을 지닌 산골 역.
맞았다. 바로 우리가 찾던 그 역이다.

가을

- 별어곡 시인

오전 10시.

역사 창가에서 안경 쓴 청년 하나가 밖을 내다보고 있다. 짙은 청색 근무복, 잘 다림질한 와이셔츠에 갈색 넥타이. 가슴엔 '역무원 정동수'라는 명찰을 달았다. 짧은 머리에 호리호리한 체격의 이 스물일곱 살 청년은 별어곡역 막내 역무원이다.

"아하, 어느새 해가 나왔군."

청년은 문득 중얼거린다. 조금 전 책상 앞에서 무심코 고개를 들어보니, 어느 사이 바깥은 온통 황금빛이었다. 창을 넘어온 노란 햇살이 그의 동공에까지 스며든다. 맞은편 산등성이 위로 해가 막 떠오르고 있다. 별어곡은 원래 햇볕이 귀한 마을이다. 눈앞을 가로막은 해발 1,117미터의 민둥산 때문에 아침이 유난히 늦게 찾아온다. 이런 늦가을엔 한낮에나 잠시 햇볕 구경을 할 수 있을 뿐이다.

청년은 커튼을 마저 걷어 올린다. 화단 잔디밭엔 단풍잎이 수
북하다. 햇살에 잎맥까지 선연히 비치는 낙엽들은 흡사 빨간 나
비 떼 같다. 잎을 다 지워낸 늙은 벚나무 모습이 앙상하다. 단
풍나무 역시 우듬지에만 겨우 몇 잎 남겼을 뿐이다. 간밤 내내
골짜기를 쓸어내리는 바람이 굉장했다. 늦도록 하숙방에서 책
을 읽다가 그는 웬 빗소리인가 하고 여러 번 창문을 열어보았
다. 좌르르좌르르. 바람결에 나무들이 일제히 이파리를 털어내
는 소리였다.

개울 건너 낙엽송 군락은 오늘따라 환한 황금빛이다. 몰라보
게 헐거워진 숲에서 낙엽송의 풍성한 몸피만 사자 갈기처럼 유
독 탐스럽다. 곧 겨울이 닥치면 저 황금빛도 홀연 스러지리라.
청년은 창밖으로 고개를 더 내민다. 마을의 잿빛 지붕들이 늦은
아침 햇살에 흠뻑 젖어 있다. 시간의 흐름조차 멎은 듯, 마을은
늘 그렇게 고즈넉하다.

"참, 그 녀석은 어디 있지?"

청년은 고개를 내민 채 주차장과 한길 부근을 살펴본다. 이틀
전, 격일로 돌아오는 야근 일이었다. 근무 조는 언제나 청년과
신 씨, 양 씨 이렇게 셋이다. 두 사람이 먼저 저녁 식사를 마치
고 돌아온 후, 청년은 혼자 역사를 나섰다. 한길로 들어서는데,
건너편에서 코란도가 급정거를 했다. 저 개새끼가 죽을라고 환
장을 했나! 머리를 내밀고 운전석 사내가 악을 썼다. 전조등 불

빛에 개 한 마리가 얼핏 비쳤다. 주먹만 한 치와와였다.

코란도가 사라진 뒤 그는 개에게 다가갔다. 가로등 불빛 아래 잔뜩 웅크린 채 녀석은 바들바들 떨고 있었다. 처음 보는 녀석이었다. 주인 몰래 빠져나왔을까. 하지만 그쪽은 인가라곤 전혀 없는 골짜기였다. 이리 오렴. 자, 괜찮아. 그가 손짓을 했으나 개는 깜깜한 수풀 속으로 도망쳐버렸다. 식당에서 돌아오는 길에 다시 녀석과 마주쳤다. 이번엔 읍내 쪽으로 달리던 트럭에 영락없이 깔린 줄만 알았다. 바퀴 밑에서 기어 나오자마자 녀석은 또 숲으로 달아났다.

"그 생쥐만 한 치와와 말이지? 오후부터 그 부근을 계속 맴돌고 있더군. 못된 인간들이 내버리고 달아난 거지 뭐."

"설마요. 잡종 개도 아니고 애완견을."

양기백 씨는 어처구니없다는 듯 그를 돌아보았다.

"이 친구, 순진하긴. 그나마 애완견이니까 차마 못 잡아먹고 내다버린 거야. 엊그제 고속도로 휴게소에서도 내 눈으로 똑똑히 봤지. 웬 중년 여자가 주차장에다 개를 슬그머니 내려놓고는 휭 내빼는 거야. 비까번쩍한 외제 승용차였어. 첫눈에도 늙고 병든 개 같던데, 주인 찾느라 미친 듯 이리저리 뛰어다니는 꼴이라니."

"몹쓸 위인들일세. 그럴 바엔 애당초 키우질 말았어야지."

정년을 앞두고 있는 신 씨가 옆에서 혀를 찼다.

"누군가 보고 데려다 키워주겠지 하는 속셈이겠지만, 이런 시골에서 그럴 사람이 누가 있나요. 결국 굶어 죽거나 들짐승한테 잡아먹힐 텐데."

양 씨가 말했다. 청년은 두려움에 질린 개의 눈빛을 떠올렸다. 개는 지금 기다리고 있는 것이다. 뭔가 착오가 있었을 뿐이야. 깜박 잊고 떠났던 주인이 날 찾으러 금세 되돌아올 거야. 그 믿음 때문에 개는 부근을 맴돌며, 자동차 불빛만 나타나면 한길로 냅다 뛰어드는 것이다. 나 여기 있노라고.

청년은 어제 아침 그 개를 또 보았다. 야근을 마치고 퇴근하는 길이었다. 녀석은 길가 풀밭에 완전히 기진맥진해 엎드려 있었다. 눈이 마주치는 순간, 청년은 하숙집으로 데려가야겠다고 생각했다. 이리 와. 네 주인은 이젠 돌아오지 않아. 우리 집에 가면 먹을 걸 줄게. 그는 팔을 벌린 채 입술을 둥글게 말아 요요요 하고 불렀다. 개는 역시 숲으로 비실비실 달아났다.

"뭘 그리 넋 놓고 보고 있는 거야. 이젠 창문 좀 닫지그래."

"벌써부터 추우세요, 양 선배님?"

"겨울이 코앞인데, 벌써라니. 아무나 다 자기처럼 피 끓는 20댄 줄 아나."

매표 단말기를 들여다보며 양 씨가 툴툴댄다. 통통한 몸집에 사람 좋아 뵈는 30대 후반의 그는 인제군 기린면이 고향이다.

"별어곡의 진짜 추위 맛을 아직 몰라서 그래. 올 겨울만 한번 지내보라지. 불알 땡땡 얼어붙는다는 말이 실감 날걸. 참, 거긴 아직 총각인데 불알이 얼면 안 되지."

양 씨가 킬킬거린다. 청년도 따라 웃었다.

"단풍잎이 하룻밤 새에 다 졌네요. 산골 가을은 짧다더니만
……"

"그쪽이나 분위기 잡고 실컷 즐기라고. 난 아주 지긋지긋하
니까."

"단풍 싫어하는 사람도 있습니까? 더구나 선배님은 이쪽 출
신이시면서."

"그야 어렸을 땐 좋았지. 우리 고향 단풍이야말로 기가 막히
거든. 내린천을 따라 읍내까지 매일 버스 통학을 했는데, 학
교 땡땡이치고 애들이랑 알밤 줍느라 온종일 산속을 들쑤시고
다녔어. 그랬는데, 이젠 계절이 오는지 가는지, 영 심드렁하기
만 해."

"벌써부터 그러시면 어쩝니까."

"나이 탓이 아니라니까 자꾸 그러네. 정 시인도 깜깜한 산골
역만 찾아다니며 십수 년 푹 썩어보라구. 봄인지 가을인지, 아
예 관심조차 없게 될걸. 앞 뒷산이 담벼락만 같아 뵌다는 말씀
이야."

정 시인이라는 호칭에 청년의 낯빛이 슬쩍 붉어진다. 지난봄,
철도청 사보에 청년의 시 한 편이 얼굴 사진과 함께 실렸다. 첫
발령지인 이곳에 부임한 뒤 습작 삼아 써본 걸 독자투고란에 냈
던 것이다. 「별어곡 풍경」이라는 제목 때문이었는지, 서울에서
사보 담당 여기자가 찾아와 인터뷰까지 하고 갔다.

“우리 역에 경사가 났구먼. 손님들한테도 알려야지.”

역장은 싱글벙글, 손수 그 페이지를 복사해 대합실 게시판에 떡하니 붙였다. 읍내로 통학하는 계집아이들이 그걸 들여다보며 야단이었다. 시인 아저씨. 사인 좀 해줘요. 나도요. 이쪽도요. 볼펜과 찢어낸 노트 장을 매표구로 쑤셔 넣으며 계집아이들은 킬킬댔다. 그때마다 그의 얼굴은 홍시처럼 달아올랐다. 그가 제 손으로 직접 떼어내지 않았다면, 그 종이는 아직 거기 붙어 있었을 것이다.

그는 돌아와 자리에 앉아 서랍에서 노트 한 권을 꺼낸다. 겉표지를 연한 분홍색 비닐로 입힌 그것은 청년의 시작 노트다. 손수 틈틈이 기록해온 단상이며 시 구절 따위가 들어 있다. “세상의 모든 아름다운 이름들에게.” 표지를 넘기면 속장에 그렇게 적혀 있다. 첫 페이지는 이렇게 시작된다.

9월 9일. 풀밭을 맨발로 걷는 꿈. 발바닥을 핥는 이슬. 젖은 풀잎의 감촉. 발목까지 홍건한 물기……

9월 10일. 수도꼭지에서 똑똑 떨어지는 물소리. 창밖 전깃줄에 매달린 쪼그라든 노란 풍선. 할미새가 벽돌담 위에 남겨놓고 간 동그란 똥……

9월 11일. 등나무 아래 벤치에 오늘도 함께인 노부부. 그들의 지팡이와 무릎 위에 공평하게 내려앉는 햇살. 소리 없이 입만 벌리고 하아 웃는 두 사람의 웃음. 그 웃음이랑 꼭 닮은 초가을 햇살.

9월 12일. 몇 번의 시도 끝에 마침내 성공한 재채기. 어머니의 전화 목소리. '어째 몸은 편하냐. 혼자여도 밥은 절대로 거르지 말거라.'

그것은 대부분 순간순간 떠오르는 감각적 인상이나 풍경, 연상 따위들이다. 말하자면, 청년은 일상 속에서 뭔가 새롭고 특별한 느낌이나 의미를 찾아내는 상상력 훈련을 하는 중이다. 그 노트를 구입한 건 두 달 전, 읍내 문화원에서 문학 강연이 있던 날이었다.

서울에서 원로 시인을 초청, 창작 강의를 열기로 했다는 기사가 어느 날 지역 신문에 실렸다. 역장에게 어렵사리 부탁해서 야근 일을 바꾼 그는 세 차례 강의를 모두 들었다. 모 대학 국문과 교수로 퇴직한 육순의 시인은 시종 열변을 토했다. 청중은 스무 명 남짓. 지역의 무명 문인들과 주부독서클럽 회원, 그리고 고교생 두어 명 정도였다. 첫날 수업 후, 청년은 자신의 습작 시 몇 편을 시인에게 수줍게 건넸다. 마지막 날 시인은 그것들을 돌려주며 말했다.

"아직 미숙하긴 해도, 나름대로 가능성은 보이더군. 그런데 자네의 시는 천편일률적으로 어둡고 칙칙해. 초보자들의 공통된 특성이지. 시란 무조건 무겁고 비극적이어야 한다는 식의 오해 때문이랄까. 자, 내가 한 가지 유익한 방식을 가르쳐주지.

이제부터 날마다 뭐든 아름답고 행복한 것들을 천 가지만 찾아 내봐. 그리고 그걸 노트에 빠짐없이 기록해보란 말이야. 그 모 든 것이 시의 놀라운 원료가 될 테니까."

그날 별어곡으로 돌아오는 밤, 열차 안에서 청년은 내내 가슴 이 설레었다. 새 노트를 어루만지며 그 노시인의 말을 수없이 되새겼다.

"자아, 두 눈을 한번 크게 떠봐. 어린아이의 눈으로 주변을 둘러보란 말이야. 이 세상엔 우리를 행복하게 하는 것들, 아름 다운 것들로 가득 차 있어. 하도 많아서 일일이 셀 수조차 없을 정도라고. 이거 봐, 젊은 친구! 시는 말이지, 아름다움이야. 슬 픔조차도 아름다움이라는 걸 알고 있나? 허허허."

청년은 벅찬 행복감을 느꼈다. 고립된 산골 역의 하루하루가 이젠 지루하지 않을 것 같았다. 좁고 답답하던 산골짜기도 새 삼 정겹고 사랑스러워 보였다. 차창에 이마를 기댄 채 그는 혼 자 되뇌었다. 아, 삶이란 얼마나 아름다운가. 생명은 얼마나 벅찬 축복인가. 그리고 창밖 영롱한 별들을 쳐다보며 결심했 다. 난 시인이 될 것이다. 기막히게 멋진, 감동적인 시집들을 써내리라.

그 밤의 열정을 잠시 떠올려보던 청년은 볼펜을 집어 든다. 그리고 노트에 이렇게 적어 넣는다.

10월 20일. 아침 잔디밭에 수북이 쌓인 단풍잎, 혹은 붉은 나비 떼. 이파리의 실핏줄 같은 잎맥. 낙엽송 숲, 그 풍성한 황금빛 갈기에 내려앉는 10월의 햇살. 말라가는 나뭇잎의 냄새. 대기에 가득 찬 소멸과 이별의 예감……

청년은 조금은 흐뭇한 얼굴로 한 번 더 읽어본다. 그때 문이 열리고, 한 손에 보자기를 든 통통한 몸집의 여자가 들어섰다. 30대 초반쯤인데, 화장이 제법 요란하다. 어머어, 안녕하세요. 요 앞 서울다방에 새로 온 강 양이에요. 앞으로 잘 부탁드려요. 여자는 살짝 고개를 꼬아 인사를 한다. 두 손은 벌써 보퉁이를 풀어 보온병과 찻잔을 꺼내고 있다.

"이 아가씨, 초면인데도 왠지 낯이 익네. 푸짐해 뵈는 인상이라 그런가."

"어머. 그런 사장님도 나만큼은 푸짐하시네요, 뭐."

"그러니까 닮은 사람들끼리 한번 잘 지내보자고."

"좋고말구요. 호호."

"근데, 이건 웬 커피야. 아가씨가 서비스하는 건가?"

양 씨가 실눈을 하고 쳐다본다.

"역장님께서 보내신 거예요."

"역장님이?"

부친의 칠순 잔치 때문에 역장은 마침 오늘부터 사흘간 휴가 중이다. 다방에서 버스를 기다리다가 조금 전 떠나셨다고, 여자가 설명한다. 허 참, 웬일이야. 우리 짠돌이 역장님이 커피를

다 내시고. 양 씨가 싱글벙글한다. 청년은 찻잔을 집어 든다. 커피는 지나치게 달고 진하다. 여자는 엉덩이를 의자에 걸친 채 호기심 어린 눈으로 사무실 안을 두리번거린다. 짧은 치마 밑으로 허벅지가 드러났다. 양 씨가 흐벅진 흰 살을 노골적으로 들여다본다.

"아가씬 어디서 예까지 흘러오셨나?"

"원주에서요. 군부대 앞 다방에 있다가 따분해서 옮겨 왔죠. 근데, 와보니까 여긴 더하네요. 티켓 손님이 많다더니만, 신통치도 않은 것 같고. 하긴 동네가 이렇게 작은데 머."

잠시 후 여자는 보온병과 빈 잔을 챙겨 보자기에 싸들고 일어섰다. 다방에 자주 들러주세요. 잘해드릴게. 여자는 웃으며 문을 나섰다.

"서울다방 주인도 어지간히 궁했군. 어디서 저런 팍 삭은 여자를 데려다 놓았을까. 하긴, 엊그제 사람이 죽어나갔으니, 재수에 옴 단단히 붙었지. 그 빨강머리 죽은 뒤부턴 손님이 팍 줄었다고 하잖아. 한심한 계집애 같으니. 그 나이에 죽긴 왜. 쯧."

담배를 피워 물며 양 씨가 혀를 찬다. 순간 청년의 가슴속에 바위 하나가 쿵 얹힌다. 아이 참, 오빠. 전화 끊지 마요. 딱 1분만요. 대꾸 안 해줘두 좋아요. 그냥 내 얘길 들어주기만 하면 된다구요. 고작 그 정도도 못 해줘요? 에이, 시발. 시인이라면서, 진짜 인심 한번 졸라 야박하네…… 빨강머리의 취한 음성이 귓전에 또렷하다. 청년은 서랍 속에 노트를 밀어 넣고 나서 혼자 밖으로 나온다. 텅 빈 대합실 의자에 걸터앉아 그는 흰 벽을 물끄러미 올려다본다.

그날 밤, 그 애는 왜 내게 전화를 했을까. 애써 덮어둔 의문이 또 불쑥 떠오른다. 정말이지 왜 그랬을까. 도무지 알 수가 없다. 처음엔 그저 여느 때처럼 술 취해서 걸어온 전화라고만 생각했다. 그런데 바로 그 몇 시간 후, 빨강머리는 죽어버린 거였다. 다방 뒤편의 숙소 골방에서 혼자 약을 입에 털어 넣은 모양이었다. 아침에 다방 주인이 발견하고 119 구급대를 불렀으나, 읍내 병원에 닿자마자 숨이 끊어졌다고 했다. 그날 밤 전화 속 음성은, 몹시 취한 상태이긴 해도, 아직 약을 먹은 것 같진 않았다. 그 애는 왜 목숨을 끊었을까. 청년은 한숨을 길게 내쉰다.

석 달 전, 처음 그 애를 보았다. 점심을 먹고 양 씨를 따라 다방에 들어서니, 희한한 차림의 여자애가 두 사람을 맞았다. 물들인 핑크색 머리는 부푼 솜사탕 같았다. 주먹만 한 얼굴에 팔다리가 유난히 깡마르고 긴, 인형 같은 여자였다. 심 양이에요. 심은하. 그럼요, 가명이구말구요. 이런 데서 누가 진짜 이름을 써요? 스물한 살이라고 말했지만, 표정과 행동은 아직 설익은 여고생이었다. 손톱을 물어뜯다가 여자애는 문득 그의 얼굴을 빤히 바라보았다.

"어머, 오빠가 바로 그 시인이구나! 대합실 벽에 붙어 있던 사진, 맞죠?"

"나, 난 아직 시인은 아닌데."

"왜 아녜요? 책에도 실렸는데. 나, 진짜 시인을 만나본 건 오빠가 첨이걸랑요."

여자애는 대뜸 그의 한쪽 팔을 껴안았다. 그는 얼굴이 벌게져서 허둥거렸다. 진한 향수와 화장품 냄새에 잠시 눈앞이 어지러웠다. 다방 문을 나설 때 양 씨가 이죽거렸다.

"보나마나 학교 집어치우고 가출한 계집애야. 밑부터 발랑까진 저런 애들, 갈 데라곤 다방이나 술집 말고 또 있어? 주인 아줌마 입 벌어지는 거 봤지? 모처럼 영계를 낚아다 놨으니, 티켓깨나 팔리겠어."

과연 노란색 스쿠터를 몰고 붕붕대며 분주히 차 배달을 다니는 빨강머리가 자주 눈에 띄었다. 아, 시인 오빠구나. 어째 만날 온다고만 하고 나타나질 않아요? 이따가 꼭 들러요. 내가 맥주 쏠 테니깐. 빨강머리는 스쿠터를 세워놓고 호들갑을 떨었다. 길에서 저만치 그 애가 보이면 그는 얼른 눈길을 돌려버렸다. 하지만 빨강머리는 매번 턱없이 반갑다는 시늉이었다. 어느 날 자정 가까운 시각. 그 혼자 역무실을 지키고 있다는 걸 어떻게 알았는지, 빨강머리가 불쑥 찾아왔다. 보온병에 담아온 커피를 따라주며 그 애는 참새처럼 종알거렸다.

"배달 가다가 보니깐 창문에 불이 켜 있잖아. 오빠 위문하러 왔죠 뭐. 어머나. 역 사무실이 생각보다 되게 쪼만하네."

빨강머리는 쓸데없는 얘기만 어수선하게 늘어놓더니, 전화를 받자마자 스쿠터를 몰고 급히 돌아갔다. 미친놈. 이런 시각에도 불러내는 새끼들이 있다니깐. 빨강머리 입에선 거침없이 욕설이 튀어나왔다. 그 후에도 빨강머리는 이따금 밤중에 커피며 새우깡 봉지를 들고 역무실에 나타났다가 휭 사라지곤 했다. 어김없이 술 냄새를 풍기면서.

그는 빨강머리 앞에서 매번 쩔쩔맸다. 그는 여자 대하는 법에 지독히 서툴렀다. 그가 아는 여자라곤 어머니와 외할머니뿐이었다. 이 넓은 세상에 식구라곤 오직 세 사람. 유복자로 태어난 그는 집안의 유일한 남성이자 기둥이고 희망이었다. 하지만 그는 그 흔해빠진 연애 한번 못 해보고 대학 생활을 마칠 정도로 소심하고 숫기 없는 사내였다.

빨강머리가 노골적인 관심을 보일수록 그는 더욱 당혹스럽고 거북했다. 빨간 머리, 빨간 손톱, 빨간 입술. 요란한 반지며 귀걸이, 짙은 화장, 거침없고 수다스러운 말투와 몸짓. 그러면서도 어딘지 모를 쓸쓸함이 드리운 빨강머리의 눈빛 앞에서 그는 매번 까닭 모를 두려움을 느꼈다. 그녀를 보면 '티켓'이란 말부터 먼저 뇌리에 떠올랐다. 그것이 매춘의 다른 이름이라는 사실을 그는 최근에야 알았다.

"이런 순진한 친구. 여태껏 티켓도 모른단 말이야? 걔들이 고작 백만 원 정도인 월급을 보고 이런 촌구석까지 흘러들어올 것 같아? 진짜 수입은 티켓 팔아서 챙기는 거라고. 낮엔 시간당 티켓 한 장씩 쳐서 5만 원이야. 모텔로 불러내 재밀 보려면 최소한 석 장은 끊어줘야 해. 하룻밤 데리고 잘 경우, 네댓 장쯤? 티켓비는 아가씨와 다방 주인이 3대 1 비율로 나누지. 몇 달간 그렇게 부지런히 몸뚱일 굴리면 제법 돈푼깨나 모을 것 같아 뵈지? 천만의 말씀이야. 걔들 떠날 때 보면 다섯 중 셋은 빈손이고, 둘은 빚까지 더 얹어서 다른 지역으로 팔려나가는 거야. 티켓 많이 팔아봤자 뭘 해. 사방에 깔아둔 외상값 중 절반 이상은 떼어먹히고 마는걸. 아예 상습적으로 화대 떼어먹는 놈들도 많아. 피차 똑같이 한심한 인생들이지.”

양 씨의 얘기에 비로소 의문이 풀렸다. 시골 다방에 무슨 차 배달 주문이 그리 많을까 늘 의아했던 것이다. 그는 그녀에게 노골적으로 거부감을 드러내기 위해 노력했다. 하지만 빨강머리는 한결같았다. 오빠, 어디 가는 길이에요? 나, 이번 수요일은 쉬는 날인데. 누가 보건 말건 거침없이 호들갑을 떨고, 낮에도 역무실로 불쑥불쑥 전화를 걸어왔다.

마지막 전화가 걸려온 날은 온종일 늦은 장맛비가 쏟아졌다. 자정을 막 넘긴 시각, 그는 혼자 역무실을 지키고 있었다. 빨강머리는 잔뜩 취한 상태였다. 쉰 목소리, 불분명한 음절, 영문 모를 한숨과 거친 호흡만 지루하게 수화기를 통해 건너왔다.

‘오빠. 나, 오늘 졸라 외롭네. 짐승 같은 새끼들…… 내 몸이 진짜 빈대떡이 된 것 같아. 아아, 숨이 막혀. 숨을 쉬기가 진짜루 졸라 힘들다니까. 어디든 멀리멀리 떠나버리고 싶은데, 이 넓은 세상에 내 몸뚱이 하나 숨을 공간도 없지 뭐야. 으흥. 나,

되게 우습지? 아, 오빠. 전화 끊지 말아요. 이 시발! 나 같은 계집애, 눈곱만큼 불쌍하단 생각도 없어? 이 좀생이 오빠야. 이 시발, 거지 같은……'

잠자코 듣기만 하던 그는 끝내 수화기를 내려놓았다. 온갖 섬뜩하고 두려운 상상을 하며 그는 전화기 앞에 웅크려 앉아 있었다. 오래전에 본 「어둠 속에 벨이 울릴 때」「위험한 정사」 같은, 여성의 이상심리를 다룬 스릴러 영화들이 떠올랐다. 그런 영화 속 여성 스토커들은 좀비, 살인마, 흡혈귀, 유령보다 더 무시무시한 기억으로 그의 뇌리에 남아 있었다. 다행히 벨은 더 이상 울리지 않았다. 그 밤 빨강머리의 전화는 그게 전부였고, 그는 안도했다. 앞으로도 두 번 다시 그녀의 전화를 받지 않게 되기를 바랐다. 그랬는데, 바로 그날 밤 빨강머리는 죽었다.

'쓸데없는 망상은 그만둬. 그건 나하고 무관한 일이야. 내가 왜 그 엉뚱한 여자애의 운명에 개입되어야 하지? 이건 단지 말도 안 되는 해프닝일 뿐이라고.'

그는 고개를 털며 일어선다. 역사 바깥에는 햇살이 눈부시게 쏟아지고 있다.

*

오후 4시.

따르릉. 인접 역과 이어진 전용선 전화벨이 요란스레 울렸다.

양 씨가 급히 수화기를 집어 든다.

"별어곡입니다. 이상."

"제 1407호 비둘기호 열차, 지금 보냅니다. 이상."

"승인합니다. 이상."

그 사이, 청년은 서둘러 모자를 쓴 다음 적색과 녹색 깃발을 움켜쥐고 역무실을 나선다. 16시 정각 증산발 비둘기호 완행열차가 도착할 시각이다.

홈엔 신태묵 씨가 먼저 나와서 차려 자세로 서 있다. 정년을 코앞에 둔 그는 철도 공무원 생활 35년의 백전노장임에도, 최하위 직급인 9급 역무원에 머물러 있다. 작달막한 체구에 날카로운 눈매를 가진 그는 직무에 관한 한 빈틈이 없기로 유명하다. 융통성 없이 꽉 막힌 위인이라고 뒤에서 비아냥대는 직원들도 있다. 신 씨가 쿨럭쿨럭 기침을 토해낸다. 아침부터 몸 상태가 안 좋아 보였다. 평소 신 씨의 심장 쪽에 문제가 있음을 청년도 알고 있다.

"신 주사님. 제게 맡기시고 들어가시지요."

"괜찮아."

"하지만, 안색이……"

"괜찮다니까그래."

신 씨의 눈썹이 꿈틀하자 청년은 움찔해서 입을 다문다. 거두절미 식의 단답형. 신 씨만의 독특한 화법이다. 그 무뚝뚝함에 질려 사람들은 접근하기를 꺼린다. 신 씨는 철저하게 말을 아낀다. 때문에 동료들조차 그의 신상에 관해 아는 게 별로 없다.

청년은 개찰구로 돌아온다. 승객이라야 동네 청년들 네 명뿐이다. 군대 휴가 나온 친구를 끌고 읍내로 한잔하러 나가는 눈치다. 빠아앙. 열차가 역 구내로 진입한다. 이번 열차는 하루 중 그나마 이용 승객이 많은 편이다. 다 합해야 예닐곱 명. 통학생이 절반, 나머지는 제천, 원주, 영월에서 볼일을 마치고 귀가하는 주민들이다. 역사 안팎이 잠시 활기를 띤다.

"어, 저 녀석 보게."

개찰구에서 표를 받는데, 누군가 청년의 등을 손가락으로 쿡 찌른다. 교복 차림 계집아이 하나가 대합실 안으로 쪼르르 달아난다. 볼 때마다 사인을 해달라고 성가시게 구는 철물점 집 여고생이다.

"너, 자꾸 그러면 혼낼 거야."

청년은 짐짓 주먹을 쥐어 보인다. 책가방을 빙빙 돌려 커다랗게 원을 그리면서 계집아이는 깔깔댄다. 뒤따라 나오던 단짝 아이가 청년 앞에 얼굴을 불쑥 들이민다.

"시인 아저씨."

"넌 또 뭐야."

"쟤 좀 혼내주세요, 아저씨."

"얼른 집에나 들어가. 니들하고 말장난할 시간 없어."

"쟤 이름 아세요? 경자래요. 엄경자."

야아, 황영미. 너 진짜 죽을래. 미치겠어, 진짜아. 경자가 저만치서 팔짝팔짝 뛰어오르며 소리를 지른다.

"경자가요, 아저씨 좋아한대요. 아저씨 생각 땜에 공부를 할 수가 없대요. 크크크."

영미가 쪼르르 달아나며 외친다. 뒤따라 나오던 사람들이 싱글싱글 웃는다. 청년의 얼굴이 벌겋게 달아올랐다. 두 계집아이는 역 앞 공터에서 쫓고 달아나고, 야단들이다.

빠아앙. 신 씨가 힘차게 녹색 깃발을 흔들자 열차가 덜커덩 움직이기 시작한다. 열차가 역 구내를 완전히 빠져나갈 때까지 신 씨는 차려 자세로 서서 지켜본다. 신 씨의 희끗한 뒷머리가 청년의 눈에 들어온다. 철커덩철커덩. 레일 위를 구르는 바퀴 소리가 아득히 멀어져간다. 별어곡 골짜기는 벌써 산그늘에 잠겼다. 어둑어둑한 홈 끝에 깃발처럼 홀로 우뚝 서 있는 신 씨의 뒷모습이 아름답다고 청년은 생각한다. 가방을 빙빙 돌리며 몸까지 따라 도는 여고생 경자. 깃발을 쥔 채 플랫폼에 홀로 선 늙은 역무원의 뒷모습. 오늘 밤 청년은 노트에 아마 그렇게 적어 넣을 것이다.

*

저녁 9시 반.

정선행 막차를 보내고 난 이즈음, 역무원들은 모처럼 느긋해진다. 02시 15분 증산발 새벽 열차가 도착하기 전까지, 최소한

네 시간 동안은 운행 열차가 없기 때문이다. 지금 청년은 혼자 역무실을 지키는 중이다. 신 씨와 양 씨 두 사람은 한숨 눈을 붙이기 위해 방금 숙직실로 들어갔다. 그들은 첫차 시각에 맞춰 일어나 청년과 근무 교대를 할 것이다.

채널을 몇 번 돌려보다가 청년은 티브이를 끈다. 연속극은 하나같이 한심한 스토리뿐이고, 화면 상태마저 고르지 않았다. 청년은 유리창 너머로 빈 대합실을 휘둘러본다. 흐린 형광등 불빛이 대여섯 평 남짓한 실내를 채우고 있다. 이번엔 반대편 창문을 열고 밖으로 고개를 내민다. 역사 바로 앞은 광장 겸 주차장이고, 그 건너에 2차선 국도가 있다. 간간이 차량이 지나갈 뿐, 주위는 무척 조용하다.

청년은 고개를 내민 채 사위의 어둠을 응시한다. 산골의 어둠은 유난히 깊고 무겁다. 산등성이 너머 한꺼번에 쏟아져 나온 별들이 부지런히 깜박이고 있다. 어둠이 깊을수록 별은 더 투명하고 영롱하다. 이곳에 와서야 그는 비로소 알았다. 밤마다 무수한 별들이 지상으로 유리알처럼 쏟아져 내린다는 걸. 어둠이 얼마나 많은 색깔과 깊이, 부피와 무게를 지녔는가를.

오늘 청년은 마음이 무겁다. 개의 처참한 주검이 자꾸 눈에 어른거린다. 보지 않았더라면 백번 좋았을 터이다. 저녁을 먹고 혼자 식당에서 돌아오는 길이었다. 역 공터 한쪽에서 신 씨가 삽질을 하고 있었다. 신 주사님, 무얼 하십니까. 무심코 다가가던 그는 흡, 숨을 멈추었다. 아스팔트 바닥에 납작 으깨져 있는 검붉은 살덩어리. 그 치와와였다. 신 씨가 풀밭을 파고 개를 묻어주는 광경을 그는 멍하니 지켜보기만 했다. 구토증 때문이었다. 바보 같은 녀석 같으니. 지난 사흘 내내 개는 부근을 맴돌고 있었던 것이다.

창밖 어둠을 응시하며, 청년은 심호흡을 해본다. 오빠. 전화 끊지 말고, 끅, 쬐금만 나하고 이, 이렇게 있으면 안 돼? 시발, 그냥 존나게 외, 외로워서 그래요. 빨강머리의 쉰 음성이 되살아난다. 가슴이 더 무겁고 답답해진다.

청년은 자리로 되돌아와, 조금 전까지 훑어보던 책을 다시 펼친다. 지금은 사라진 탄광촌의 실태를 다룬 두툼한 르포 사진집이다. 오래전 출간된 그 책은 먼지를 뒤집어쓴 채 역 창고 캐비닛에 처박혀 있었다. 사진들은 흑백 일색이다. 렌즈에 잡힌 피사체부터 온통 검정색이다. 탄광도 까맣고, 저탄장, 막장, 광부들도 까맣다. 마을, 게딱지 같은 사택 지붕들, 골목길도 까맣다. 광부의 아내와 아이들도 까맣고, 학교, 운동장, 교회, 나무, 돌, 산, 개울, 심지어 하늘마저도 까맣다. 처음 청년은 그게 외국이라고 믿었다. 일제 강점기 혹은 이차대전 무렵의 자료 사진들이겠거니 했다. 그런데 뜻밖에 바로 인근 지역인 태백, 사북, 황지, 고한, 증산, 함백, 구절리에서 찍은 사진들이었다. 촬영 시기도 불과 십수 년 전이었고.

책장을 넘길수록 그의 표정이 우울해진다. 사진들마다 석탄 가루가 풀풀 묻어날 것만 같다. 온통 흑색뿐인 대지와 집과 인간의 모습이 어딘지 꺼림칙하고 두려워진다. 그 검은 세계와 인간 군상이 드러내는 가난, 비루함, 분노, 절망, 무기력의 흔적 앞에서 청년은 부당하게도 압도당하는 느낌이다. 그것은 그가 지금껏 모르고 살아온 또 다른 세상, 때문에 왠지 두렵고 기이하고 거북해지는 또 하나의 현실이다. 그는 사진 속 탄광촌, 광부, 광부 가족들의 삶에 대해 전혀 모른다. 그는 도시에서 태어났고, 줄곧 아파트에서만 살아왔다. 그에게 고향은 도시를, 집은 아파트를 의미했다. 석탄은커녕 티브이에선가 얼핏 한두 번 연탄이란 물건을 본 기억만 있을 뿐이다.

책장을 넘겨가던 손이 멈칫한다. 이번에야말로 무서운 사진들이 줄줄이 튀어나온다. 참혹한 전쟁터의 풍경들 같다. '1980년 사북 사태'라는 활자가 눈에 들어온다. 가만, 1980년이라면? '광주 사태'라는 말은 대충 들어봤으나, 사북 사태는 금시초문이다. 비상계엄령 시국에 광부들이 일으킨 폭동이란다. 가족들까지 가세한 폭동이었다니, 더욱 놀랍다. 산골짜기 광산촌에서 과연 무슨 일이 있었을까. 믿기 어려운 끔찍한 사진들은 이어진다. 총과 장갑차로 무장한 군 병력. 온몸이 피투성이가 된 광부들. 미친 듯 절규하는 부녀자들. 파괴되고 불탄 건물과 시설물 들.

기어이 그는 책장을 덮고 만다. 심호흡을 몇 번 해본다. 뭔가에 얻어맞은 것처럼 정신이 멍하고 꺼림칙하다. 가만, 이건 어딘가 이상하잖은가. 비교적 최근의 일임에도, 난 어떻게 지금껏 완전히 무지할 수 있었을까. 그는 처음으로 자신의 지난 시간들이 문득 의심쩍어진다. 그는 모든 면에서 지극히 평범한 아이였다. 얼굴도 이름도 키도 그랬고, 가정 환경, 성적, 교우 관계역시 마찬가지였다. 남들만큼 내내 입시 공부에 매달렸고, 대학졸업하자마자 입대했으며, 제대 후 도서관에 들어박힌 끝에 공무원 시험에 합격했다.

정말 그랬었나. 난 지금껏 다만 특징 없는, 평범한 아이들 중하나였을 뿐인가. 대체 내가 살아온 시간들은 어디서부터 잘못된 것일까. 그럴듯한 대답이 얼른 잡히지 않는다. 사진 속의 흑색 세계와 흑색 인간 군상이 망령처럼 눈앞을 스쳐간다. 추악하게 으깨진 치와와의 살덩이. 그리고 그 개의 투명한 눈망울도. 그는 불현듯 까닭 모를 두려움에 휩싸인 채 창밖을 두리번거린다.

"아니야. 그건 거짓말이야. 넌 스스로를 기만하고 있어."

그는 중얼거린다. 그랬다. 그는 애당초 평범하지 못한 존재로 태어났다. 다만 그 사실을 스스로 외면하고 부인해왔을 뿐. 아버지. 그의 입에서 신음처럼 그 말이 흘러나온다.

자신이 아직 태아일 때 죽었다는 아버지. 그의 죽음은 의문투성이였다. 원양어선을 탔다가 폭풍을 만났다는 불확실한 사실뿐, 청년은 더는 알지 못한다. 이상한 일이다. 어머니와 할머니는 어째서 그걸 철저히 함구한 채 지내온 것인가. 그 자신 역시도 언제부턴가 아버지 얘긴 아예 꺼내지 않으려 애썼다. 그 누구에게든. 이제 아버지는 다만 하나의 추상으로, 달의 이면 같은 거대한 암흑으로, 그의 내면 깊은 우물 속에 묻혀 있을 뿐이다. 그리고 그는 그 어둠 속에 태아처럼 웅크린 채, 바깥 세계엔 한사코 귀를 닫고 살아왔다.

덜커덩.

돌연 어디선가 들려오는 소리. 벌떡 일어나 창구 쪽을 살피던 그는 칸막이 유리 저편에 버티고 선 그림자에 소스라친다. 아저씨. 아저씨. 누군가 손바닥으로 유리를 다급하게 두드리고 있다.

"왜 그러세요. 무슨 일입니까?"

"아저씨. 그, 그, 아저씨……"

50대 후반의 낯선 여인. 후줄근하고 꾀죄죄한 몰골. 잠결에 혼비백산 뛰쳐나온 사람처럼 허둥대는 여인을, 청년은 정신질환자가 아닌가 의심한다. 온통 눈물범벅인 여자는 금방 숨이 넘어갈 듯하다.

"차근차근 말씀해보세요. 유리창은 두드리지 마시고요."

"기차. 기차표요."

"어디 가실 건데요?"

"여, 여량이래요. 지, 지금……"

"지금은 없습니다. 다음 열차는 새벽에 있는데요."

"아니래요. 나, 지금, 당장 여량 갈 거래요. 표 주세요. 빨리요."

여자가 엉엉 울음을 터뜨리기 시작한다. 한 손은 유리를 두드리고, 다른 손으로는 눈물 콧물을 훔쳐낸다. 우리 아들이. 아이고오. 우리 춘섭이가. 흐으으. 그때 문이 벌컥 열리며 젊은 여자 하나가 뛰어 들어왔다. 역시 낯이 설다.

"엄마, 지금 왜 여기 있어. 미치겠네, 진짜."

"아니다. 기차, 있어. 금방 온다니까그래. 그걸 타면 여량 갈 수 있어."

늙은 여자는 여전히 공황 상태나 다름없다. 밖에서 자동차 멎는 소리와 함께 빵빵, 경적이 울렸다. 딸이 여자의 팔을 잡아끌며 소리를 지른다.

"택시 왔다니깐. 빨리 나가요."

"기차로 가. 택시보다 기차가 더 빨러. 아아, 내 아들!"

"제발 정신 차려요. 오빤 절대로 안 죽을 거야. 그러니까……"

"혹시 제초제라고는 안 하더냐? 아이고, 제초젤 마시면 무조건 다 죽는단 말이여."

딸이 어미를 억지로 끌고 나갔다. 택시가 주차장을 빠져나간 뒤에도, 청년은 한동안 창가를 떠나지 못한다. 그 모녀의 집에 무슨 일이 생긴 것일까. 그녀들은 어디서 오는 길일까. 늙은 여인의 절망에 찬 눈빛, 목쉰 울음소리, 유리창을 다급하게 두드리던 그 손바닥을 청년은 생각한다.

아무 말 안 해도 좋아요. 그냥 잠시 내 얘길 들어주기만 하면 된다구요. 아아, 숨이 막혀. 숨 쉬기가 너무 힘들어. 어디든 멀리멀리 날아가버리고 싶은데, 이 넓은 세상에, 아, 시발, 내 몸

하나 숨을 공간이 없어…… 그날 밤 수화기를 건너오던 그 한 없이 고독하고 메마른 음성. 청년은 비로소 어렴풋이 알 것도 같다. 그건 손짓이 아니었을까. 장대비 쏟아지는 캄캄한 골방, 외로움에 지쳐 지상의 다른 누군가를 향해 내밀던 마지막 손짓. 그런데도 난, 나는 혼자서 귀를 틀어막고만 있었어.

"아름다움이라니……"

청년은 목이 컥 메어온다. 세상에, 얼마나 어리석었는가. 아름다움만으로 시가 될 수 있으리라 믿었다니. 청년은 창유리에 머리를 기댄다. 그리고 조용히 울기 시작한다. 그 울음의 의미를 그는 스스로도 이해할 수가 없다. 두려움과 후회, 혹은 부끄러움이나 서글픔 때문인지도 모른다. 하지만 적어도 한 가지만은 어렴풋이 알 듯하다. 삶은 아름다움만도 슬픔만도 아니라는 것. 아무리 두렵고 끔찍해도, 결코 도망치거나 외면해선 안 될 그 무엇이라는 사실을.

그러다 어느 순간, 청년은 흠칫 놀라 고개를 세운다. 뭔가 희끗한 물체가 창유리 밖에서 나풀거리고 있다. 저게 뭘까. 청년은 눈을 크게 뜬다. 하얀 나비다. 작고 여린 나비 한 마리가 야광처럼 희붐한 빛을 내뿜으며 바로 눈앞, 바깥 유리면에 가만히 붙어 있다. 청년은 숨을 멈춘 채 나비의 고요한 날갯짓을 응시한다. 놀랍게도 한 마리가 아니다. 창밖 어둠을 반딧불처럼 환하게 밝히며 흰나비 수십 마리가 허공에서 고요히 맴돌고 있다.
이내 그것들이 홀연 시야에서 사라진다. 청년은 급히 창문을 열
고 고개를 내민다. 싸늘한 대기가 얼굴로 훅 끼쳐온다. 어둠 속
엔 아무것도 없다. 어찌된 영문인가. 내가 환상을 본 것일까.
청년은 입을 벌린 채 한참이나 엉거주춤 서 있다. 하긴, 이런
초겨울에 나비라니!
　청년은 두 눈을 감고 천천히 숨을 들이마신다. 산골의 밤, 바
야흐로 세상은 마른 나뭇잎 향기로 가득하다.

여름

―이별의 골짜기

1

별어곡 마을에 새벽이 찾아왔다. 밤과 낮이 아직 모호하게 몸을 섞고 있는 그 시각. 늙은 역무원 신태묵 씨는 지붕 낮은 집, 자신의 하숙방에서 뜬눈으로 또 하루를 맞았다. 며칠째 그의 방 전등은 밤새 켜져 있었다. 부쩍 심해진 불면증 탓이었다. 언제부턴가 그는 어둠을 두려워했다. 불을 끄고 드러누우면 생애의 모든 시간과 기억들이 한꺼번에 폭포처럼 쏟아져 내렸다.

신 씨가 잠을 잃어버린 것은 오래전이다. 피난길에서 혈육을 잃어버린, 그 여덟 살 겨울부터였는지도 모른다. 군대 훈련병 시절 말고는, 그는 평생을 한 번도 깊이 잠들어보지 못했다. 그의 뇌 속엔 잠을 갉아먹는 짐승 하나가 살고 있었다. 새앙쥐를 닮았을 법한 그놈은 시도 때도 없이 그의 뇌 속을 바스락대며 기어 다녔다. 놈의 작고 날카로운 발톱이 찍힌 자리마다 어두운 기억과 환영 들이 먼지처럼 피어올랐다. 놈은 때로 뇌수 깊숙이 이빨을 박아 넣은 채 몇 시간씩 집요하게 갉아댔다. 그런 날 그는 가슴을 그러안고 밤새도록 방바닥을 데굴데굴 굴렀다.

신 씨는 담배에 불을 붙였다. 재떨이엔 이미 꽁초가 가득했다. 평소 스트레스를 받지 않는 게 최선입니다. 특히 환자 분의 경우에 흡연은 자살 행위나 다름없습니다. 두 해 전 그는 담배를 끊었다. 의사의 경고가 아니었더라도, 심해진 흉통을 더는 견뎌내기 힘들었다. 그랬는데, 보름 전 인천을 다녀오고 나서 그는 담배를 다시 손에 쥐었다.

"거 참, 고약스러운 꿈이라니."

연기를 천천히 깊게 들이마셨다. 새벽녘 꿈이 무척 흉흉했다. 그는 길을 걷고 있었다. 인파로 붐비는 도시의 거리 한복판이었다. 그의 손끝이 무심코 누군가의 몸에 닿는 순간, 그 사람은 새까만 숯덩이로 변해버렸다. 그의 다급한 비명 소리에 행인들이 우르르 몰려왔다. 그는 겁에 질려 두 팔을 허우적거렸다. 그의 손끝에 스친 사람들은 순식간에 모두 검은 숯덩이로 변했다. 아니야. 아니라니까. 그는 미친 듯 악을 쓰며 도망쳤다. 어느 사이 그는 황무지 한가운데 혼자 남겨져 있었다. 그때 눈앞에 홀연히 아내가 나타났다. 밀랍처럼 핏기 없는 얼굴. 증오와 원망에 찬 눈빛. 아내는 이승에서 마지막 입었던 흰 스웨터 차림

그대로였다. 여보, 용서해줘. 제발! 그가 슬픔과 회한에 전율하며 팔을 뻗는 순간, 아내 역시 검은 숯덩이로 변해버렸다. 아아. 아니야! 그게 아니야! 자신의 저주받은 두 손을 피투성이가 되도록 물어뜯으며 그는 절규했다. 하지만 목소리는 그의 몸 안에 갇힌 채 끝끝내 터져 나오지 않았다. 숨이 막혔다. 심장이 터질 듯 부풀어 올랐다. 그는 자신의 목을 움켜쥔 채 허물어졌다. 그때 누군가 곁에서 속삭였다. **울어! 울어버려야 해! 울지 않으면 넌 죽고 말아**…… 그러다가 퍼뜩 눈을 떴다.

누구였을까, 그 목소리는? 남자인지 여자인지도 불분명한, 어린 시절 빈 항아리 안에 머리를 집어넣고 아아 하고 외치면 기이하게 우렁우렁 울리던 그 소리와 흡사한 음성. 혹시 그건 자신의 육신 내부 캄캄한 방에 갇힌 또 다른 존재의 목소리였을까.

신 씨는 자리에서 일어나 창문 커튼을 걷어 올렸다. 어둑한 마당 한가운데 늙은 은행나무가 빈 가지를 쳐들고 우두커니 서 있었다. 밤사이 땅바닥에 노란 잎들이 수북했다. 불현듯 그런 풍경이 오늘따라 전혀 낯설게 느껴졌다. 은행나무와 낡은 담장 사이의 짙은 그늘이, 녹슨 함석 차양과 물받이 홈통이, 그리고 창고 벽에 비스듬히 걸린 삽자루조차 까닭 없이 음산하고 불길해 보였다. 무엇인가 등 뒤로 소리 없이 다가오고 있는 듯한 정체 모를 조바심.

신 씨는 수건을 찾아 쥐고 방을 나섰다. 방 두 칸짜리 허름한 별채를 그는 3년 전 별어곡역에 부임하면서 월세로 얻어 들었다. 마을 서쪽 산기슭에 외따로 들어앉은 그 한적한 집이 그는 마음에 들었다. 무엇보다 사내 혼자 살아가는 궁상을 감출 수 있어서 좋았다. 그는 부엌에서 더운 물을 담아 들고 마당 수돗가로 나왔다. 새벽 공기가 제법 싸늘했다. 물에 손을 담그려던 그는 멈칫했다. 대야 속에 반백의 사내 하나가 들어 있었다. 메마르고 강퍅한 인상, 완고하고 고집스러운 턱과 광대뼈. 나이보다 10년은 더 늙어 보였다.

"거, 이상하네. 내 알기로는, 303호는 내외 다 같이 일가친척이라곤 전혀 없다던데. 진짜 친정아버지 맞으세요? 얼굴도 그 여자하고는 영 딴판이신 거 같은데."

보름 전, 그는 주소 적힌 쪽지 하나만 들고 인천에 다녀왔다. 간간이 딸 모르게 안부 전화를 걸어오던 사위가 1년 가까이 연락두절이었다. 집 전화도, 사위의 휴대폰도 아예 불통이었다. 뭔가 심상찮은 일이 일어난 게 틀림없었다. 시장 끄트머리에 박힌 낡은 임대아파트를 찾는 건 그리 어렵지 않았다. 짐작대로 둘은 6개월 전 이사를 갔다고 했다. 통장 일을 보는 여자가 마침 같은 통로에 살고 있었다. 여자는 노골적으로 의심을 드러내며, 진짜 친아버지냐고 거듭 캐물었다.

"굳이 따지자면, 내 피가 섞인 혈육은 아니오만……"

"어머머, 거 봐요. 어릴 때 친아버질 잃었다더라니깐. 철도 사고였다던가……"

결국 그는 서귀포 정방폭포에서 찍은 딸 부부의 신혼여행 사진까지 내보였다. 딸아이 모르게 사위가 보내온 유일한 사진이었다. 20년 넘도록 그는 딸을 한 번도 만나보지 못했다. 여자는 비로소 딸 내외가 빚을 진 채 야반도주하듯 떠났다고 말해주었다. 전 재산인 임대아파트 보증금마저 채권자에게 빼앗긴 눈치였다.

"요 앞 상가에서 부식 가겔 할 때만 해도 그런대로 괜찮았어요. 근데 길 건너 대형 마트가 들어서고부터 타격이 컸죠. 문을 닫아야 하나 어쩌나 울상을 짓더니만, 때마침 새로 들어설 전철역 부근에 가게 자리가 엄청 싼 값에 나왔다면서 좋아하더군요. 그런데 글쎄, 주인이 하룻밤 새에 그 건물 전체 계약금과 중도금을 몽땅 챙겨 해외로 날라버린 거예요. 피해자가 서른 명도 넘는대요. 다 합쳐서 150억이라나. 텔레비전 뉴스에도 나왔는데, 여태 모르셨나 봐. 혹시 아저씨도 돈 빌려주신 거 있으세요?"

연락처를 아느냐는 물음에 여자는 어이없어 했다. 하긴, 그 처지에 흔적을 남길 리 만무했다. 혹시라도 무슨 소문을 듣게 되면 알려달라는 부탁과 함께 신 씨는 명함을 건네주었다. 힘없이 돌아 나오려는데, 통장 여자가 말했다.

"참, 이번 아이는 어찌 됐나 모르겠네. 입덧이 엄청 심했었는데."

그는 멈칫 돌아서서 여자를 바라보았다.

"아이를…… 또 아이를 가졌습니까, 그 애가?"

"그때가 아마 3, 4개월쩬가 그랬을걸요. 어디서 점을 봤더니, 이번만은 틀림없다고, 일곱번째까지는 다 채우고 나올 거라고 그랬대요."

"일곱번째라니……"

"아유, 말씀 마세요. 자연유산을 밥 먹듯 하면서도, 그런 몸으로 한사코 애를 낳겠다고 목숨 걸고 매달리는 사람은 진짜 첨 봤어요. 남편은 말할 것도 없고, 의사도 위험하다고 극구 말렸다잖아요. 그런데도 이번이 진짜 마지막이라고 한사코 우긴 끝에 허락을 받아냈다더군요. 점쟁이 말이 맞다면, 한 달쯤 있으면 해산하겠네요 뭐."

무엇인가 대야 속으로 파르르 내려앉았다. 은행잎이었다. 저 산 저 너머 저 언덕에는 무슨 꽃잎이 피어 있을까. 낮이 지나고 밤이 오면 꽃은 외로워 울지 않을까. 에이야 호 에이야 호…… 귓전을 맴도는 노랫소리. 딸아이의 목소리였다. 마른 풀잎을 손으로 발기발기 찢어 강물 위로 흩뿌리며, 살쾡이 새끼처럼 사납고 앙칼지게 불러대던 그 노래.

그는 눈을 감았다. 검푸른 강물이, 억겁의 세월 같은 강물이 그의 눈앞을 찰나에 흘러갔다. 어린 딸아이의 모습이 되살아났다. 기억 속 그 아이는 언제고 20여 년 전 바로 그날 그 얼굴로 판박이되어 있었다. 노을빛 선연한 저물녘, 아우라지 강가에 혼자 나와 앉아 발악하듯 노래하던 그 모습으로.

세수를 마친 신 씨는 출근 준비를 했다. 면도를 하고 손수 와이셔츠를 다리는 일은 근무일 아침마다 반복되는 행사였다. 방을 막 나서려던 그는 어억, 가슴을 움켜쥐며 주저앉았다. 심장이 역류하는 듯한 엄청난 통증이 몰려왔다. 그는 호주머니에서 간신히 약병을 꺼냈다. 알약 두 알을 입안에 털어 넣고 방바닥에 드러누웠다. 아. 이대로 끝나고 마는 것인가. 결국 이런 몰골로…… 죽음의 그림자가 쉿소리를 내며 그의 눈앞을 아주 천천히 지나갔다. 둔중한 통증이 조금씩 잦아들었다. 온몸은 이미 땀으로 흥건했다. 한동안 뜸해졌다 싶더니, 이달에만 벌써 두번째였다. 그는 벽에 등을 기댄 채 눈을 감았다. 악몽 같은 기억들이 한꺼번에 달려들었다.

여보, 태묵이만 데리고 어서 가. 나, 나는 틀렸어. 그런데, 이것 봐. 민자가, 우리 민자가 숨을 안 쉬는 거 같아. 폭탄 파편에 맞아 하체가 몽땅 날아가버린 아버지가 흥건한 핏물을 깔고 앉은 채 헐떡이며 외쳤다. 아버지의 팔에 안긴 여동생의 얼굴은 피범벅이었다. 안 돼, 여보! 민자야아. 내 새끼야. 어머니가 미친 듯 울부짖었다……

에이야 호 에이야 호. 낮이 지나고 밤이 오면 꽃들은 외로워 울지 않을까 에이야 호. 더는 찢어발길 풀잎도 없어지자 계집아이는 갈퀴처럼 양 손아귀 가득 자갈을 우두둑 훑어 쥐었다. 이리 와. 집으로 들어가자 어서. 그가 불렀지만, 물 위에 자갈을

퐁당퐁당 내던지며 계집아이는 노래를 멈추지 않았다……

여보, 내 얘기를 들어보세요, 제발. 아내가 그의 팔에 매달리며 다급하게 울음을 터뜨렸다. 어쩌면! 당신이란 사람은 이 세상 그 누구도 믿지 못하는군요. 무서워라. 당신이 너무나 무서워요. 에이야 호 에이야 호. 나비와 같이 훨훨 날아서 나는 갈 테야 에이야 호. 눈처럼 흰 스웨터를 입은 아내가 돌아서서 환하게 웃고 있었다. 종이를 접어 만든 접시꽃 다발을 가슴에 안은 아내는 봄 햇살처럼 곱고 화사했다. 그것은 혼례식도 없이, 읍내 사진관에서 단둘이서만 찍었던 결혼 기념사진이었다. 신 씨는 목구멍으로 울컥 치받는 뜨거운 덩어리를 아프게 되삼켰다.

이윽고 신 씨는 대문을 나섰다. 골목을 내려오는데, 무릎이 마구 후들거렸다. 그는 몇 번이나 걸음을 멈추고 숨을 골랐다. 모래 더미에 짓눌린 듯 가슴이 무겁고 답답했다. **울어버려. 울어버려야 해. 안 그러면 넌 죽고 말아.** 꿈속의 그 정체 모를 음성이 되살아났다.

'그래. 혹 그날이 바로 오늘인지도 모르지.'

요즘 그는 부쩍 자주 죽음을 떠올렸다. 최후의 순간은 불시에 찾아들 터이다. 이렇게 노상에서 덜컥 마주칠 수도 있겠지. 오래전 J시 역에서였다. 그는 한 노인이 대합실 바닥에 쓰러져 숨을 거두는 광경을 곁에서 지켜본 적이 있다. 필시 심근경색이었으리라. 그는 최소한 그 노인처럼 구경꾼들 앞에서 죽음을 맞지 않기만을 바랐다. 그러나 그 또한 운명이라면, 어찌하겠는가.

신 씨는 네거리 어귀 식당에 들어섰다. 아침 식사는 매일 그 집에서 해결했다. 때로 점심이나 저녁은 역내 근무자 숙소에서 동료들과 함께 지어 먹기도 했다. 피차 박봉인 처지에 식비를 줄이기 위한 방편이었다. 직원 식당이 구비된 도시의 역 말고는, 지방선 오지에 근무하는 역무원들은 어디나 그럴 터였다. 식당 주인 서 씨가 대뜸 근심스러운 표정을 떠올렸다.

"신 주사님. 안색이 안 좋으신 것 같은데, 괜찮으십니까?"

"잠을 좀 설쳤을 뿐이오."

"아유, 그러시면 안 되지요. 세상에 잠만 한 보약이 없다지 않습니까."

안쪽에 인부들 예닐곱이 둘러앉아 있었다. 고개 오르막길 확장 공사가 몇 달째 더디게 진행 중이었다. 식사를 기다리는 사이, 그는 조간신문을 집어 들었다. 전단지 하나가 툭 튀어나왔다. 실종자를 찾습니다. 군 경찰서에서 배포한 거였다.

"설마, 아이를 진짜 제 손으로 죽였을까."

"애비가 제정신이 아니라잖아. 사리분별할 정도면 누가 미쳤다고 하겠어?"

"헛것이 씐 게지. 아이가 아파서 그랬다고, 귀신이 들었기 때문에 산에다 묻었다고 횡설수설한다면서? 그런 경우가 종종 있나 봐. 텔레비전에도 나왔잖아. 사이비 종교에 빠진 사람들이

별의별 끔찍스런 사건을 다 저지른대요."

"근데, 난 아무래도 이해가 안 가네. 그때가 새벽 2시였다며? 현장에 아이 엄마도 함께 있었다면서, 왜 그걸 보고만 있었을까? 남편이 아들을 죽여 땅에 묻을 때까지 뭘 했느냐고."

"여자는 산을 따라 오르다가 중간에서 혼자 주저앉아버렸대. 평소 허리 병으로 제대로 거동도 못 하는 여자라잖아."

"아니래요. 경찰서에 데려다 놓고 보니까, 여자도 정신이 오락가락하더래요. 남편보단 덜해도, 원래 그런 기미가 있었던 모양이래요."

"젠장, 양쪽 다 정신이상자로구먼. 그런 사람들이 왜 결혼을 해서 아이까지 낳았느냔 말이야. 정상적으로 자식을 키울 능력도 없는 주제에, 쯧."

"아직 시체도 못 찾았다며?"

"경찰이 수색견까지 동원해 뒤졌지만 나오질 않았대. 아비란 작자는 여전히 정신병원 안에서 횡설수설만 하고 있고."

"도망치기라도 했으면 좋을 텐데."

"어따, 순진한 아홉 살짜리가 뭘 알고 도망을 쳐? 설마 애비가 절 죽일 거라고 상상이나 했겠어? 더구나 새벽 2시였다는데. 젠장, 끔찍스럽구먼."

자리를 털고 일어난 사내들이 왁자지껄 식당을 빠져나갔다. 신 씨는 여느 아침처럼 혼자 조용히 식사를 했다. 억지로 두어 술 뜨다 말고 수저를 내려놓았다. 그는 말없이 전단을 들여다보았다.

　10월 24일 02:00경, 정신이상 증상이 있는 아버지와 함께 ○면 ○○리 소재 골짜기 부근까지 동행했다가 아버지만 귀가하고 실종자는 현재까지 아무 연락 없이 미귀가. 인적 사항. 최○○(9세, 남) ○○읍 ○○초등학교 3학년. 인상착의 120cm, 31kg, 보통 체격, 둥근 얼굴. 실종 당시 상의 회색 스웨터 황색 재킷 착용, 하의 회색 바지 착용. 상기 실종자를 알고 계시는 분이나 목격하신 분은……

　아이의 컬러사진 한 장이 실려 있다. 수학여행 길에 친구가 찍어준 것일까. 관광버스 두 대를 배경으로, 사내아이는 수줍은 미소를 띤 채 카메라를 응시하고 있다. 귀엽고 천진스러운 인상. 주소를 보니, 바로 고개 너머 마을이었다.
　"참 기막힌 일도 다 있지 뭡니까. 그 아이 아버지 말입니다. 역 앞에서 조그만 가게를 열고 있는데, 나도 얼굴을 아는 사람이지요. 평소엔 말 없고 착실한 사람인데, 얼마 전부턴가 정신이 오락가락하게 된 모양이래요. 군대에서 너무 맞아서 그렇다고들 하더군요. 사건이 일어난 그날, 아이가 경기를 일으키자 부부가 읍내 의료원으로 데려갔는데, 그 사람이 어쩌다 의사하고 한바탕 티격태격 싸운 모양이래요. 결국 진찰도 안 받고 나와서 밤늦게 함께 집으로 되돌아오던 참인데, 바로 그 골짜기

부근에서 용달차를 세운 다음 셋이서 산으로 올라갔다는 겁니
다. 그 속사정이야 누가 알겠습니까. 여하튼 여자는 허리가 아
파 중간에 남고, 두 부자만 산으로 올라갔대요. 그런데 두어 시
간 뒤에 그 아버지란 사람만 혼자 내려오더래요. 여자가 경찰에
신고를 해서 남자를 붙잡아 왔는데, 칠흑 같은 한밤중에 일어난
일이니 설사 제 손으로 직접 묻은 자리라고 해도 그걸 정확히
기억해낼 수가 있었겠어요. 더구나 정신 성한 사람도 아니고.
어쨌건 경찰은 현재까지 아무 단서도 못 찾은 모양이래요.”

식당 주인 서 씨가 그릇을 치우며 설명했다. 칠흑 같은 밤,
가파른 산길을 나란히 걸어 오르는 한 남자와 한 아이의 뒷모습
이 악몽의 한 장면처럼 신 씨의 눈앞에 또렷이 그려졌다. 목 안
에서 뭔가 뜨겁고 불쾌한 덩어리가 울컥 솟구쳤다. 서 씨가 황
급히 어깨를 부축해주었다.

“이런! 혀, 현기증이 나서 그만…… 고맙소.”

“읍내 병원까지 제가 차로 모셔다 드릴까요?”

“아니, 이젠 괜찮아요.”

주인 부부가 염려스러운 표정으로 문밖까지 따라 나왔다. 애
써 아무렇지 않은 양 그는 네거리를 천천히 건넜다. 오늘은 자
꾸 왜 이러지. 담배 때문일 거야. 이젠 정말 끊어야겠어. 역을
향해 걸음을 옮기며 그는 중얼거렸다. 얼굴과 등에 식은땀이 흥
건했다.

“저 양반, 심장이 안 좋다던데……”

가게 앞에서 그의 뒷모습을 지켜보던 서 씨가 중얼거렸다.

"저러다 덜컥 큰일이라도 당하시면 어떡해요. 남부럽잖은 직장까지 가진 분이 어째서 저 나이에 혼자 살게 됐는지, 참 모를 일이래요. 급히 알릴 만한 가족이라도 있을라나."

"아마 혈육이라곤 아무도 없다는 거 같지. 피난길에 식구들을 잃어버린 모양이야. 어머니하고 단둘이만 살아남고."

"결혼한 적이 있다면서요."

"그랬다더군. 어쩌다 기차에서 어린 계집애 하나 딸린 젊은 여자를 만나서, 몇 해 함께 살림을 차렸던 모양이야. 여량에 사는 내 동창 녀석이 내력을 좀 알더라고. 바로 이웃에 저분 식구들이 살았었다니까. 심성이 괜찮은 여자였다는데, 어째선지 부부간에 끝이 아주 불행했던가 봐. 여자가 스스로 목숨을 끊었다더라고. 강물에 뛰어들어서."

"어머나, 세상에. 그럼 그 딸아이는 어떻게 됐어요?"

"딸?"

"여자가 계집애 하날 데리고 들어왔다면서요."

"그 아이 얘긴 못 들은 거 같은데. 어차피 피 한 방울 안 섞인 처진데, 딸이라고 할 것도 없잖아."

"저 아저씨도 참 박복하시네요."

"그러게. 영 딱하게 됐어."

부부는 문을 열고 식당 안으로 들어갔다.

2

오전 9시. 별어곡역 전 직원이 역무실에 모였다. 역장을 제외한 역무원 다섯 명이 24시간씩 2교대로 근무 중이었다. 매일 아침 열리는 근무 교대식은 근무 조 간의 업무 인수인계와 점호가 이루어지는 자리였다. 여느 아침처럼 몇 마디 간단한 업무 보고와 확인이 있었다.

"오늘은 특별한 소식을 전해드려야겠군요."

대충 마치려나 했는데, 역장이 새삼스레 서류철을 펼쳐들며 입을 열었다. 역장은 이틀간의 본부 출장을 마치고 막 돌아온 참이었다.

"결론부터 얘기하지요. 본부로부터 최종 확정된 안이 나왔습니다. 우리 역은 내년 11월 15일을 기점으로, 현재의 보통 역에서 1인 근무자 역으로 바뀌게 됩니다. 아울러 현재 운행 중인 비둘기호 열차는 폐쇄하고, 대신 통일호 열차로 승격 운행될 예정입니다."

젊은 역장은 또박또박 발음했다. 철도대학 출신인 그는 엘리트 코스를 밟아온 젊은 세대답게 매사에 패기만만하고 의욕적이었다. 자신보다 연장자가 셋이나 되었지만, 붙임성 좋은 성격으로 역무실 분위기도 무난히 꾸려나가고 있었다.

"다른 역들의 경우는 어떻게 되는 거죠?"

"정선선 총 7개 역 중, 기점인 증산역과 정선역을 제외한 나머지 5개 역 모두 1인 근무자 역으로 축소됩니다."

떠돌던 소문대로였다. 그래도 설마 했던 터라, 모두들 놀란 기색이었다. 근무자 한 명만 남게 된다는 것은 결국 머잖아 역 자체가 사라진다는 의미였다.

"1년도 채 안 남았잖아. 진짜 정신 못 차리도록 몰아대는구먼."

"결국 정선선은 조만간 폐쇄되고 말겠군요."

"별수 있나. 만성 적자 노선부터 최우선으로 정리하겠다는데."

"설마 정선선 자체를 완전히 없애기야 하겠습니까. 멀쩡한 철길을 뜯어낼 수도 없고, 뭔가 대책을 내놓겠지요."

"벌써부터 군청에선 관광 열차로 바꿔 운행할 계획을 검토 중이라더군."

잠시 어수선한 대화를 듣고 있던 역장이 다시 입을 열었다. 아쉽기야 하지만, 우리로선 대세를 따라야지 어떡합니까. 사실 아이엠에프 사태 이후 제반 여건이 엄청나게 달라졌어요. 2~3년 후엔 서울 부산 간을 두 시간 만에 주파하는 시속 300킬로미터의 고속전철이 등장합니다. 이를 기점으로, 한국 철도청은 완전히 민영화 체제로 전환되어질 것입니다. 말 그대로 치열한 생존 경쟁에 돌입하는 겁니다. 당장 승객 감소와 설비 낙후성으로 인해 만성 적자에 허덕이는 문제 노선과 역들부터 우선 정리하겠다는 것이 상부 방침입니다. 경영합리화니 구조 개혁이니 따위

가 뭐 별다른 것이겠습니까? 더 늦기 전에 살길을 찾아야 한다
는 얘기겠지요. 역장은 손에 쥔 메모를 들여다보면서 한동안 장
황하게 설명했다. 직원들의 표정은 굳어 있었다.

"이젠 구조조정 바람이 본격적으로 불어닥치겠군."

"그야 빤한 수순이잖아."

저마다 복잡한 표정으로 자리에서 일어났다. 전번 근무자가
모두 퇴근한 뒤, 역장이 신 씨에게 다가오더니 서류 봉투를 슬
그머니 내밀었다. 마침 다른 두 사람은 자리에 없었다.

"하필 제 손으로 이걸 전하게 돼서 송구합니다만, 본부에서
주더군요. 퇴직에 필요한 서류 같습니다."

"그렇습니까? 신청한 지 한참 지났는데, 어째 소식이 없다
싶더니만."

신 씨는 애써 태연히 그걸 받아 들었다.

"명예퇴직 신청자 건은 내년 1월 말일 자로 일괄처리할 방침
이랍니다. 이번엔 대대적인 인사이동도 함께 있을 거라는 소문
이어서, 본부 분위기도 온통 어수선하더군요. 그나저나 신 주사
님 떠나시면 저희가 섭섭해서 어쩝니까. 겨우 두 달밖에 안 남
았으니……"

"나갈 사람은 얼른 가야지요. 사실 염치없이 자리를 너무 오
래 차지하고 있었습니다. 허허."

신 씨는 낮게 웃음을 터뜨렸다. 그건 진심이었다. 이른바 국
유철도특례법에 따른 대규모 구조조정이 이미 진행 중이었다.

젊은이들조차 강제로 떠밀려 나갈 판인데, 자신은 천수를 누리고도 남은 셈이었다. 그런데도 막상 가슴 한 귀퉁이가 서늘해 왔다.

신 씨는 모자를 찾아 쓰고 밖으로 나왔다. 열차 도착 시각이었다. 화단가에서 새장을 들여다보던 정동수가 꾸벅 인사를 했다. 기온이 뚝 떨어진 며칠 전, 신 씨는 손수 새장을 숙소 안으로 옮겨놓았다. 노란색 잉꼬 한 쌍이었다.

"자네가 꺼내 왔나?"

"햇볕 구경 좀 시켜주려고요. 방 안이 답답한지, 두 놈 다 풀이 팍 죽어 있잖아요."

정동수가 가지런한 치열을 드러내며 숫기 없이 웃었다. 그 풋풋한 웃음에, 신 씨는 자신의 풋내기 역무원 시절을 떠올렸다. 이젠 나도 남들처럼 세상에 뿌리를 내리고 살아갈 수 있겠구나. 그렇듯 턱없는 기대와 자신감에 부풀었던 시절. 하지만 그건 아주 잠시였다. 그의 나머지 생은 오로지 환멸과 고통만으로 채워진 시간이었다. 만약 그 예기치 못한 사고만 일어나지 않았더라면, 내 인생도 조금은 달라질 수 있었을까. 가슴속 깊이 묻어둔 회한이 느닷없이 고개를 쳐들었다. 이런, 부질없는 짓이라니. 신 씨는 중얼거리며 하늘을 올려다보았다.

정동수가 물통을 채워 새장 안에 넣어주었다. 작년 여름, 어쩌다 수컷 한 놈이 역무실 안으로 날아들었다. 마을에 수소문을 했으나 주인은 나타나지 않았다. 결국 신 씨는 읍내 장에서 새장과 함께 암놈 한 마리를 구해 돌아왔다. 그때부터 새 돌보는 일은 순전히 그의 몫이 되었다.

"녀석들 보게. 자넬 무서워하지 않는군."

"이젠 얼굴을 알아보나 봐요."

"거 참, 잘됐구먼."

신 씨는 혼자 빙긋이 웃었다. 자신이 떠나더라도, 녀석들은 청년의 손에 자라게 될 터였다. 나른한 햇살에 흠뻑 젖은 새들이 조잘거렸다. 신 씨는 자신의 손때 묻은 화단을 새삼스레 바라보았다. 철 지난 화초들이 누렇게 말라가고 있었다. 역사 주변 작은 공간마다 그는 매년 꽃씨를 심었다. 팬지, 맨드라미, 봉숭아, 샐비어, 분꽃, 금송화…… 꽃들은 봄부터 가을까지 쉬지 않고 번갈아 피어났다. 그는 특별히 봉숭아를 많이 심었다. 그 연분홍 꽃잎은 통학하는 마을 계집아이들의 손톱 끝에서 이른 봄까지도 곱게 피어 있었다. 간간이 역을 찾아든 등산객들은 화단 앞에서 찰칵찰칵 사진을 찍어가곤 했다. 꽃호박, 수세미, 조롱박도 주렁주렁 열렸다. 더러 욕심내는 사람들을 보면, 씨앗으로 쓰라고 열매를 따서 나눠 주었다. 지금 그의 책상 서랍엔 내년 봄 파종할 꽃씨가 봉지째 보관되어 있었다. 그 봉지들 역시 이젠 청년에게 넘겨줘야겠다고 그는 생각했다.

신 씨가 대합실로 들어서자, 의자에 앉은 중년 여인 둘이 알은체를 했다. 발치에 큼지막한 플라스틱 대야가 하나씩 놓여 있었다.

"여어, 다슬기 알이 제법 굵구먼. 장에 나가시나 봐요."

"아니래요. 장날은 어제였고요. 영월읍으로 팔러 나가는 길
이래요."

"역 앞에 식당들 쪼르르 있잖어요. 우리하고 항상 거래하는
집이 거기 있거든요."

"이리 많은 걸 하루에 다 잡으셨습니까?"

"하루는요. 두어 시간이면 반 부대 정도는 너끈히 잡아요. 요
즘은 다슬기가 한군데로 모이는 철이라, 강바닥에 돌 빼놓고는
전부가 다슬기래요."

"작년에는 이보다 더 했는데요 뭐. 큰 돌멩이 하나 밑에서만
3킬로나 잡은 적도 있더래요. 혼자 물 밖으로 끌고 나오기도 힘
들었지 뭐예요."

두 여자 다 손등이 나무껍질처럼 거칠고, 손톱은 거멓게 닳아
있었다. 강가 마을 여인네들이었다. 봄가을이면 강폭 한가운데
서 ㄱ자로 허리를 꺾은 채 다슬기를 줍고 있는 그녀들의 모습
을 언제고 볼 수 있었다. 농토 부족한 산골 주민들에게 다슬기
는 제법 쏠쏠한 가외 수입이었다. 읍내 향토음식점에선 탕과 해
장국이 관광객들에게 인기였고, 당뇨병과 간에 특효라는 엑기
스는 꽤 높은 값에 팔려나갔다. 대야에서 비릿한 물 냄새가 훅
풍겨왔다.

신 씨의 아내도 이따금 다슬기를 주워오곤 했다. 바닷가에서

자란 그녀는 그것을 민물고둥이라고 불렀다. 숙취에 좋다는 얘기를 어디서 얻어들은 모양이었다. 물비린내가 싫다고 자신은 끝내 먹지 않으면서도, 술 마신 다음 날 아침 그의 밥상 위에 으레 그 검푸른 다슬기 국물을 내놓곤 했다.

어느 토요일 오후였던가. 근무 시간 중 그는 역무실 창문 저만치로 지나가는 아내의 모습을 우연히 발견했다. 여량역 뒤쪽으로 난 강둑길을 혼자 내려가는 아내의 옆구리엔 작은 소쿠리가 들려 있었다. 유난히도 환한 초여름 날, 먼발치에서 훔쳐본 젊은 아내의 뒷모습은 참으로 곱고 사랑스러웠다. 불현듯 장난기가 동한 그는 아무도 몰래 역무실을 빠져나왔다. 그는 기척 없이 불쑥 나타나 아내를 놀라게 해줄 생각이었다. 평소 감정 표현에 지독히 서툰 그답지 않은 짓이었다. 놀라움으로 금세 발갛게 달아오를 아내의 얼굴이 보고 싶어서, 그는 쥐똥나무 울타리를 넘어 경사진 둑길까지 잰걸음을 쳤다.

강폭이 넓고 물살이 순한 자리에서 아내는 혼자 허리를 꺾고 있었다. 햇살은 병아리 솜털처럼 포근하고, 강물은 그녀의 허벅지까지 푸르게 차올랐다. 강 주위엔 아무도 없었다. 수면에 얼굴을 붙인 채 고요히 물 밑을 응시하고 있는 아내는 한 마리 백로 같았다. 그때 어디선가 호랑나비 하나가 홀연 그녀의 머리 위에 내려앉았다. 아내는 그런 줄도 모르고 있었다. 한낮의 아우라지 강변은 물소리만 가득했다. 그녀의 여린 등허리 위로 햇살은 흐드러지고, 거울 같은 수면은 찬란한 빛 무더기를 통통

퉁겨 올렸다. 흘러내리는 머리채를 이따금 쓸어 올리는 아내의 하얀 손. 그때마다 드러나는 가늘고 뽀얀 목덜미. 호랑나비는 여전히 그녀의 머리 위에서 고요히 맴돌았다. 아내의 자태가 너무나 고와, 그는 차마 시선을 뗄 수가 없었다. 벅찬 행복감에 그는 중얼거렸다. 아, 저 여자가 내 아내라니. 저리도 곱고 사랑스러운 여자가 내 사람이라니…… 저도 모르게 눈물이 솟아났다. 강둑 버드나무 그늘에 멈춰 서서 그는 오래도록 눈이 부셨다.

그날의 그 하얀 목과 가녀린 두 손, 투명한 강물에 잠긴 흰 무릎과 발목이 신 씨의 눈앞에 선연히 떠올랐다. 아아, 다시 그 여름날로 돌아갈 수 있다면. 시간을, 단 한순간만이라도 되돌릴 수 있다면! 목 안의 뜨거운 덩어리를 그는 고통스레 되삼켰다.

"다들 나오십시오. 열차가 곧 도착합니다."

그의 말에 여자들이 서둘러 대야를 이고 일어섰다. 승객은 그녀들이 전부였다. 저만치 산굽이를 돌아 열차가 뒤뚱뒤뚱 모습을 드러냈다. 객차 두 량만 달랑 달았음에도, 그 고물 디젤 기관차는 늘 힘이 부쳐 빌빌거렸다. 기껏 달려봤자 시속 50킬로미터. 철길 바로 옆 포장도로를 보란 듯 질주하고 있는 자동차들에 비하면 한심하기 짝이 없는 속도였다. 녀석은 현재 국내에 단 하나 남아 있는 마지막 비둘기호였다. 전국 다른 모든 노선에선 번듯한 신형 차종에 밀려나 오래전 멸종되었음에도, 녀석 혼자 여태 이곳 정선선에 남아 숨을 헐떡이고 있었다. 그렇지만

신 씨에겐 살붙이마냥 정이 든 녀석이었다. 기적 소리만으로도 그는 녀석이 어디쯤 오는지를 훤히 알 수 있었다.

"녀석 좀 보라지. 천식 걸린 늙은이같이 헉헉대는 몰골이라니."

손수 길러온 늙은 황소한테라도 하듯, 그는 낮게 혀를 찼다. 험준한 산맥을 뚫고 돌아서 정선선 철길이 처음 놓인 게 1974년이었다. 광산업이 한창 호황을 구가하던 시절, 태백선과 정선선은 전국에서 가장 활기찬 노선이었다. 두 철길의 교차점인 증산읍에선 강아지도 지폐를 물고 다닌다는 말이 나돌 정도였다. 아침저녁 광산으로 출퇴근하는 직원들, 통학생 아이들, 또 각지에서 찾아든 외지인들까지 한데 뒤섞여 북적대던 시절. 이젠 그 모두가 전설처럼 아득한 얘기였다.

긴 세월 산골 주민들의 고마운 발이 되어주었던 간이역들은 이젠 하나같이 천덕꾸러기 신세로 전락해 있었다. 별어곡역만 해도 그랬다. 읍내 장날 하루쯤 그나마 사람 구경을 할 수 있을까. 모두들 너나없이 네거리 버스 정류장으로 미련 없이 발길을 돌렸다. 하긴, 누군들 빠르고 편리한 자동차를 놔둔 채 기껏 하루 두세 차례 운행되는 굼벵이 고물 열차를 기다렸다 타겠는가. 빠르게. 더 빠르게. 온 세상이 속도와 편리함만을 좇아 정신없이 내달리는 이 현란한 시대에 말이다. 강원도 산골이라는 말도 옛 얘기가 된 지 오래였다. 이젠 어딜 가나 번듯한 차도며 터널이 팔방으로 뚫려, 막힌 데가 거의 없었다.

빠아앙. 목쉰 경보음을 울리며 열차가 들어왔다. 플랫폼 끝에 차려 자세로 선 신 씨는 푸른 깃발을 힘차게 들어올렸다. 대야를 인 두 여자가 차에 올랐다. 내린 사람은 아무도 없었다. 객차 안이 썰렁했다. 오늘따라 열차는 더 낡고 우중충해 보였다. 요즘은 전열 난방장치가 되어 있지만, 예전엔 객실 통로에 연탄난로를 피워놓고 겨울을 나던 열차였다. 기관사가 눈인사를 보내왔다. 무선 수화기를 손에 쥔 승무원 황 씨가 홈으로 내려섰다.

"날씨가 아침부터 갰다 흐렸다 오두방정을 떠네요."

"그러게. 방금 진까시 환하더니만."

매일같이 얼굴을 대하는 사이라, 그게 서로의 인사말이었다.

"오후엔 기온이 뚝 떨어진다는데, 눈이라도 쏟아질라나."

"아무려면, 벌써?"

"금년 겨울은 엄청 빠르답니다. 대관령엔 엊그제 첫눈이 왔다고 하잖아요."

정차 시간 1분이 금세 지났다. 자아, 가보겠습니다. 그래, 수고들 하시게나. 민첩하게 후미를 두 번씩이나 살핀 다음, 신 씨는 호루라기를 불며 깃발을 힘차게 흔들었다. 덜커덩. 바퀴가 천천히 움직이기 시작했다. 그때였다. 창가에 앉은 두 사람의 모습이 그의 눈에 화살처럼 날아와 박혔다. 갸름한 옆얼굴의 여인. 작은 입을 동그랗게 오므려서 창유리에 입김을 호호 불어넣고 있는 어린 계집아이. 그는 다급히 두 손을 뻗었다.

"여, 여보!"

열차는 벌써 저만치 달아나고 있었다. 홀린 듯 서너 걸음을 내닫다가 그는 힘없이 멈춰 섰다. 설마…… 아니야. 아무래도 내가 미친 게지. 이젠 헛것까지 눈에 뵈다니. 고개를 저으면서도, 신 씨의 흐린 시선은 아직 열차를 좇고 있었다. 레일 위를 구르는 바퀴 소리가 아득히 잦아들었다. 피잉, 또다시 어지럼증이 일었다. 그는 이정표 입간판에 한 손을 짚은 채 숨을 몰아쉬었다.

3

모든 불행은 단 한 번의 사소한 실수에서 비롯되었다. 그 우연한 순간의 실수는 예기치 않은 사고를 불러왔고, 그의 인생을 송두리째 진흙탕 속에 처박아 넣고 말았다.

운명의 그날, 1973년 12월 24일 J시 역. 거리마다 캐럴송이 흘러넘치는 크리스마스이브였다. 그는 전날 아침부터 그때까지 꼬박 서른 시간째 근무를 계속하고 있었다. 원래는 이날 아침 교대할 차례였으나, 후번 근무자가 돌연 병원에 입원했다는 연락이 왔던 것이다. 부득이 오후까지 연장 근무를 해야 했으나, 그는 큰 불만은 없었다. 크리스마스인 다음 날 하루를 통째 쉴 수 있어서 오히려 잘됐다 싶기도 했다. 덕분에 모처럼 홀어머니를 모시고 가까운 온천에라도 다녀올 생각이었다.

그즈음 그에겐 특별히 기분 좋은 일이 있었다. 경력 8년 만에 첫 진급 시험을 통과했던 것이다. 한 달 후엔 승진과 동시에 새 근무지로 발령을 받게 될 예정이었다. 3년 동안 격무에 시달려 온 J시 역을 떠나, 한가한 시골 보통 역에서 근무하게 되리라는 사실도 마음을 들뜨게 했다.

오후 5시 반. 여객 업무 담당인 그는 플랫폼으로 나가서 대기했다. 서울발 T시행 급행열차만 보내고 나면 드디어 근무 교대였다. 몹시 춥고 어두운 저녁이었다. 전날 내린 눈으로 땅바닥은 어디나 미끄러웠다. 20분이나 연착한 열차는 대만원이었고, 한꺼번에 쏟아진 승객들로 플랫폼은 발 옮길 틈도 없이 혼잡했다. 3분간의 정차 시간이 지나자 열차는 출발을 서둘렀다. 그는 익숙한 동작으로 맨 후미 차량 옆에 서서 기관사를 향해 안전 신호를 보냈다. 그때 그는 바로 등 뒤의 젊은 남자를 전혀 보지 못했다. 그 만취한 남자는 플랫폼 바닥에 무릎을 꿇고 엎드려 있었다. 아마도 연석 아래로 굴러 떨어진 자신의 손가방을 집어 올리려 했던 모양이다. 등 뒤에서 터져 나온 끔찍한 비명 소리에 놀라, 그는 기관사를 향해 황급히 긴급 정지 신호를 보냈다. 이미 때늦은 뒤였다.

병원으로 향하는 구급차 안에서 젊은 남자는 숨을 거두었다. 청년은 스물두 살의 광부였다. 거주지인 강원도 사북읍엔 결혼한 지 1년밖에 되지 않은 그의 아내와 갓난아이가 남아 있었다. 그 남자는 J시의 친구 결혼식에 왔다가 잔뜩 취해서 혼자 돌아가던 길이었다. 동료들의 만류에도 불구하고 신 씨는 혼자 병원 영안실 입구까지 찾아갔다. 차마 분향소 안으로 들어갈 용기가 나지 않았다. 그는 사람들의 시선을 피해 건물 바깥에서 서성였다. 초라하기 그지없는 장례였다. 동료들 외에는 일가친척조차 별로 없는 눈치였다. 유리창을 통해서, 신 씨는 그 남자의 아내를 처음 보았다. 겨우 스무 살이 될까 말까 한 그 앳된 얼굴의 여자는 잠든 젖먹이를 안고 넋 나간 모습으로 벽에 기대 앉아 있었다. 종잇장같이 창백한 여자의 낯빛이 신 씨의 가슴을 칼날처럼 후벼 팠다. 창문가에 도둑처럼 숨어 서서 신 씨는 마음속으로 망자와 가족들에게 수없이 용서를 빌었다.

근무 과실의 책임을 물어, 그에겐 6개월 감봉이라는 중징계 처분이 내려졌다. 물론 예정된 진급 역시 취소되었다. 그러나 정작 자신보다 더 무거운 문책을 당한 사람은 역무를 총괄하는 최고 책임자인 역장이었다. 정년을 불과 3년 남겨놓고 있던 역장은 그 사고에 대한 책임을 지고 결국 앞당겨 옷을 벗었다. 신 씨는 몇 번이나 사표를 내려고 했지만, 그때마다 주변에서 한사코 만류하는 바람에 어쩔 수가 없었다.

그 이후 신 씨는 극심한 죄의식에 시달렸다. 몸에 밴 불면증은 점점 더 심해졌고, 자학적으로 알코올에 빠져들었다. 비번인 날이면 어김없이 만취해 인사불성이 되었다. 술기가 오르면 공격적으로 돌변하는 그를 동료들은 하나같이 피했다. 그즈음 홀어머니마저 덜컥 세상을 떠나고 말았다. 피난길에 폭격을 맞아

남편과 딸을 한꺼번에 잃어버리고, 평생을 시장 바닥 좌판 행상으로 외아들만을 바라보며 살아온 어머니였다. 아들이 공무원이 되었을 때, 온 세상을 독차지한 듯 행복해하던 어머니의 모습을 그는 잊을 수가 없었다. 그는 이제야말로 보란 듯이 어머니의 한을 보상해드리고 싶었다. 그것은 가난과 외로움에 찌든 자신의 과거에 대한 최선의 보상이기도 했다. 하지만 이제 그 소망은 영영 처참하게 무너져버렸다. 그에게 남은 건 끔찍한 절망과 자기 학대뿐이었다. 그는 스스로 폐인이 되기로 작정한 사람 같았다. 그러나 운명은 또 다른 모습으로 그를 기다리고 있었다. 술과 도박, 방탕과 자포자기의 늪에 속수무책 내던져 있던 바로 그즈음, 그는 바로 그 여자와 또 한 번 마주쳤던 것이다.

정선선 여량역에서 근무하던 첫해, 늦여름이었다. 때마침 태풍이 북상 중이었다. 수십 년 만에 처음이라는 초대형 태풍은 가공할 위력으로 남부 지방을 휩쓴 다음 중부 지방으로 이동 중이었다. 텔레비전은 계속 특별 뉴스를 내보내고 있었다. 오후로 접어들자 바람의 위력은 급격히 증가했다. 낡은 문짝과 유리창이 부서져 나갈 듯 흔들리고 화분이며 쓰레기통이 땅바닥에 나뒹굴었다. 낡은 역사 건물 전체가 휘청거렸다.

저녁 9시 막차가 도착할 즈음, 태풍의 위력은 최고조에 달했다. 플랫폼에선 몸을 제대로 가누기조차 힘들었다. 툭 트인 강변에 위치한 여량역은 평상시에도 바람이 드세기로 유명했다.

막차를 떠나보낸 다음, 출입문을 잠그려고 대합실로 들어서던 그는 구석에 웅크려 앉은 두 모녀를 발견했다. 20대 후반의 여자와 대여섯 살짜리 계집아이. 둘 다 피곤에 전 몰골이었다. 여자는 큼직한 가방에 몸을 기댄 채 허깨비처럼 앉았고, 아이는 어미의 무릎을 베고 잠들어 있었다.

신 씨는 그 창백한 얼굴의 여자를 첫눈에 기억해냈다. 그 여자였다. 몇 년 전 J시 병원 영안실에서 젖먹이를 안은 채 슬피 울어대던, 바로 그 젊은 광부의 아내. 그는 한순간 벼락을 맞은 것처럼 눈앞이 아득했다. 간신히 정신을 수습한 그는 여자에게 다가갔다. 몇 마디 말을 시켜보려고 했으나 여자의 퀭한 두 눈은 거의 반응이 없었다. 그녀는 무섭게 몸을 떨고 있었다. 전신이 신열로 펄펄 끓어올랐다. 태풍이 휘몰아치는 캄캄한 밤, 병원도 여관도 없는 궁벽한 산골 마을이었다. 신 씨는 급히 숙직실로 달려가 동료 근무자들을 불러냈다. 그리고 그날 밤은 일단 모녀를 숙직실 안으로 데려가 재웠다.

이튿날 여자는 자리에서 일어났지만, 여전히 반쯤 넋이 나간 상태였다. 계집아이의 입을 통해서, 그는 두 사람이 며칠째 배를 곯다시피 하며 정처 없이 떠돌고 있었다는 사실을 알게 되었다. 역 앞 식당에서 국밥을 사 먹인 다음, 신 씨는 모녀를 자신의 하숙방으로 데려갔다. 그들이 거기서 지내는 동안, 자신은 숙직실에서 기거했다.

며칠 사이 여자는 차츰 맑은 정신을 되찾아갔다. 그녀는 신 씨가 자신을 이미 알고 있다는 사실을 전혀 눈치채지 못했다. 아이를 끌고 동해 바다를 찾아 무작정 집을 나선 까닭을 그녀는 이렇게 말했다.

"어쩌다 여기까지 오게 되었는지, 저도 모르겠어요. 어느 날 새벽 눈을 떴는데, 갑자기 숨을 쉴 수가 없더군요. 목구멍에 돌덩이가 콱 얹힌 것 같았어요. 아아, 이대로 영 죽는구나 싶데요. 가진 돈도 다 떨어지고, 더는 손 벌릴 데도 없는 처지였지요. 문득 마지막으로 바다를 한번 보고 싶었어요. 툭 트인 바닷가에 서면 숨통이 트일 것 같더군요. 그뿐이에요."

퀭한 두 눈을 풀어둔 채 여자는 넋두리하듯 중얼거렸다. 더 묻지 않아도 뻔했다. 그녀는 아이와 함께 죽으려고 했을 것이다. 그런데 기차를 잘못 탄 바람에 두 사람은 바닷가 대신, 첩첩산중인 이곳 여량까지 흘러들어오게 된 거였다. 서럽게 흐느끼는 여자 앞에서 그는 감당할 수 없는 두려움에 사로잡혔다. 대체 무엇이 이 두 사람을 지금 내 눈앞에까지 이끌어준 것일까. 아무리 생각해도, 저주스러운 운명의 장난 같기만 했다. 하지만 그는 자신의 정체를 여자 앞에서 밝힐 수가 없었다.

열흘쯤 지난 어느 날. 점심시간을 틈타 신 씨는 뭔가를 가져오기 위해 하숙집으로 향했다. 무심코 대문을 들어서던 그는 주춤 멈추었다. 수돗가에서 여자가 신 씨의 옷과 이부자리를 산더미처럼 쌓아놓은 채 빨래를 하고 있었다. 소매를 걷어 올린 채 탁탁탁 힘차게 방망이질을 하는 여자의 옆모습을 그는 우두커니 바라보았다. 어느 사이 온몸이 감전된 듯 뜨겁게 달아오르기 시작했다. 그러자 머릿속에 그동안 혼란스레 엉켜 있던 매듭들이 일시에 자명하게 풀리는 듯했다. 그는 목 안의 뜨거운 덩어리를 꿀꺽 삼켰다. 그리고 수돗가로 성큼성큼 다가가, 그녀의 젖은 두 손을 움켜쥐었다.

"내가, 이제부터 지, 지켜주겠소."

신음을 토하듯, 그는 낮고 다급하게 부르짖었다.

"무, 무슨?"

"당신하고 저 아이를 말이오. 내가 지켜주고 싶소."

여자의 두 눈이 커다랗게 벌어졌다. 놀라기는 그 역시 마찬가지였다. 도대체 자신의 입에서 어떻게 그 느닷없는 말이 튀어나왔는지, 스스로도 믿기지 않았다. 그는 여자와 아이를 이끌고 새로 구한 방 두 칸짜리 셋집으로 이사를 했다. 마을 서쪽, 강변이 내려다보이는 아담한 함석지붕 집이었다. 결혼식은 생략하기로 했다. 어째선지 여자가 그것만은 한사코 마다했다. 대신에 그는 혼인신고와 함께 계집아이를 자신의 딸로 호적에 올려주었다. 그리 해주기를 여자가 간곡히 원했던 것이다. 그렇게 세 사람은 마침내 한 식구가 되었다. 신 씨의 나이 서른일곱, 여자는 스물여섯, 그리고 아이는 일곱 살이었다.

11년이라는 나이 차에도 불구하고, 두 사람의 결합은 원만하고 안정되어 보였다. 뜻밖에도 행복은 아주 사소한 것들 속에 있었다. 아내의 정성이 담긴 소박한 밥상, 잘 다림질된 옷, 늘 말끔히 정돈되어 있는 집 안, 퇴근해 대문을 들어서면 느껴져오는 사람의 훈기, 된장국 냄새, 도마질 소리…… 그동안 내내 외롭고 고단하게 살아온 신 씨에겐 그 모든 것들이 더없이 경이롭고 감격스러웠다. 하루하루가 마냥 새롭고 진기하고 빛나는 시간들로 채워졌다. 그토록 애틋하고 가슴 뿌듯한 시간들은 난생처음이었다. 무엇보다 아내와의 잠자리는 그에게 천국 같은 행복감과 충일감을 안겨주었다. 젊은 아내의 살결과 입술, 젖가슴, 더운 입김은 무르익은 과일처럼 향기롭고 봄바람처럼 부드러웠다. 행복한 밤을 보내고 난 다음 날이면 그의 얼굴은 유난히 발그레 상기되어 있었다. 숨을 마시고 내쉴 때마다 아내의 달큼한 살냄새가 물큰물큰 묻어났다.

아내는 천성적으로 말이 없었다. 말보다도 특유의 맑고 잔잔한 웃음과 눈빛으로 표현하는 데 더 익숙한 듯했다. 그러나 언제부터인가 그는 아내의 잔잔한 웃음 뒤에 드리워져 있는 어떤 쓸쓸한 그늘을 읽어내기 시작했다. 본능적으로 그는 그 불길한 그늘의 정체를 알아차렸다. 바로 그 남자였다. 아내의 몸과 마음속엔 그 죽은 남자의 음성과 체취가 문신처럼 또렷하게 새겨져 있었다.

아내의 그 쓸쓸한 웃음을 지켜볼 때마다 그는 견딜 수 없이 고통스러웠다. 목 안에 커다란 납덩이를 삼킨 채 살아가는 심정이었다. 하지만 그 비밀을 고백할 수는 없었다. 입을 여는 순간 모든 걸 송두리째 잃어버리게 된다는 걸 너무나 잘 알고 있었다. 이제 아내는 그에게 나머지 생의 전부였다. 그 자신의 목숨보다 더 소중한 존재였다. 결국 그는 모든 것을 혼자만의 비밀로 만들기로 결심했다. 훗날 그것은 자신의 육신과 함께 무덤 속에 영원히 묻히게 될 터였다.

하지만 운명은 그를 자유롭게 놓아주지 않았다. 불면증은 날이 갈수록 심해졌다. 토해낼 수 없는 비밀은 혼자만의 두려움과 불안을 낳았고, 그것은 그의 영혼의 음습한 틈새에 독사처럼 은밀히 똬리를 틀고 들어앉았다. 그 뱀은 오로지 아내를 향한 그의 허기진 사랑만을 유일한 먹이로 삼았다. 아내를 사랑하면 할수록 그 유독한 뱀의 몸뚱이와 독 이빨도 그만큼 날카롭게 자라났다. 마침내 그의 영혼은 평화와 안식을 잃고 말았다. 그에게 사랑은 더 이상 행복과 즐거움만을 의미하지 않았다. 그것은 감당할 수 없는 지독한 고통과 혼란의 또 다른 이름이었다.

신 씨는 한때 철저한 독신주의자였다. 아버지와 여동생의 참혹한 시신을 길바닥에 버려둔 채 도망쳐 온 그날 이후, 그는 평생 가정도 가족도 갖지 않겠노라 결심했다. 그랬는데, 무엇이 그날 수돗가에서 여자의 두 손을 움켜잡게 만들었던 것일까. 그 또한 운명의 장난이었을 뿐이라고, 그는 훗날 생각했다. 아니면 죄책감 혹은 알량한 연민이나 동정심이었는지도 모른다. 죽은 남자의 아내와 어린 딸을 지켜줘야 한다고 그는 생각했다. 자신의 힘으로, 그들에게 드리운 불행과 불운의 먹구름을 걷어내주고 싶었던 것이다.

그는 아내를 너무나 사랑했다. 하지만 그는 미처 알지 못했다. 과도한 사랑은 늘 맹목의 열정으로 변한다는 걸. 그리고 모든 열정의 과육 속엔 어김없이 폭력과 광기의 씨앗이 박혀 있다는 사실을. 그의 열정은 폭포를 향해 내쏠리는 물살처럼 숨 가쁘고 위태로웠다. 사랑이 크고 깊어질수록 그는 아내에게 더욱더 몰두하고 집착했다. 아내의 숨소리, 눈길이 가닿는 모든 대상들, 생각과 느낌, 심지어 그녀 내면에 저장된 소소한 기억과 추억과 상상의 목록까지를 낱낱이 확인하고, 소유하고, 독점하기를 그는 욕망했다. 그 욕망은 바닥 모를 심해의 어둠을 닮아 있었다. 잠자리에서 합일의 절정에 이르러 온몸이 숯불처럼 지글지글 달아오르는 순간이면 그는 아내의 귓불을 피가 나도록 이빨로 질근질근 짓씹었다. 그리고 터질 듯한 환희와 충일감으로 헐떡이며 부르짖었다.

"아아, 당신은 나야. 나는 당신이고. 알겠어? 그걸 잊지 마. 우린 영원히, 하, 하나야. 우린 절대로 헤어져선 안 돼. 잊지 마. 아아!"

완강하고 집요한 집착과 소유욕에서 비롯한 그 일방적 인력이야말로 지상에 존재하는 가장 순수한 사랑의 형태임을 신 씨는 확신했다. 그것은 자신의 생을 통해 체득해온, 신 씨만의 유일하고 유독한 사랑법이었다. 그 본질은 죽은 어머니와 이어진, 운명적인 탯줄과 같은 것이었다. 적과 원수들로 가득 찬 이 비정한 지상의 전쟁터에서, 그들 피난민 모자는 오직 자신들의 힘만으로 살아남아야 했다. 밧줄로 서로를 묶어 한 몸뚱이가 된 채 속수무책 홍수에 떠내려가야만 하는 어미와 아들. 온 세상에 오직 단둘밖에 없는, 서로가 서로에게 유일한 구명줄이자 버팀목일 수밖에 없는 절박하고 필사적인 관계. 그것이 그가 아는 단 한 가지 사랑법이었다.

언제부터인가 아내의 얼굴이 핏기를 잃어가기 시작했다. 웃음이 사라지고 눈빛은 점점 더 어두워졌다. 무엇엔가 늘 초조해하고, 목을 짓눌린 사람처럼 숨을 헐떡이거나 자주 심호흡을 했다. 그녀 마음속 작은 문들이 하나씩 소리 없이 닫히고 있음을 그는 깨달았다. 잠자리에서도 아내의 몸은 식어 있었다. 일을 하다가도 아내는 문득 손을 놓고 한참이나 망연히 정지해 있곤 했다. 그럴 때 그녀는 전혀 다른 공간과 시간 속에 홀로 가 있는 것 같았다. 그는 그 텅 빈 아내의 눈망울에서 죽은 남자의 모습을 어김없이 읽어낼 수 있었다. 검은 핏자국처럼, 납덩이처럼 그의 가슴 밑바닥 한쪽에 숨겨져 있는 남자. 시골 교회 성가대의 테너 독창자였던 남자. 탄광에서 돈을 모으면 대학에 진학해 꼭 성악 공부를 시작해보리라 홀로 꿈꾸던 남자. 크고 검은 눈에 수려한 용모를 지녔던 그 남자는 여전히 살아서 아내의 주위를 맴돌고 있었다.

신 씨의 그 남자에 대한 애초의 죄책감과 미안함은 어느 사이 분노와 증오까지 뒤엉킨 기괴한 욕망의 덩어리로 변해갔다. 그가 그 남자만을 미워하고 질투한 건 아니었다. 그 남자와 아내가 함께 보낸 모든 시간들, 아내의 가슴속에 숨겨진 모든 추억의 세세한 항목들까지도 그는 미친 듯 질투하고 증오했다. 물론 그 역시 알고 있었다. 그 뒤엉킨 감정과 욕망의 덫이 얼마나 치명적인 것인지를. 하지만 스스로도 이해할 수 없는 어떤 힘에 사로잡힌 채 그는 파국을 향해 치달을 뿐이었다.

무엇인가 그 무서운 덫에서 자신을 구원해주어야만 했다. 그는 자신의 피를 이어받은 아이를 기다렸다. 하지만 어째선지 3년이 지나도록 소식이 없었다. 어느 날 그는 원주로 출장을 나갔다 돌아오는 길에 종합병원에 들러 진찰을 받았다. 선천성 무정자증이 확실합니다. 의사가 말했을 때, 그는 정작 놀라지 않았다. 저주. 업보. 운명. 그런 낱말들이 뇌리에 얼핏 떠올랐을 뿐이다.

집으로 돌아오는 열차 안에서 그는 내내 온몸이 젖도록 식은 땀을 흘렸다. 혹시 이 모든 게 그 남자의 저주 때문이 아닐까. 그 의심은 이내 확신으로 변했다. 그랬다. 절대로 피할 수도 없고, 맞서 이겨낼 수도 없는 저주받은 게임에 말려든 것이 틀림없었다. 밤늦게 역에서 내린 그는 곧장 집으로 들어가지 않고, 혼자 어두운 강변을 찾아 내려갔다. 그는 자갈밭에 벌렁 드러누워 캄캄한 허공을 향해 고함을 질렀다. 그는 미친 듯 울고 싶었다. 목구멍으로 피를 토하듯 맘껏 통곡하고 싶었다. 그러나 이번에도 울음은 터져주지 않았다. 가슴속엔 온통 메마른 모래만 가득 차 있을 뿐이었다. 유년기 이후, 그는 평생 한 번도 울어본 적이 없었다. 어머니의 장례식 때마저 끝내 눈물 한 방울 흘러나오지 않았다. 우는 법을 그는 영영 잊어버렸던 것이다.

그날 이후 신 씨는 완전히 자포자기식으로 변해갔다. 만취한 상태로 귀가할 때마다 어김없이 집 안은 난장판으로 변했다. 급기야 아내에게 손찌검까지 하기 시작했다. 그는 아내를 목숨보다 사랑했고, 영원히 소유하기를 욕망했다. 그 사랑과 욕망은 어느새 광기와 가학의 얼굴을 하고 있었다. 술이 깬 아침마다 그는 후회와 수치심을 견딜 수 없었다. 스스로 손목을 잘라내고만 싶었다. 하지만 며칠 후 다시 똑같은 일들이 반복되었다.

신 씨는 아내를 의심하기 시작했다. 겨우 갓 서른 살인 아내는 처녀처럼 젊고 아름다웠다. 그녀를 훔쳐보는 세상 사내들의 은밀한 시선을 그가 모를 리 없었다. 40대로 접어든 그는 잠자리에서 아내의 식어 있는 몸을 덥혀주지 못했다. 그럴 때마다 그는 젊은 아내에게 미안했고, 스스로 알 수 없는 모욕감에 휩싸였다.

그러다가 언제부터였을까. 혹시 아내가 마음속으로 다른 남자를 생각하고 있는 건 아닐까, 엉뚱한 생각이 뱀처럼 슬며시 고개를 쳐들었다. 그러자 돌연 많은 것들이 정말로 미심쩍고 의심스러워졌다. 그는 아내의 일거일동을 유심히 관찰하고 감시하기 시작했다. 전형적인 의처증이었다. 물론 그는 그 어리석은 의심이 불러올 최후의 파국을 이미 예감하고 있었다. 하지만 그에겐 스스로를 통제할 힘이 없었다. 아내에 대한 죄의식과 후회, 사랑과 연민이 뒤범벅된 그 기이한 광기에 붙들린 채 그는 점점 침몰해갔다.

그 무렵, 자신을 대하는 아이의 눈빛에서 그는 섬뜩한 증오와 분노를 읽어냈다. 처음 만났을 때부터 아이는 좀처럼 그에게 마음을 열지 않았다. 의심하고 경계하면서 늘 몇 발짝 떨어진 거리에서만 맴돌았다. 한 가족이 된 이후에도 아이는 아빠라는 말을 절대로 입에 올리지 않았다. 아이의 차가운 눈빛 앞에서 그는 매번 당혹스러웠다. 혹시 아이가 그 비밀을 알고 있는 게 아닐까, 엉뚱한 의심까지 들었다.

어느 날 밤이었다. 술에 취한 채 대문을 막 들어서는 신 씨의 눈에 허둥지둥 부엌으로 몸을 피하는 아내의 뒷모습이 잡혔다. 그는 모처럼 사 들고 온 과일 봉지를 땅바닥에 냅다 패대기치고는 부엌으로 뛰어들었다. 아내의 머리채를 휘어잡고 마당으로 질질 끌고 나오는 순간, 무엇인가 날카로운 느낌이 그의 허벅지를 스쳤다. 돌아보니, 뭉툭한 식칼을 움켜쥔 계집아이가 그를 노려보고 있었다.

"개새끼. 죽여버릴 거야! 내 손으로, 꼭 죽이고 말 테야."

아이의 입에서 끔찍한 소리가 흘러나왔다. 숨을 씩씩거리며 노려보는 아이의 눈빛이 야수처럼 섬뜩했다. 기가 질린 그는 아이의 손에 칼을 남겨둔 채 도망치듯 집을 나서고 말았다.

마침내 파국의 순간이 찾아왔다. 결혼한 지 5년째로 접어드는 겨울이었다. 저녁 무렵, 신 씨는 여느 때처럼 역무실을 지키고 앉아 있었다. 다급하게 벨이 울리는 순간, 그는 왠지 불길한 예감에 가슴이 철렁 내려앉았다.

"악마…… 당신은 악마야."

수화기를 들자마자 첫 마디가 그랬다. 아내였다. 기이할 정도로 낮고 차분한 음성이었다.

"당신은…… 처음부터 다 알고 있었어."

"무슨 소릴 하는 거야?"

"그날 당신은 그 사고 현장에 있었어. 바로, 당신이, 근무자였으니까."

"뭐, 뭐라고?"

"소용없어요, 이젠. 역장님한테서 다 들었으니까. 하느님 맙소사. 난, 난 그런 줄도 모르고……"

눈앞이 캄캄해졌다. 여보, 지금 제정신이야? 대체 무슨 엉뚱한 얘길 듣고 와서 그러는 거야, 응? 수화기를 움켜쥔 채 그는 몸을 부들부들 떨었다.

며칠 전 진급 심사 결과 통보가 내려왔었다. 그는 애초에 털 끝만큼도 기대하지 않았다. 오래전 J시 역에서의 사고는 경력상 치명적인 결함에 속했다. 과실로 인해 중징계를 받은 처지였으므로, 진급은 평생토록 불가능할 터였다. 그 무렵 아내는 역장 집에 자주 드나들며 일손을 거들어주곤 했다. 역장 부인이 한쪽 다리 골절상으로 거동이 불편했던 것이다. 그날은 점심을 먹으러 집에 들렀던 역장이, 아마도 위로한답시고, 하필 그 사고 얘기를 그의 아내 앞에서 끄집어낸 모양이었다. 물론 역장은 그녀의 내력을 전혀 알지 못하고 있었다.

"한 가지만, 꼭 대답을 들어야겠어요."

아내는 잠시 말을 끊었다.

"어째서죠? 처음부터 빤히 알고 있었으면서, 왜 그때 우릴 붙잡았던 거죠?"

"여보. 그게 아니라니까."

"무서워요. 당신이라는 사람…… 도대체 왜, 나를…… 당신 은 악마예요, 악마!"

찰칵, 전화가 끊겼다. 여보. 잠깐만 내 애길 들어봐. 안 돼. 그는 허둥지둥 집으로 달려갔다. 집은 비어 있었다. 세탁해서 방바닥에 단정하게 개어놓은 옷들을 보는 순간, 그는 가슴이 철 렁했다. 마침 대문으로 들어서던 계집아이와 마주쳤다. 네 엄 마, 어디 있지? 빨리 대답해. 아이는 잔뜩 경계하는 낯빛으로 고개를 저었다.

그는 골목으로 뛰어나갔다. 구멍가게 노파가 아내를 보았다 고 말했다. 혼자서 됫병짜리 소주 한 병을 사갔다는 거였다. 그 는 온 마을을 샅샅이 뒤졌다. 이웃 마을에까지 전화로 일일이

수소문을 해보았다. 기차는 물론 버스를 타고 나간 것 같지도
않았다. 마을 들녘과 강가 어디에도 아내는 흔적조차 없었다.
그는 그날 밤을 뜬눈으로 새웠다.

사흘 뒤, 아내의 시신은 아우라지 강에서 발견되었다. 마을
에서 멀지 않은 지점이었다. 한 뼘 두께의 얼음장 밑으로 기다
랗게 떠올라 있는 그녀를 맨 처음 발견한 사람은 도시에서 찾아
온 얼음낚시꾼들 중 하나였다. 얼음장 아래로 얼핏 빨간 양말
같은 게 보이더라고 했다. 설을 일주일가량 앞둔 즈음. 유난히
춥고 눈이 많은 겨울이었다. 흰 스웨터, 회색 누비바지 차림의
아내는 얼음장 밑에 반듯이 누운 자세로 떠 있었다. 기슭 쪽으
로 떠밀리지 않았더라면 멀리 하류까지 떠내려갔을 터이다.
뒤늦게 수색 작업에 동원된 방위병들이 마을 건너편 강둑의
마른풀 더미 속에서 아내의 털신과 술병을 찾아냈다. 한 되들이
소주병엔 술이 절반가량 남아 있었다. 경찰은 술에 취한 그녀가
한밤중 낚시꾼들이 파놓은 얼음 구멍 속에 스스로 뛰어든 것으
로 추정했다.

4

어느덧 저물녘이었다. 역사 주위로 그을음 같은 어둠이 조용

히 내려앉고 있었다. 신 씨는 돋보기를 벗어놓고 자리에서 일어났다. 가슴께의 불쾌한 느낌은 여전했다. 맑은 공기를 쐬면 좀 나아지겠지. 그는 창고에서 대빗자루를 찾아들고 역 앞 공터로 나갔다. 그리고 화단가에 쌓인 낙엽들을 천천히 쓸어 모으기 시작했다.

가을도 이젠 완연한 끝자락이었다. 하나같이 외피를 모두 털어낸 역 주변 나무들은 오히려 홀가분해 보였다. 맞은편 골짜기 숲 역시 며칠 사이 훨씬 헐거워진 느낌이었다. 얼핏 조용하고 평화롭게만 보이지만, 생명을 지닌 것들 모두 저마다 은밀히 조바심에 차 있는 게 이즈음이었다. 바로 코앞까지 다가온 겨울의 기척을 이미 알고 있는 까닭이다. 사람도, 가축도, 산짐승도, 나무들도, 개울 속 산천어와 개구리와 도롱뇽과 다슬기도, 그리고 낙엽 밑에 낮게 엎드린 씨앗들까지도 곧 닥쳐올 냉혹한 시련의 계절을 숨죽인 채 기다리고 있는 것이다. 그는 비질을 멈추고 허리를 폈다. 심장의 박동이 초침 소리처럼 위태로웠다. 태엽이 다 풀리면 불시에 뚝 멎어버릴 고물 시계. 고개를 들어보니, 하늘은 금방 눈비를 쏟아낼 듯 어두웠다.

"신 주사님. 제가 하겠습니다."

정동수가 잰걸음으로 다가와 빗자루를 잡았다.

"괜찮아. 운동 삼아서 하는 일이래도."

빗자루를 쥐자마자 가볍게 쓸어나가는 청년의 모습이 풋풋하고 힘차 보였다. 저만치 낮은 역 건물이 새삼 눈에 밟혔다. 이젠 이곳을 마음대로 드나들 수 있는 날도 얼마 남지 않았군. 지붕 위 조그만 역 간판에 그의 시선이 머물렀다. 흰 바탕에 검정 페인트로 쓴 글씨. 별어곡(別於谷).

"이별하는 골짜기라니. 하필이면……"

이 궁벽한 계곡에 그렇듯 쓸쓸한 이름을 맨 처음 붙여준 이는 누구였을까. 신 씨는 그것이 늘 궁금했다. 조선 초, 멸망한 고려 왕조의 유신 일곱 사람이 망국의 한을 품고 몰래 숨어든 '거칠현동'이라는 골짜기가 이 부근 어디였다던가. 충절을 지키느라 평생 풀뿌리만으로 연명했다는 그 유신들과 별어곡이라는 지명 사이엔 어떤 연관성이 있을 성싶었다. 하지만 순전히 마을 중심부에 위치한 네거리에서 유래한 이름일 뿐이라는 얘기도 있었다. 이곳이 정선, 양양, 증산, 영월을 향해 갈리는 네 가닥 도로의 교차점인 까닭이었다.

"단풍잎은 나무에 달렸을 때만 좋지, 보기도 흉하고 이래저래 귀찮기만 하다니까요."

정동수가 비질을 계속하며 말했다.

"군대 있을 때, 가을 두어 달은 낙엽 쓸어내느라 거의 죽을 뻔했습니다. 부대장이 희한한 사람이었거든요. 연병장 바닥에 이파리 한 개라도 남아 있으면 무조건 기합을 주겠다는 거예요. 말도 안 되는 소리죠. 아무리 말끔히 쓸어놓아도, 돌아서면 금방 또 떨어지는데요 뭐. 결국엔 소대원 전체가 아예 나무에 올라가 손으로 이파리를 죄다 훑어내느라 생 야단법석을 떨곤 했지 뭐예요."

오늘따라 청년은 전에 없이 말이 많았다.

"그런데 서울 시내 가로수들은 참 이상하죠. 한겨울까지도 좀체 떨어지질 않아요. 단풍도 들지 않고 푸르죽죽한 색깔로 겨울 내내 붙어 있는 모양이 괴기스러울 정도예요. 왜 그럴까요?"

"글쎄, 공해 탓인지도 모르지."

"그렇겠지요? 도시의 가로수 낙엽은 썩지도 않는대요. 약을 너무 친 때문이라지요."

한동안 침묵이 이어졌다. 텅 빈 광장에 낙엽 쓸리는 소리만 났다.

"신 주사님. 두 달 후면 퇴임하신다면서요?"

정동수가 문득 비질을 멈추었다. 신 씨는 말없이 웃었다.

"무척 섭섭하시겠어요."

"섭섭하기도 하고 후련하기도 하고, 뭐 그렇지. 허허."

"30년 넘게 근무하신 걸로 알고 있습니다만."

"올해로 35년째 되던가……"

"야아, 철도의 역사와도 같은 분이시네요."

"역사는 무슨. 수십 년을 순전히 시골 역으로만 떠돌다 보니, 정작 세상이 어찌 돌아가는지조차 전혀 모르고 살았다네. 아예 세상 물정 모르는 까막눈 신세가 되어버렸어. 어쨌건 철도엔 어지간히 정이 들긴 했지. 이젠 잠결에도 열차 오는 소리, 무선 신호 소리가 귓전에서 뱅뱅 돌 정도니까."

신 씨는 자신도 전에 없이 말이 많아지고 있다는 생각이 들었다.

"신 주사님께선 재미있는 얘기를 굉장히 많이 알고 계실 것 같아요. 실은 전부터 망설이고만 있었는데, 이제부턴 신 주사님께 틈나는 대로 청을 드려야겠습니다. 듣고 싶은 얘기들이 많거든요."

"얘기할 것이 뭐 얼마나 있겠나. 나부터가 재미없는 사람인걸."

"다들 그러시던데요. 신 주사님만치 정선아리랑을 멋지게 부르시는 분도 없을 거라고요."

원, 말도 아닌 소릴세. 신 씨는 짧게 헛웃음을 터뜨리고 말았다. 혼자 어깨너머로 익힌 가락을 어쩌다 망년회 술자리에서 흥얼거린 적이 두어 번 있긴 했다. 그나마 벌써 여러 해 전의 일이다. 청년이 다시 단풍잎을 쓱쓱 쓸어내기 시작했다. 신 씨는 화단가 바위에 걸터앉아 담배를 꺼내 물었다. 맞은편에서 한줌 바람이 불어왔다. 바닥에 쌓인 마른 잎들이 허공으로 우우 떠올랐다가 이내 흐물흐물 내려앉았다.

신 씨는 누렇게 오그라진 이파리 하나를 집어 들었다. 물기가 다 빠져나간 조직은 건조하고 푸석했다. 겨울을 앞둔 나무들은 제 스스로 가지의 잎을 모조리 지워낸다. 잎과 가지에 물기를 남기면 추위에 금방 얼어붙고 말 터이기 때문이다. 한 올 집착도 미련도 남기지 말아야 함을, 어차피 떠나보낼 것은 보내야 함을 나무들은 잘 알고 있는 것이다.

"그런데, 나는."

그는 낮게 한숨을 쉬었다. 자신의 인생 또한 겨울의 문턱에 들어서 있었다. 문 저쪽 혹독한 눈보라의 기척을 그는 완연히 느끼고 있었다. 더는 시간이 없었다. 이젠 가야 할 때였다. 미련도 집착도 없이 훌훌 떠나야 했다. 그럼에도 그는 자꾸만 등 뒤를 돌아보고 있었다. 목숨이 아까워서도, 죽음이 두려워서도 아니었다. 생애의 대부분을 보낸 철도원의 삶에 남다른 미련이 남아서도 아니었다.

'죽이고 말 거야! 진짜야. 내 손으로, 당신을, 꼭 죽이고 말 거야. 두고 봐.'

그는 두 눈을 감았다. 앙칼진 아이의 음성이 귓전으로 또렷하게 되살아났다. 그날, 눈밭에 맨발로 버티고 서서 발악하듯 고함을 지르던 그 아이. 진짜야. 내가 죽이고 말 거야. 당신이 우리 엄마를 죽였으니까. 두고 봐……

"신 주사님. 신 주사님."

그는 고개를 들었다. 청년이 그의 어깨를 흔들고 있었다.

"어디 불편하십니까?"

"아, 아닐세. 뭘 좀 생각하느라고……"

"전화가 왔답니다. 신 주사님께요."

청년이 손짓으로 역사 쪽을 가리켰다. 역무실 창문에서 이쪽을 향해 손짓하고 있는 양기백 씨가 보였다.

"아, 장인어른이십니까."

"누, 누구?"

"접니다. 송영인입니다. 장인어른."

하마터면 수화기를 놓칠 뻔했다. 가만, 가만있게. 너무 뜻밖이라서, 내가 좀 놀란 것뿐일세. 이젠 괜찮아. 신 씨는 의자에 앉아 숨을 몰아쉬었다.

"이제야 전화를 드려 정말 죄송합니다. 용서하십시오. 그간 피치 못할 사정이 있어서 그만, 어쩔 수 없었습니다. 저어, 사실은 지난번 장인어른께서 빌려주신 돈을……"

아닐세. 나도 대충 사정을 알고 있어. 사실은 일전에 인천, 자네들 아파트에 갔다 왔네. 하도 소식이 없으니까, 걱정이 돼서 말이지. 아니, 돈 얘기를 하는 게 아닐세. 아니라니까. 그까짓 돈 걱정 따윈 하지 말래두 그래. 그보다도, 지금 어떻게들 살고 있나. 끼니라도 제대로 때우고 사는 거냐고. 지금 전화하고 있는 곳이 어딘가.

여기, 여숩니다. 전라남도 여수요. 너무 걱정 마십시오. 제 친구가 여기서 작은 사업을 하고 있습니다. 고아원 시절부터 저랑 형제 이상으로 지내온 사이거든요. 쥐치포 공장인데, 전 용달차로 배달 일을 합니다. 이젠 조금씩 자리가 잡혀가는 중이니까, 마음 놓으셔도 돼요. 열심히 하다 보면 빚 문제도 어찌어찌 풀려갈 것 같고요. 예? 애숙이요? 아 참. 내 정신 좀 봐. 정작 할 얘기는 놔두고, 엉뚱한 소리만 하고 있었네요. 그 대목에서 사위의 억양이 돌연 가파르게 올라갔다.

"저어, 장인어른. 집사람은 조금 전 분만실로 들어갔습니다. 새벽에 느닷없이 양수가 터졌지 뭡니까. 예정일이 한 달도 더 남았는데, 얼마나 놀랐는지 몰라요. 의사 말이, 조금만 더 지체했으면 큰일 날 뻔했다는군요. 천만다행으로 현재까진 아이한테 별다른 이상은 없는 것 같대요. 일단 유도분만을 시도해보겠다는데, 의사가 저더러 밖에서 열심히 기도나 하라고 그러더라고요. 제가 하도 겁을 먹고 불안해하니까 그랬을 겁니다. 예? 그럼요. 걱정 마십시오, 장인어른. 이번엔 틀림없이 성공할 겁니다. 꿈자리가 아주 좋았거든요. 이번이 꼭 일곱번짼데, 럭키 세븐이라고 하잖습니까. 어, 요금이 다 돼가네요. 하여튼 제가 금방 전화드릴 테니까……"

별안간 통화가 툭 끊어졌다. 미처 뭐라 대꾸해줄 틈도 없었다. 공중전화였나. 동전이 부족했는지 모른다. 그랬을 거야. 그때부터 신 씨는 안절부절못하고 수화기만 들었다 놓았다 했다. 사위에게 달리 연락해볼 길이 없었다. 이렇게 정신이 없다니. 전화번호라도, 아니 병원 이름만이라도 먼저 확인해둘 것을.

"거, 누구신데 그러세요. 요즘 의학 기술이 몰라보게 발전해서, 아무 문제 없을 겁니다. 그러시다 신 주사님께서 병나시겠어요. 원 참."

초조하게 의자에서 앉았다 일어섰다 하는 신 씨를 지켜보다가 양기백이 말했다.

"그게 아니야. 사정을 잘 몰라서 그러는 걸세. 내 딸아이는……"

"예? 신 주사님 딸이라고요?"

순간 신 씨는 황급히 입을 다물었다. 오히려 양 씨가 더 놀란 표정이었다. 신 씨는 도망치듯 역무실을 빠져나왔다. 플랫폼 벤치에 주저앉아 연거푸 담배를 피워 물었다.

3년 전, 웬 낯선 젊은이 하나가 역으로 그를 찾아왔다.

"혹시 기억하시는지요. 한애숙, 아니 참, 신애숙이라고 해야겠군요."

그 이름을 듣는 순간 신태묵 씨는 눈앞이 아뜩했다.

"혼인신고 때문에 호적을 확인하다가 우연히 알게 되었습니다. 집사람은 여전히 자기가 한 씨라고 주장하고, 주변에서도 다들 한애숙으로만 알고 있지요. 우린 공장에서 처음 만나 결혼했습니다. 제가 그러하듯이 자기한테도 가족이 아무도 없다고 하기에, 전 여태 그런 줄로만 알고 있었지요. 호적을 확인하고 나서 제가 어떻게 된 거냐고 물었지만, 집사람은 절대로 얘길 안 하지 뭡니까. 궁금하긴 했지만, 뭔가 말 못 할 사정이 있나 보다 싶어 더는 묻지 않았습니다. 그런데 오늘 마침 혼자서 강릉에 다녀오는 길에 이 부근을 지나다가, 불현듯 그 생각이 나지 뭡니까. 사실 어르신이 여기 근무하신다는 것은 얼마 전부터 알고 있었습니다. 집사람 몰래 저 혼자 수소문을 해봤거든요. 대체 무슨 사정인지 궁금하기도 했고, 꼭 한번 만나 뵙고 싶었습니다. 호적상으로 저한테는 장인어른 되시는 분이잖습니까."

어려운 성장 과정 탓인지 겉늙어 뵈는 얼굴이었지만, 무척 순박한 젊은이였다. 그가 바로 송영인이었다. 신 씨에게서 지난 내력을 듣고 난 송영인은 그 자리에서 대뜸 장인어른이라고 부르기 시작했다. 어떻게든 아내를 설득시켜보겠노라 큰소리를 치며 돌아가더니, 며칠 후 전화를 걸어왔다. 자신은 죽어도 만나볼 생각이 없다고, 대체 뭣 때문에 거길 찾아갔느냐고, 애숙이 노발대발 어찌나 무섭게 흥분하는지 두 번 다시 말도 꺼낼 수 없었노라고 송영인은 풀이 죽어 말했다.

그 후에도 송영인은 이따금 안부 전화를 걸어오곤 했다. 어릴 적 헤어져 부모의 얼굴도 모르고 살아온 게 늘 가슴에 맺혀 있었는데, 뜻밖에 장인어른이 생겼으니 얼마나 다행이냐며 좋아했다. 고맙고 기특한 젊은이였다.

송영인에게 돈을 빌려준 일도 순전히 신 씨가 먼저 원해서였다. 작은 점포라도 하나 얻어 장사를 시작해봤으면 한다는 송영인의 말에, 신 씨는 오히려 반가웠다. 딸아이에게 뭔가 해줄 수 있기를 내심 간절히 바라던 차였다. 결코 적지 않은 액수였지만, 그는 처음부터 그것을 되받을 생각은 하지 않았다. 물론 딸아이는 지금도 그 사실을 전혀 모르고 있을 터였다. 그 아이에겐 절대 비밀로 해두라고, 신 씨가 송영인에게 신신당부했던 것이다.

죽어도 만나보지 않겠노라는 애숙의 반응은 너무도 당연한 것임을 신 씨는 잘 알고 있었다. 자신에겐 그 아이 앞에 설 자격조차 없었다. 용서를 빌 염치도 없었다. 그걸 알면서도, 신 씨는 그 애를 영영 포기할 수는 없었다. 그것은 15년 전, 마지막 보았던 그 열두 살짜리 아이의 눈빛과 목소리 때문이었다.

아내의 뼛가루를 강물에 뿌리고 돌아온 지 보름쯤 지났을 때였다. 함박눈이 여러 날 그치지 않고 쏟아졌다. 대체 어쩌다가 그 가엾은 아이에게 손찌검을 하게 되었는지 자신도 모를 일이었다. 어미를 잃은 아이는 며칠째 밥 먹기를 아예 거부했다. 얼굴도 씻지 않았다. 방 귀퉁이에 두 무릎을 오도카니 세우고 앉아 표독스러운 짐승처럼 그의 얼굴만 노려보았다. 끝내 아이가 밥그릇을 그에게 내던지는 일이 벌어졌고, 순간 흥분한 그는 손바닥으로 아이의 얼굴을 매섭게 후려쳤다. 골목으로 뛰쳐나간 아이는 눈밭을 맨발로 껑충껑충 뛰어다니며 목청껏 고래고래 노래를 불러대기 시작했다. 에이야 에이야호. 나비와 같이 훨훨 날아서 나는 갈 테야 에이야호. 노래가 아니라 숫제 발악이었다. 아이는 그가 쫓아가면 저만치 달아났다가, 돌아서면 금세 뒤밟아 따라오면서 바락바락 고함질 같은 노래를 불러댔다. 대문을 닫아걸고 방 안으로 들어온 그는 한 시간 후에 다시 나가보았다. 그때까지도 아이는 펑펑 쏟아지는 눈 속에서 짐승처럼 버티고 서 있었다. 맨발로 눈을 밟고 선 아이의 두 발은 이미 청동색이었다.

"죽여버릴 거야! 당신을, 꼭, 죽이고 말 거야! 당신이 우리 엄말 죽였으니까. 나도 죽일 거야! 당신을, 꼭!'

골목 저편 눈밭 위에서 아이는, 어금니로 꾹꾹 씹어 내뱉듯이, 그렇게 고함을 질렀다. 덫에 걸린 새끼 늑대의 단말마 비명이 골목을 우렁우렁 흔들었다. 마침내 아이는 조용히 등을 돌리더니, 맨발로 골목을 빠져나갔다. 그는 끝내 아이의 이름을 불러 세우지 못했다. 골목 끝에서 그저 유령처럼 서 있기만 했다. 저물녘이었다. 바로 그날 밤 꿈속에서 그는 호랑나비를 보았다. 그 조그만 나비는 눈 덮인 벌판 저편으로 혼자 아득히 날아가고 있었다.

그날 이후, 아이는 영영 돌아오지 않았다. 극도의 충격과 공황 상태에서 깨어난 신 씨는 뒤늦게야 아이를 찾아 나섰다. 서울, 원주, 제천, 강릉, 대전. 비번 일마다 수많은 도시를 헤매고 다녔다. 하루에도 수백 번씩 아이의 앙칼진 목소리가 들렸다. 증오와 분노에 찬 눈빛이 불쑥불쑥 앞을 가로막았다. 꼭 찾아야만 했다. 그 아이를 만나야 했다. 하지만 그 어디에도 아이는 흔적조차 없었다. 그렇게 세월이 흘러갔다.

지금 이 순간까지도 아이의 그 처절한 절규와 눈빛은 신 씨의 가슴에 녹슨 쇠말뚝으로 깊이 박혀 있다. 그 쇠말뚝 때문에 그는 단 하루도 편히 잠들 수 없었다. 아아, 시간을 되돌릴 수 있다면. 단 한순간이만이라도 되돌릴 수 있다면. 그 불가능한 소망을 그는 아직도 포기하지 못하고 있다. 딸아이를 만나고 싶었다. 그날, 꽁꽁 언 두 발로 눈밭에 붙박여 서 있던 열두 살 아이를 만나 용서를 빌고 싶었다. 그래서 그 끔찍한 목소리와 눈빛을, 이제라도 아이한테서 지워주고 싶었다.

그랬는데, 그 아이가 지금 또 다른 아이를 낳으려 하고 있었다. 여섯 차례 유산 끝에 찾아온, 일곱번째 생명을 이 세상에 피워내기 위해 자신의 목숨을 걸고 있었다.

밤이 깊었지만 전화는 오지 않았다. 신 씨는 줄곧 혼자 역무실을 지켰다. 새벽 2시가 막 지났다. 예정대로라면 근무 교대를 할 시각이었다. 숙직실에 전화를 걸어 양기백과 정동수를 깨워야 했으나, 그는 움직이지 않았다. 찬물을 연신 들이켰지만 입술은 바작바작 타들어갔다. 온갖 고약스럽고 불길한 상상들만 끊임없이 떠올랐다. 시간이 흐를수록 그 불길한 예감은 점점 뚜렷한 확신으로 변해갔다.

새벽 2시 반. 마침내 전화기가 요란하게 울렸다. 그는 한동안 수화기를 집어 들 수가 없었다. 손이 마구 후들거렸다.

"아, 장인어른께서 받으시네요. 혹시나 하고 걸었더니."

송영인의 목소리가 착 가라앉아 있었다. 가슴이 철렁했다.

"이 사람아! 아, 아이는……"

"아들입니다, 장인어른."

하하. 아주 건강한 녀석이 나왔어요, 장인어른. 산모도 건강합니다. 하도 경황 중이라, 미처 전화를 못 드렸네요. 하하하. 기쁘시지요, 장인어른…… 수화기 저편의 목소리가 아득히 멀어지고 있었다.

별안간 신 씨는 눈을 뜰 수가 없었다. 불로 지진 듯 양쪽 안구에 엄청난 통증이 느껴졌다. 이내 뭔가 쇳물 같은 뜨거운 덩어리가 두 눈에서 울컥울컥 터져 나오기 시작했다. 그는 두 손바닥으로 얼굴을 덮었다. 손가락 틈으로 뜨거운 덩어리가 줄줄 흘러내렸다. 눈물이었다.

"어어, 장인어른. 울고 계시는 거예요, 지금? 여보세요. 여보세요……"

돌연 눈앞이 캄캄해왔다. 그 어둠 속에서 그는 뭔가를 보았다. 호랑나비 한 마리가 그에게로 팔랑팔랑 날아들었다. 수화기가 바닥으로 우당탕 떨어져 내렸다. 어억. 신 씨는 두 손으로 가슴을 움켜쥐며 바닥에 쓰러졌다.

겨울
- 귀로

1

아침 6시. 사위는 아직 짙은 어둠 속이다. 눈에 푹 파묻힌 마을은 혼곤한 잠에 빠져 있다. 골짜기도 지붕도 골목도 두툼한 솜이불을 뒤집어쓴 채 웅크리고 누워 있다. 자동차의 소음조차 밤새 뚝 그쳤다. 이런 날은 도로가 바짝 얼어붙어 노면이 아예 유리 바닥으로 변하고 마는 까닭이다. 별어곡을 지나는 네 가닥의 도로는 하나같이 험한 고갯길이다. 더구나 요즘 같은 겨울철엔 걸핏하면 눈 때문에 도로가 막히곤 한다.

바로 조금 전 어두운 동네 한 귀퉁이에 홀연 전등불 하나가 반짝 켜졌다. 서쪽 산기슭에 위치한 그 집을 사람들은 은행나무 집이라고 부른다. 숲 어귀에 사마귀처럼 달랑 돋아난 흙벽 집

한 채. 늙은 은행나무 한 그루가 손바닥만 한 앞마당을 독차지하고 서 있는 그 조그만 집은 예전엔 숯막이 있던 자리이다. 때문에 토박이 노인들은 여전히 그 집을 숯막 터라고 부른다. 현재 그 집엔 두 여자가 살고 있다. 70대 중반의 노파와 50대 초반의 여자. 그 두 여자는 원래 이곳 사람들이 아니다.

지난해 봄, 두 여자는 소리 소문 없이 마을로 흘러 들어왔다. 어느 날 오후 그 집 골목 어귀에 용달차 한 대가 멎더니, 두 여자를 내려놓고는 부리나케 떠나버렸다. 이전까지 그 집은 3년째 빈집이었다. 늙은 내외가 집을 지키며 살았으나, 영감이 세상을 뜨자 자식들이 혼자 남은 할멈을 도시로 데려갔던 것이다. 여자들은 손수 대문을 열고 이삿짐을 안으로 옮겨 갔다. 짐이라야 이불과 옷가지를 싼 큼직한 보퉁이 두어 개가 전부였다.

빈집에 이사 온 사람들이란 게 달랑 두 여자뿐이라는 사실에 이웃들은 고개를 갸우뚱했다. 힘깨나 쓸 젊은이는 죄다 도시로 나가고, 마을엔 노인만 남은 집들이 수두룩했다. 내심 자식 따라 고향을 뜨지 못해 저마다 조바심을 하고 있는 판인데, 거꾸로 늙은이와 중년 여자 단둘이 낯선 시골로 기어들어 왔다니 아무래도 별스러운 일이었다.

"죽은 집주인 영감의 먼 친척뻘이라더라."

"무슨 소리, 당최 아무 관계도 없다더구만. 오갈 데 없는 딱한 처지인 걸 알고, 그 집 큰아들이 즈이 빈집에 들어와서 당분간 지내라고 했다더라."

"군청 복지과 직원이 자주 들락거리는 눈치 같던데, 무슨 특별한 사람들인지도 모르잖나."

"젠장, 특별하긴 뭐 쥐뿔이 특별하겠냐. 생활보호대상자라든가 극빈자 챙겨주는 게 그런 공무원들 할 일이잖어."

한동안 주로 동네 노인회관에서 그런저런 얘기들이 오고 갔다. 어쨌거나 그들은 모처럼 신입 회원 두 사람을 맞이하게 될 터였다. 하지만 그런 호기심도 잠시뿐이었다. 며칠 후의 사건 때문이었다. 생판 낯선 칠순 노파 하나가 난데없이 이상한 모양의 가방을 질질 끌고 그들의 눈앞에 나타났다. 은행나무집에 새로 이사 온 두 여자들 중 하나였다. 행색도 용모도 볼품없는 그 노파는 노인회관 앞을 거북이걸음으로 지나쳐서, 마을을 혼자 한 바퀴 순회한 다음 제 집으로 엉금엉금 되돌아갔다. 궁상맞게도 그 바퀴 달린 큼직한 가방을 줄곧 질질 끌고서 말이다. 그날 이후 노인회관에선 신입 회원이니 뭐니 하는 얘긴 누구도 입에 올리지 않았다. 대신 그 노파에겐 '가방 할멈'이라는 별명이 붙여졌다.

2

산기슭 그 외딴집. 외풍을 막느라 투명 비닐을 덧씌워놓은 작은 유리창 너머로 흐린 불빛이 흘러나오고 있다. 슬레이트 지붕

처마 끝엔 옥수수만 한 고드름이 한 줄로 조르르 매달렸다. 마당 가운데 늙은 은행나무가 우뚝 서 있고, 키 높이 블록 담이 그 누추한 집을 어설프게 에워싸고 있다.

이제 막 그 방의 낡은 미닫이문이 소리 없이 열렸다. 이내 뭉툭한 검은 가방 하나가 툇마루로 툭 불거지더니, 누군가 엉거주춤한 자세로 가방을 뒤따라 나온다. 짧고 숱 적은 반백의 머리. 작은 키에 약간 퉁퉁한 몸집의 노파는 툇마루 끝에 걸터앉아 목도리를 머리에서 목까지 꼼꼼히 두른다. 먼 길을 나서려는 듯 추위에 단단히 대비한 입성이다. 뭉툭한 털장갑. 싸구려 파카 점퍼. 스펀지 뭉치를 넣어 누빈 펑퍼짐한 바지. 그런 것들로 한껏 부풀려진 몸피가 영락없이 바다거북을 닮았다.

방한화를 간신히 발에 꿰어 신고 나서, 그녀는 가방 손잡이를 움켜쥔 채 걸음을 옮긴다. 방 안엔 아직 불이 켜져 있다. 끄륵. 끄르륵. 마당 눈 위에 발자국과 바퀴 자국이 나란히 찍히기 시작한다. 순례야. 순례야이. 그녀는 주춤 걸음을 멈추고 두리번거린다. 누군가 자신의 이름을 부르고 있는 것만 같다. 그러나 사위는 온통 캄캄한 어둠뿐이다. 엄청난 냉기 때문에 얼굴은 금세 감각이 없다. 그녀는 가방 손잡이를 놓고, 그쪽 손으로 머플러 자락을 꼼꼼히 여민다. 열여섯 살 때 만주에서 몽둥이에 맞아 팔꿈치 뼈가 으스러진 이후 그녀는 왼쪽 팔을 제대로 쓰지 못한다. 이윽고 그녀는 가방을 끌고 자박자박 발을 움직이기 시작한다. 끄륵 끄르륵. 바퀴 끌리는 소리가 비명처럼 어두운 골목길을 흔들어 깨운다.

3

두 무릎이 무너질 듯 후들거렸다. 부러진 왼쪽 팔 때문에 걷기가 한층 더 힘들었다. 숨이 차올라 더는 걸음을 재게 뗄 수가 없었다. 등 뒤에서 금방이라도 말발굽 소리가 쫓아오는 것 같아 순례는 연신 뒤를 돌아보았다. 엷은 구름 사이로 송장의 썩은 눈알 같은 반쪽 달이 떠 있었다. 눈 덮인 허허벌판이 흐린 달빛 아래 희부옇게 드러났다. 벌판 저편에 도사린 부대 막사 건물이 어렴풋이 보였다. 조금 전 그녀가 도망쳐 나온 곳이었다. 그곳까진 겨우 1킬로미터 정도 거리였지만, 그녀는 몇십 리를 온몸으로 허우적대며 달려온 느낌이었다. 가슴은 터질 듯하고 입안엔 쓴 물이 고였다. 순례는 눈 한 줌을 움켜쥐어 입안에 쑤셔 넣었다.

"오냐. 죽이든 살리든 맘대로 해. 어차피 나는 이미 죽은 목숨이여. 나쁜 놈들. 짐승 같은 놈들."

순례는 씨근덕대며 혼자 내뱉었다. 어른들이 하듯 사납게 욕설을 뱉고 나니 기분이 조금 나아졌다. 벌판 한가운데서 자신의 목소리를 듣자 두려움이 줄어들고 알 수 없는 오기가 솟아났다. 이번엔 좀더 크게 외쳤다.

"그래, 이 짐승 같은 놈들아. 죽이든지 말든지, 알아서 하란 말이다. 이 지옥 같은 곳에서 살고 싶은 생각, 진짜로 눈곱만큼도 없은께!"

마지막 말은 악을 쓰듯 앙칼지게 외쳤다. 울컥 눈물이 쏟아졌다. 눈물은 금세 뺨에서 서걱서걱 얼어붙었다. 순례는 부목을 댄 왼쪽 팔을 오른손으로 받쳐 든 채 허둥지둥 걸음을 옮겼다. 거기서부터는 눈이 정강이 높이까지 차올랐다. 부대로부터 점점 멀어지고 있다는 얘기였다. 부대 주변 도로는 군인들이 수시로 나가 제설 작업을 했다. 눈 속에서 군화가 자꾸만 벗겨졌다. 겨울로 접어들자 요시다 상이 마흔세 명이나 되는 여자들에게 한 켤레씩 나눠준 헌 군화였다. 턱없이 큰 군화 속에서 발가락은 이미 감각조차 없었다.

"부대 앞 신작로를 줄곧 따라가니까 중국인 마을이 나오더라. 이 부근에선 가장 큰 마을이라는데, 진짜 돼지 굴같이 더럽더구나. 작년엔 요시다 상이 서너 차례 여자들을 몽땅 트럭에 태워 목욕탕에 데려갔거든. 그게 바깥 구경할 수 있는 유일한 기회였지. 그런데 이젠 그나마도 없어져버렸지 뭐야. 이 끔찍한 쪽방에만 갇혀 있으려니, 숨이 막혀 죽겠어."

언젠가 옆방의 기요코 언니가 그랬다. 기요코는 자신의 진짜 조선 이름은 결코 말해주지 않았다. 방직공장에 보내준다는 꼬임에 속아 1년 반 전에 끌려왔다는 스무 살 먹은 서울 처녀였다. 순례가 인사불성으로 헛간에 내던져져 있을 때, 옥수수죽

그릇을 들고 몰래 찾아온 사람이 바로 기요코였다. 순례의 부러진 팔에 판자를 덧대고 헝겊으로 동여매주면서 기요코는 눈물을 글썽였다.

"짐승 같은 놈들. 고작 열여섯 살짜리 아이를 이렇게 병신으로 만들어놓다니. 그 죠바 자식이 더 악질이라니까. 저도 똑같은 조선 사람이면서. 마사코 너, 진짜 이름은 순례랬지? 이렇게 목숨 붙어 있는 것만도 다행인 줄 알아라. 도망치려다 잡혀서 맞아 죽은 여자들을 내 눈으로 둘이나 봤어. 한밤중에 송장을 담요에 둘둘 말아서 끌고 나가 강물에 내던져버리면 그뿐이야. 며칠 후에 가봤더니, 까마귀 떼가 새까맣게 엉겨 붙어 시첼 뜯어먹고 있더라. 그 꼴 안 되려거든 눈 딱 감고 견뎌내야 해. 죽기 전에 엄마 얼굴은 한번 봐야 될 거 아냐? 애, 그만 울어. 밖에서 죠바 오빠 듣는다니까."

잠시 뜸하던 바람이 다시 일기 시작했다. 바람에 쓸려 온 눈가루가 얼굴과 목덜미에 화살처럼 날아와 박혔다. 눈을 뜰 수도 숨을 쉴 수도 없었다. 이젠 길조차 분간하기 힘들었다. 흐린 시야엔 끝없는 북만주 설원이 아득히 누워 있을 뿐, 마을은커녕 불빛 하나 보이지 않았다. 순례는 무릎까지 푹푹 빠지는 눈밭을 안간힘으로 헤쳐 나갔다. 몸은 벌써 꽁꽁 얼어 있었다. 홑겹 군복 위에 담요 한 장을 뒤집어쓴 게 전부였다. 하지만 순례는 죽음 따윈 두렵지 않았다. 애당초 무슨 확신이 있어 도망을 친 게 아니었다. 십중팔구 눈 속에서 얼어 죽게 되리라 각오했었다.

꿈 때문이었을 것이다. 이날 하루는 모처럼 온종일 군인들을 받지 않아도 되었다. 새벽녘 예고 없이 부대 전체 병력이 러시아 국경 쪽으로 총출동한 덕분이었다. 순례에겐 끌려온 이후 몇 달 만에 처음 누려보는 천국 같은 하루였다. 여자들은 모두 강가로 나가 얼음을 깨고 얼굴과 발을 씻었다. 살점이 떨어져 나갈 듯 물이 차가웠지만 기분은 상쾌했다. 순례도 빨래와 방 청소를 하고, 저녁을 먹은 후 잠깐 선잠이 들었다.

꿈을 꾸었다. 온 천지가 눈부신 노란색이었다. 산수유꽃이 만발해 있었다. 저만치 지리산 노고단 연봉이 병풍처럼 손에 잡힐 듯 걸려 있는 아늑한 산촌, 구례군 산동면 두메마을. 바로 그녀의 고향이었다. 해마다 3월이면 마을 어귀에서 뒷산 기슭까지 이어진 산수유나무 숲이 일제히 꽃잎을 뭉클뭉클 피워냈다. 온 동네가 노란 꽃구름에 떠 있는 듯했다. 순례네 집 손바닥만 한 뜰에도 산수유 몇 그루가 자랐다. 꿈속에서 엄마의 모습이 보였다. 꽃그늘 환한 장독대 옆에 소쿠리를 내놓고 봄나물을 다듬고 있었다. 아버지도 보였다. 아버지는 삽으로 텃밭의 두엄을 지게에 퍼 담고 있었다. 순례는 감격해 외쳤다. 아부지, 나요. 어무니, 순례여라우. 눈물이 왈칵 쏟아지면서 목이 메었다. 하지만 두 사람은 대꾸가 없었다. 고개조차 돌리지 않았다. 어무니. 아부지. 나 왔소. 목이 터져라 외치다가 퍼뜩 잠에서 깨어났다. 눈을 떠보니, 두 평짜리 쪽방이었다. 천장, 벽, 방바닥까지 모조리 거무칙칙한 판자 일색인 그것은 짐승의 우리였다. 아니, 지옥이었다.

'가만, 내가 왜 여기 누워 있을까? 집으로 가자. 당장 어무니한테 가야 해.'

순례는 발딱 일어나 앉았다. 머리맡의 양철 세숫대야, 비누통, 소독약 병이 눈에 들어왔다. 벽에 걸린 헌 군복 바지와 더러운 수건들도. 순례는 황급히 두 손으로 제 몸뚱이 여기저기를 더듬어보다가 컥 울음을 터뜨렸다. 그것은 이미 자신의 몸이 아니었다. 인간의 몸이 아니었다. 짐승 같은 사내들의 정액으로 가득 찬 더러운 살덩어리일 뿐이었다. 순례는 주먹으로 입을 틀어막았다. 목구멍까지 차오른 부패한 정액이 한꺼번에 왈칵 쏟아져 나올 것만 같았다.

"아아, 어무니. 불쌍한 우리 어무니!"

순례는 방바닥에 허물어졌다. 눈물이 철철 쏟아졌다. 오냐. 이젠 갈란다. 고향으로, 우리 집으로 갈란다. 어무니한테 갈란다. 순례는 발딱 일어나 주섬주섬 옷을 챙겨 입기 시작했다. 담요 한 장을 뭉뚱그려 안은 채 방문을 열고 마루로 내려섰다. 모두가 잠든 시각이었다. 마흔 개가 넘는 쪽방 어디에도 인기척이 없었다. 감시원인 가네야마조차 보이지 않았다.

순례는 위안소 건물을 다 빠져나와서야 군화를 발에 꿰었다. 판자 울타리를 지나면 바로 군인들의 막사였다. 평소엔 보초들이 있었지만, 이날 밤은 막사도 연병장도 기이하게 조용했다. 울타리를 지나고 막사 앞을 지났다. 마지막으로 기관총이 설치

된 망루 아래를 북북 기어 지날 때, 머리 위에서 경비병의 기침 소리가 한 번 들렸을 뿐이다.

순례는 발을 헛딛고 눈밭에 고꾸라졌다. 얼굴을 눈 속에 처박은 채 한참이나 그대로 엎디어 있었다. 눈구덩이 속은 뜻밖에 아늑했다. 순례는 스르르 눈을 감았다. 이대로 잠들면 모든 것이 끝나겠지. 고향 집 솜이불의 폭신한 감촉이 떠올랐다. 엄마가 새로 빨아놓은 이부자리의 뽀송뽀송한 감촉도…… 의식이 가물가물 멀어지는 순간, 어디선가 이상한 소리가 들렸다. 순례는 퍼뜩 놀라 고개를 들었다. 불빛, 불빛들. 벌판 저편 무수한 불빛들이 열을 지어 다가오고 있었다. 트럭 엔진 소리였다. 출동했던 병력이 복귀하고 있었다.

순례는 허겁지겁 도로 아래로 뛰어 내려가 눈구덩이에 바짝 엎드렸다. 트럭은 꼬리를 물고 끝없이 지나갔다. 마지막 차량이 지나가자마자 순례는 길 위로 기어올랐다. 곧 그들이 뒤쫓아 올 것이다. 강물에 둥둥 뜬 채 새들의 밥이 되어 있는 자신의 모습이 눈앞에 보였다. 순례는 이를 악물고 허둥지둥 내닫기 시작했다. 얼마나 그렇게 걸었을까. 마침내 중국인 마을이 나타났다. 마을 어귀 첫 집은 방앗간 같았다. 사람 살려요. 무, 문 좀 열어 줘요. 순례는 판자문을 흔들며 모기 소리로 외쳤다. 한참 만에 안쪽에서 불빛과 함께 발소리가 들렸다. 겁먹은 여자 목소리도 어렴풋이 들은 것 같았다. 문을 빠끔히 열고 이쪽을 살피는 누군가의 거뭇한 형체를 알아보는 순간 순례는 의식을 놓아버렸다.

"바가야로!"

누군가 그녀의 옆구리를 사정없이 걷어찼다. 뼈가 으스러지는 듯했다. 눈을 떴다. 아침 같았다. 농기구와 마른 옥수숫대 따위가 어수선하게 쟁여진 헛간 안이었다. 쥐새끼 같은 년. 네까짓 게 도망을 쳐. 위안소 주인 요시다 상과 가네야마가 머리 위에 버티고 서 있었다. 순례는 아직 꿈속이라고 생각했다.

"칙쇼! 어디 또 한 번 도망쳐봐라."

요시다 상이 군홧발로 그녀의 얼굴을 걷어찼다. 코피가 터지고 앞니가 우두둑 부러져 나갔다. 가네야마가 그녀의 머리채를 그러잡고 밖으로 질질 끌어냈다. 살려줘요. 아아아. 눈밭에서 개처럼 끌려가며 순례는 비명을 질렀다. 키 작은 중국 여인과 꼬마들이 마당가에서 이쪽을 무심히 지켜보고 있었다.

4

어둡고 미끄러운 골목길을 그녀는 용케 자박자박 걸어 내려간다. 발을 재개 놀리는데도, 좁은 보폭이라 숫제 제자리걸음만 같다. 이윽고 그녀는 골목을 벗어나 한길로 나섰다. 가로등 드문드문 박힌 도로엔 살아 움직이는 물체 하나 눈에 띄지 않는다. 개울을 가로지른 작은 콘크리트 다리를 건너, 경찰서 담벼락을 따라서 그녀는 앞으로 나아간다.

경찰서 정문에 의무경찰 하나가 총을 멘 채 움츠린 자세로 서
있다. 그는 엊그제 처음 이곳에 배속된 풋내기 신병이다. 어둠
속에서 뭔가를 끄르륵끄르륵 끌고 오는 노파를 발견한 신참은
당황한다.

"강 수경님. 저기 누가 오는데요."

신병은 등 뒤 성냥갑 모양의 경비실을 돌아보며 묻는다. 경비
실 안 난로 곁에서 졸고 있을 고참은 대꾸가 없다.

"할머니. 이런 새벽에 어딜 가세요?"

정문 앞을 제자리걸음하듯 지나가는 노파에게, 신병은 일부
러 말을 붙여본다. 노파는 자박자박 나아갈 뿐이다. 원, 저런
걸음도 걷는다고 표현해야 하나. 신병은 어처구니없다는 표정
이다. 태엽 감긴 오리 인형을 꼭 닮았지 뭐야. 끄륵끄륵. 한데,
뒤뚱뒤뚱 끌려오는 저 물체는 뭘까. 자세히 보니, 기내용 가방
이다. 안에 뭘 담았는지, 제법 묵직해 뵌다.

"할머니. 잠깐만요. 제 말 안 들리세요?"

내 참, 귀머거린가. 고개를 갸웃거리던 신병은 이젠 멍하니
그녀의 뒷모습을 눈으로만 좇고 있다.

"난 또 누구라고. 얀마. 쓸데없는 짓 말고 그냥 놔둬. 저건
가방 할망구잖아."

경비실 쪽창으로 고개를 내민 고참병이 투덜거린다.

"다방 할망구요? 아니, 저런 할머니가 커피를 팔아요?"

"그건 또 뭔 소리야."

"다방 할망구라면서요."

"놀구 자빠졌네. 가방 할망구라니까."

"아, 가바앙. 난 또……"

신병이 키득키득 웃는다. 저 할머니, 치매이신가 보네. 그런데 혼자서 저렇게 어딜 가는 거죠? 신병이 물었지만, 등 뒤에선 또 대꾸가 없다. 돌아보니, 고참의 머리통은 보이지 않는다.

그새 아침이 찾아들고 있다. 동쪽 산등성이 너머 하늘이 연한 치자 빛으로 물들기 시작한다. 덩달아 바람도 한풀 잦아든 느낌이다. 철길 건널목을 통과한 그녀는 약국 앞을 지나 이젠 네거리로 나섰다. 그녀의 목적지는 매번 어김없이 별어곡역이다. 집과 역 사이는 1킬로미터 남짓하지만, 그녀 걸음으로는 20분은 족히 걸린다. 더구나 이런 날씨라면 길은 훨씬 더 멀어진다.

역 대합실을 들어서는 그녀의 얼굴은 얼어서 퍼렇다. 벽시계는 7시 40분. 대합실에선 손님 넷이 첫차를 기다리는 중이다. 50대 부부 그리고 40대 중반의 두 여자. 난로를 에워싸고 있던 그들은 문소리에 일제히 고개를 돌린다.

"으마, 저 할머니 좀 봐. 추운데 왜 저리 가서 앉으실까."

"할머니. 왜 혼자 계셔유. 얼릉 이리로 오세유."

중년 여자 둘이 그녀를 손짓하며 부른다. 여자들은 이곳 사람이 아니다. 제사 모시러 시가에 왔다가 제천에 있는 집으로 돌아가는 길이다. 노파는 의자에 앉아 머플러를 느릿느릿 풀어내고 있다.

"귀가 먹으셨나. 알아듣지 못하는 눈치여유."

"몸도 성치 않은 노인네가 기차 타러 나오셨나 봐. 이런 꼭두새벽에."

"아무려면. 누가 데리고 나왔겠지유. 화장실에 잠깐 들러 오는 중이거나."

그러자 내외 중 남자가 혀를 끌끌 찬다. 남자는 방한모, 아내는 머리에 머플러를 썼다. 부부는 이 마을 주민이다.

"저 가방 할멈이 또 출두하셨구먼."

"그러게요. 오늘은 웬일로 꼭두새벽부터 나오셨을까. 이 끔찍스러운 혹한에."

아내 역시 고개를 절레절레 흔든다.

"정신이 좀 온전치 않으신가 보네. 맞아유?"

제천 여자 중 하나가 물었다.

"치매가 든 노인이래요. 원래 이곳 사람은 아니고, 작년에 경기도에서 이살 왔어요. 고향이 전라도 어디라든가. 여하튼 걸핏하면 저렇게 가방을 끌고 역으로 나오지 뭐예요."

"자식들은 없나유?"

"없대나 봐요. 여자 조카랑 단둘이만 내려와 사는데, 그 조카도 쉰 줄이래요."

"자식이 없지 그럼. 일찍부터 몸을 그리 험하게 굴린 처지에 어떻게 생산을 하겠누. 쯧."

중얼대는 남편의 옆구리를 아내가 쿡 찌른다. 당신도 차암.

불쌍한 사람을 두고, 왜 그런 얘길 다 한데요. 노인네가 들으면 어쩌려고. 비로소 남편은 약간 찔끔한 눈치다. 젠장. 노망든 노인이 뭘 알아듣누. 그냥 나 혼자 해보는 말인데.

"가방 안엔 뭐가 들었을까? 묵직하게 뵈는데."

"그러게요. 뭘 저리 신주단지마냥 끌고 다니는지 모르겠어요."

"설마 금덩어린 아닐 테고."

"어디, 보여달라고 해볼까?"

제천 여자 하나가 실실 웃으며 노파에게 다가간다.

"할머니. 멀리 나들이 가시는 길인가 보네유. 이 안엔 뭐가 들었나유?"

우두커니 앉은 노파가 천천히 고개를 든다. 굵고 흉한 주름살로 뒤덮인, 통나무처럼 무표정한 얼굴. 움푹 꺼진 눈꺼풀 속, 작고 흐린 두 눈이 멍하니 허공을 향해 열려 있다. 순간 중년 여자는 저도 모르게 흠칫 목을 움츠린다. 그 텅 빈 두 눈 속에서, 여자는 언뜻 뭔가와 마주친 듯한 느낌이다. 영원히 빛 한 줄기 닿지 않는 캄캄한 심해, 혹은 수천 길 지하 동굴의 밑바닥에 도사린 태초의 어둠 같기도 한, 그것은 대체 무엇이었을까. 중년 여자는 황급히 난로 쪽으로 되돌아간다.

5

순례의 집은 너무나 가난했다. 보리밥 한 그릇이나마 배불리 먹어보는 게 어린 순례의 가장 큰 소원이었다. 평생 머슴을 산 조부와 다름없이 순례의 아비도 남의 농사를 지어 먹고살았다. 온 식구가 1년 내내 흙에 묻혀 살았지만, 토질 나쁜 땅의 소출은 빈약했고 소작료는 또 턱없이 높았다. 매년 아직 봄이 되기 전부터 그들은 일찌감치 배를 곯기 시작했다. 가난한 집엔 식구까지 많았다. 순례는 맏딸이었다. 원래 동생이 여섯이었으나, 둘은 젖먹이 때 죽고 넷이 남았다. 늙은 조부모까지 모두 아홉 식구가 훅 불면 주저앉을 것만 같은 세 칸 초가집에서 오글오글 모여 살았다. 남들이 모두 쉬는 겨울철에도 순례의 아비는 나무를 베러 매일같이 산에 올랐다. 읍내 장날이면 지게를 지고 몇 십 리를 걸어 나가 장작을 팔아야 했기 때문이다. 아비가 팔아 온 쌀 한 되로 다음 장날까지 온 식구가 멀건 죽을 쑤어 먹었다. 그마저도 없을 땐 보리 한 줌에다 시래기, 말린 쑥, 풀뿌리, 때로는 소나무 껍질을 섞어 죽을 끓여야 했다.

순례의 별명은 '허천뱅이'였다. 걸귀가 씐 년. 거지새끼. 어미는 순례 때문에 그 말을 입에 물고 살았다. 순례 역시 그런 제 자신을 미워했다. 진짜 굶어 죽은 귀신이 내 몸 안에 들어앉았을까. 왜 이리 끝없이 배가 고픈 것일까. 순례는 단 한순간도 허기에서 놓여나지 못했다. 눈에 먹을 것만 보이고, 먹을 것 생각만 났다. 견디다 못해 남의 밭에서 무와 고구마를 뽑아 먹고 호박을 훔치기도 했다. 그때마다 어른들에게 죽도록 얻어맞곤 했지만, 그 지독한 허기는 사라지지 않았다. 순례와 동생들은 항상 어른들의 헌옷을 깁고 줄여서 몸에 걸쳤다. 명절이면 동네 아이들처럼 고무신을 신고 싶었지만 아비는 기껏 짚이나 왕골로 신을 삼아 주었다. 순례도 글을 배우고 싶었지만, 그 소원 역시 이루지 못했다. 마을 청년들이 연 야학에 딱 하루 가보았을 뿐이다. 여자가 글을 배워봐야 헛바람만 든다고, 아비는 작대기로 순례의 등허리를 사정없이 후려 팼다. 결국 그녀는 평생 까막눈으로 살게 되었다.

그런 어느 날, 아비가 덜컥 징용으로 끌려 나갔다. 마을 장정 두 사람과 함께 아비는 구부정한 등 모습을 남긴 채 고샅길을 빠져나갔다. 일본 북해도에서 누군가 대필해준 편지가 딱 한 번 왔을 뿐, 글을 읽지도 쓰지도 못하는 아비에게선 해가 바뀌도록 연락이 없었다. 하필 아비가 떠난 바로 그해부터 심한 흉년이 들었다. 여느 집이나 힘들어했지만, 순례네 식구들의 눈두덩이만 유독 거멓고 깊게 패었다. 순례는 어지럼증으로 몸을 제대로 가누지 못했다.

"놔둬라. 한참 클 나이 아니냐. 먹어야 할 것을 못 먹으니께 저리 환장을 하는 것이제."

어미가 독살스레 야단을 칠 때마다 할머니는 옆에서 안쓰러위했다. 그해 겨울, 두 살짜리 막내는 배가 개구리처럼 퉁퉁 부어오른 채 죽었다. 어무니, 배고파. 바압. 막내는 눈을 감을 때까지도 밥을 찾았다. 어른들이 뒷산 너덜겅에 돌무덤을 만들어놓고 돌아온 날 밤, 순례는 이불 속에서 오랫동안 어미의 흐느낌 소리를 들었다.

이듬 해 10월 하순. 초겨울처럼 쌀쌀한 날씨였다. 순례가 냇가에서 빨래 함지를 이고 돌아오니, 마당에서 어미가 이장과 군복 입은 낯선 사내 둘에게 에워싸여 있었다. 어, 마침 들어오는구나. 손님들이 너를 볼라고. 기다리시는 참이여. 이리 잠깐 와 보거라. 이장은 전에 없이 은근한 목소리로 말했다. 군복 입은 사내 하나가 다가왔다. 눈초리가 뱀 같았다.

"몇 살이냐?"

"열여, 여섯 살인디요."

뱀눈 사내가 다른 쪽에게 뭐라고 일본 말로 속삭였다. 요시. 코밑수염을 한, 땅딸막한 일본인 사내는 순례를 위아래로 훑어보며 능글맞게 웃었다.

"너, 이젠 신세 쭉 늘어지게 생겼다. 중국 방직공장에 너를 취직시켜주시겠단다. 기술도 배우고 돈도 벌고, 오죽 좋은 일이냐."

이장이 누런 앞니를 내놓고 흐흐 웃었다.

"돈도 준다고요?"

솔깃해서 순례는 어미 쪽을 살피며 되물었다. 뱀눈 사내가 웃으며 대답했다.

"돈뿐이냐. 허연 쌀밥을 날마다 실컷 먹을 수 있다. 옷과 신발도 새걸로 나눠주지. 다른 마을에서도 서로 먼저 가겠다고 야단들이란다."

"안 되라우. 이 애는 아직 어리고, 머리가 둔해서 아무 일도 할 줄 몰라요."

어미가 황급히 순례 팔을 잡아끌었다.

"염려 마시오. 공장에서 잘 가르쳐줄 테니까."

"어쨌건 절대 못 보내라우. 남편도 징용에 나갔는디, 이 아이까지 데려가면 집안에 일할 사람이 없단께요. 동생들은 애가 봐줘야 하는디……"

두 사내는 대꾸도 없이 사립을 성큼성큼 빠져나갔다.

"어따, 내가 이 집 사정을 빤히 아니까 하는 말이오. 궁한 살림에 입 하나 더는 것만도 천만다행이잖소? 또 순례가 월급 타면 꼬박꼬박 부쳐올 테고. 공연히 후회하지 마시오."

이장은 부랴부랴 사내들을 뒤쫓아 갔다. 순례는 처음엔 두렵기만 했다. 중국이라니. 그 먼 데서 혼자 어떻게 사나. 그녀는 한 번도 집을 떠나본 적이 없었다. 공장이 어떤 곳인지 잘 알지도 못했다. 소문으로만 들어본, 끝없이 크고 멀다는 나라. 쌀라쌀라 말은 한마디도 모르는데, 거기서 어떻게 산담. 그런데도 그날 저녁 순례의 가슴은 자꾸만 콩닥콩닥 뛰었다.

"광목을 짜는 공장이란다. 거긴 논밭이 엄청나게 많아서, 날마다 쌀밥을 실컷 먹을 수 있지."

가네야마라는 그 뱀눈 같은 조선인 사내의 말이 떠올랐다. 무엇보다 배부르게 먹게 해준다는 말에 순례는 이불 속에서 오래도록 몸을 뒤척였다. 비좁은 방 안에 뒤엉켜 누운 식구들의 숨소리가 들렸다. 어미는 잠결에 연신 앓는 소리를 하고, 아이들은 방귀만 힘없이 풀풀 뀌어댔다. 벽지도 안 바른 흙바람벽에선 메마른 흙냄새가 풍겼다. 순례는 일어나 앉아 식구들의 잠든 모습을 둘러보았다. 불현듯 눈물이 주르륵 흘러내렸다. 난생처음 자신의 힘으로 식구들을 위해 뭔가 할 수 있다는 사실에 순례는 감격했다. 이튿날 아침, 아궁이에 군불을 넣다가 순례는 입을 열었다.

"어무니. 나, 중국에 갈 테요. 공장에서 열심히 일해가꼬, 월급 받으면 한 푼도 안 쓰고 꼬박꼬박 모을라요. 돈 많이 벌어서 돌아오면, 쌀을 가마니째 팔아서 식구들 실컷 먹게 해줄라요. 할아부지 할무니 담배도 사드리고, 동생들한테 이쁜 옷이랑 고무신도 사줄라요. 어무니, 나를 공장에 보내주시오."

순간 어미의 손바닥이 순례의 뺨을 세차게 후려쳤다.

"이년이 시방 미쳤는갑다. 중국이 어딘 줄이나 알어? 또 그런 소릴 했다간 아가리 찢어지는 줄 알어라이."

사내들은 며칠 후 다시 나타났다. 때마침 어른들은 아침부터 마을 울력에 나가고 없었다. 지난여름 장마에 무너진 신작로를 고친다고 했다. 동네가 텅 빈 듯 조용했다. 순례가 마당에서 동생들과 놀고 있는데, 군복 입은 사내 둘이 사립으로 불쑥 들어섰다. 하나는 지난번의 그 뱀눈, 다른 쪽은 처음 본 얼굴이었다. 두 사내는 대뜸 순례의 양쪽 어깨를 움켜잡았다.

"너, 공장에 가고 싶댔지? 우리와 함께 가자."

"아, 안 돼라우. 어무니가……"

"괜찮다. 네 어머니도 다 알고 있으니까."

할아부지. 할아부지. 순례는 버둥거리며 끌려 나갔다. 조부는 중풍으로 방 안에 누워 있었다. 동생들이 울음을 터뜨렸다. 사내들은 순례를 끌고 순식간에 고샅을 빠져나왔다. 마주친 사람은 없었다. 마을 뒷길 으슥한 탱자나무 울타리 밑에 화물 트럭 한 대가 서 있었다. 사내들이 순례의 작은 몸뚱이를 짐칸 안에 훌쩍 던져 넣자마자 트럭은 황급히 출발했다. 놀라 일어서려는 순례의 머리채를 누군가 우악스레 잡아 눌렀다. 이년아. 살고 싶으면 얌전히 자빠져 있어. 겁에 질린 순례는 숨도 쉬지 못했다. 아아, 이제 난 죽는구나. 어무니 얼굴도 못 보고 이대로 죽고 마는구나.

눈이 차츰 어둠에 익숙해지자 순례는 주위를 살펴보았다. 그녀 혼자가 아니었다. 여자들 예닐곱 명이 짐칸 안에 함께 웅크리고 있었다. 그때 누군가 뒤에서 가만히 팔을 잡아당겼다.

"순례야. 나야."

뜻밖에 이웃 마을의 봉심 언니였다. 먼 일가뻘 되는 봉심은 순레보다 두 살 위였다. 근동 처녀들 중엔 드물게 야학으로 글자를 깨우친 봉심을 순례는 늘 부러워했다. 봉심을 만나자 그나마 마음이 조금 놓였다. 트럭이 마을을 완전히 벗어나 큰길로 접어들었을 때, 뱀눈 사내가 포장 자락을 조금 걷어 올렸다. 숨통이 겨우 트이는 듯했다. 구름처럼 먼지를 불어 올리며 트럭은 쉬지 않고 달렸다. 읍내를 지나갈 땐 포장을 완전히 내려버렸다. 뱀눈이 다시 포장 끝자락을 걷어 올렸을 때, 봉심이 속삭였다.

"저거 봐. 읍내 큰 다리야."

과연 교각 아래로 섬진강 푸른 물빛이 보였다. 환한 햇살에 눈이 부셨다. 너, 알어? 이 다리를 건너면, 거기서부턴 타향 땅이란다. 그러더니 봉심은 중얼거렸다.

"잘 있어라, 고향 땅아. 내, 돈 많이 벌어 돌아올 때까지."

순례도 입속으로 되뇌었다. 고향 다리야. 잘 있거라이. 나도 돈 많이 벌어가꼬 올 테니께. 갑자기 봉심이가 입을 틀어막고 가늘게 흐느꼈다. 순례도 식구들 생각에 눈물이 쏟아졌다.

오후 늦게 트럭은 담양읍에 도착했다. 마침 장날이라 천변 장터는 사람들로 붐볐다. 차에서 내리자마자 사내들은 여덟 명 여자들을 에워싸고 골목으로 데려갔다. 사내들 셋 중 둘은 일본인, 뱀눈은 조선인이었다. 앞으론 날 가네야마라고 불러라. 뱀눈이 눈을 홉뜨고 말했다. 일행은 장터 초입에 있는 국밥집으로 들어갔다.

"오늘은 특별히 야마시다 상께서 너희들에게 은혜를 베푸시

겠단다. 이년들아, 뭘 해. 인사를 드려야지."

뱀눈의 말에 모두들 팔자수염을 한 일본인을 향해 고개를 숙였다. 뚝배기에 선지를 수북이 얹은 국밥을 보는 순간 순례는 눈물이 핑 돌았다. 고깃국과 쌀밥은 난생처음이었다. 한 그릇을 게 눈 감추듯 비우고 나자 어째선지 또 눈물이 솟구쳤다. 밥집을 나온 일행은 장터 안으로 이동했다. 해가 설핏 기울어가는 파장 무렵이었다. 일행은 제법 큰 옷 가게로 들어섰다. 야마시다 상이 맘대로 한 벌씩 고르라고 그녀들에게 말했다. 너나없이 입이 딱 벌어졌다.

"걱정 마. 옷값은 앞으로 월급 타서 갚으면 된다."

가네야마가 퉁명스레 말했다. 꽃무늬 그려진 뉴똥 치마저고리를 골라 든 순례의 두 손이 바들바들 떨렸다. 광목 옷 한 벌 새로 지어 입어본 적 없는 그녀였다. 봉심은 진한 노란색으로 골랐다. 일행은 이번엔 신발 가게로 따라 들어가 저마다 고무신을 한 켤레씩 골라 들었다. 마지막으로 들른 곳은 장터 미장원이었다. 파머머리의 젊은 여주인은 사내들을 전부터 아는 눈치였다. 그녀들은 모두 허리까지 드리운 댕기머리를 잘라내고 똑같이 단발머리가 되었다. 머리 타래가 싹둑싹둑 잘려나갈 때 순례는 어머니 생각에 또 눈물이 났다.

사내들은 그녀들을 장터 부근 허름한 여관으로 데려갔다. 저녁 식사 때 또 한번 쌀밥을 배부르게 먹었다. 널찍한 방 한 칸에서 여덟 명이 함께 누웠지만, 두려움과 걱정 때문에 쉽게 잠들지 못했다. 너나없이 돈 벌겠다고 집을 나선, 열여섯부터 스무 살 사이 농촌 처녀들이었다. 순례는 이날 하루 일이 도통 두렵고 뒤숭숭한 꿈같았다. 어무니는 지금쯤 내가 여기 잡혀온 걸 알고 있을까. 뒤척이는 순례의 등을 봉심이 어루만지며 속삭였다.

"걱정 마, 순례야. 이제부터 너는 내 뒤만 따라다녀라."

"그래. 난 언니만 믿을 테여."

순례는 봉심의 손을 쥔 채 잠이 들었다.

6

"저 양반 또 출근하셨군. 며칠 안 뵌다 싶더라니."

양 씨가 헛웃음을 친다. 근무 일지를 쓰고 있던 정동수는 고개를 들어 대합실 안을 훑어본다. 승객이 딱 열 명이다. 간밤 폭설로 고갯길이 막힌 덕분에 모처럼 산골 역이 잠시 활기를 되찾았다. 동수는 한쪽 구석에 웅크려 앉은 노파를 이내 알아본다. 꾀죄죄한 행색이며 그 생뚱맞은 가방 역시 변함이 없다.

"자네, 알고 있나? 저 할머니, 정신대 출신이라는 거."

동수가 놀라 양 씨를 쳐다본다.

"일본군 위안부 말씀입니까?"

"나이 열여섯에 북만주까지 끌려갔다가 구사일생으로 돌아왔대.”

“그걸 어떻게 아셨어요?”

“식당 주인한테 들었어. 주민들한텐 일체 비밀로 하라면서, 면사무소 계장이 그러더래. 홍, 비밀은 무슨. 알 사람은 벌써 다 아는걸.”

“저 할머니가……”

동수는 새삼스레 노파를 주시한다. 그의 뇌리에서 자잘한 영상들이 어수선하게 스쳐간다. 주일대사관 정문 앞에서 매주 한 번씩 열린다는 항의 시위. 이마에 흰 띠를 동여맨 늙은 여인들. 불타는 일본 국기. 합창으로 외치는 구호들. 보상하라. 규탄한다. 사죄하라. 대부분 신문이나 티브이 뉴스에서 본 것들이다. 또 어디선가 본 흑백사진들도 섞였을 터이다. 짜부라진 군모. 허리엔 칼, 무릎엔 각반을 착용한 군인들. 그을린 얼굴. 하나같이 분노와 공포로 단단하게 응축된 눈빛들. 그 위에 또 다른 영상들도 어수선하게 겹쳐진다. 훈도시를 찬 사내들과 벌거벗은 여자들. 음탕한 웃음소리와 함께 뒤엉키는 살과 살. 겹쳐 나뒹구는 나신들…… 동수는 얼른 고개를 흔든다. 그 고약한 영상들은 포르노 잡지 혹은 군대 시절 부대 앞 싸구려 여인숙 방에서 밤낮없이 틀어주던 음란 비디오 화면의 찌꺼기들인지도 모른다. 동수는 왠지 노파에게 죄스러워진다.

동수가 노파를 처음 본 것은 이곳에 부임한 직후였다. 때마침 매표구를 지키고 있던 그는 노파의 출현에 무척 당황했다. 노파

는 다짜고짜 백 원짜리 동전 한 개를 들이민 채 묵묵부답 서 있
었다. 황당했다. 가장 싼 운임이 천 원이었다. 할머니, 행선지
가 어디신데요. 그때 쩔쩔매고 있는 그를 양 씨가 나타나 구해
주었다. 양 씨는 노파에게 동전을 그냥 되돌려준 다음 차표 한
장을 순순히 내주었다. 얼핏 보니, 행선지 표시조차 안 된 엉터
리 차표였다. 노파는 그것을 받아 쥔 채 제자리로 얌전히 돌아
갔다. 그 희한한 풍경은 노파와 역무원들 간의 오랜 약속 같은
것이라는 사실을 그는 비로소 알았다.

열차 도착 시각 10분 전. 동수는 매표구 앞자리로 옮겨 앉는
다. 원래 이번 달 매표 업무 담당인 신태묵 씨는 아직 병원에
입원 중이다. 남은 사람들 일이 그만큼 많아졌다. 그날 밤 역무
실 바닥에 쓰러져 있는 그를 처음 발견한 사람이 동수였다. 구
급차로 제천의 종합병원에 옮겨진 신 씨는 일곱 시간 넘게 수술
을 받았다. 수술은 마쳤지만 의식 회복 여부는 지켜봐야 한다
고, 의사는 말했다.
당장 알려줄 만한 가족이 없어서 모두들 난감해하던 참인데,
때마침 송영인이라는 인물이 전화로 신 씨를 찾았다. 그는 자신
을 신 씨의 사위라고 소개했다. 뒤늦게 여수에서 혼자 달려온
송영인은 병실에서 하룻밤을 새운 다음 돌아갔다. 신태묵 씨는
일주일 만에 의식을 되찾았다. 의사조차 의외라고 놀라워했다.
지난주에도 동수는 문병을 다녀왔다. 환자는 아직 말과 거동이

온전치 않았다. 그동안 사위 송 씨가 두어 차례 병원을 다녀갔다고 했다. 그러나 어떤 연유인지, 정작 딸은 전혀 나타나지 않는 눈치였다.

다른 승객들이 모두 차표를 산 뒤에도 동수는 잠시 더 기다려 본다. 노파가 뒤늦게 느릿느릿 다가온다. 더러운 손으로 들이미는 동전 한 개. 저승꽃 가득 돋은 얼굴. 휑하니 빠져나간 앞니. 칠면조같이 늘어진 목주름. 그리고 그 추한 얼굴 가운데 맥없이 떠 있는 동굴 같은 두 눈. 불현듯 동수는 까닭 모를 한기에 휩싸인다. 큰 소리로 묻고 싶은 충동을 그는 억누른다.

'할머니. 대체 어딜 가시려고요? 그곳이 어디입니까!'

열차를 보낸 뒤 돌아와보니, 노파는 개찰구 옆에 말뚝처럼 서 있다. 노파는 지금껏 단 한 번도 개찰구 밖으로 나선 적이 없다. 매번 그 자리에 서서 철길 쪽만 멀거니 바라보는 것이다. 그 쓸모없는 차표를 손에 쥔 채로. 허공 어느 한 점에 아득히 걸려 있는 노파의 시선을 가늠하며, 동수는 무심코 한숨을 내쉰다. 그녀에게도 고향은 아직 남아 있을까? 누군가 아직 거기서 그녀를 기다리고 있는 것일까?

가슴이 먹먹해진 동수는 역무실에서 의자 하나를 들고 나온다. 그것을 난로 앞에 내려놓은 다음 노파를 부축해 앉힌다. 조금 있으면 노파의 조카인 전 씨 아주머니가 나타날 것이다. 아유, 아저씨들. 매번 이리 폐를 끼쳐서 어쩐대요. 여느 때처럼 그렇듯 걸걸한 목소리로 두루 인사를 전한 다음 그녀는 노파를 집으로 데려가리라. 동수는 역무실로 향한다.

7

담양읍에서 하룻밤을 보낸 여자들은 다시 트럭에 올랐다. 아침부터 가랑비가 부슬부슬 내렸다. 전날과 달리 여자들은 서로 킬킬대며 장난을 치기도 했다. 반나절 만에 광주에 도착했다. 어느 허름한 여관 별채의 널찍한 방 한 칸에 이번에도 한꺼번에 넣어졌다. 사흘이 지났다. 그동안에도 사내들은 매일 어디선가 새로운 여자들을 하나 둘씩 데리고 왔다.

광주에서 이리까지는 기차를 타고 갔다. 연기와 석탄가루 때문에 눈이 따가웠지만 순례는 난생처음 타본 기차가 놀랍고 신기하기만 했다. 이리역 부근 여관에서 일행은 또 사흘 밤을 보냈다. 이번에도 사내들은 여자들을 속속 데려왔다. 열예닐곱부터 스무 살 또래의 여자들이었다. 유일하게 파마머리를 한 여자가 있었는데, 결혼하자마자 시집에서 소박을 맞았다고 했다. 어느덧 일행은 스물두 명으로 불었다. 이리를 출발, 다시 조치원, 평택, 수원에서 하루씩 묵었다. 새 얼굴들이 꾸준히 불어났다. 하나같이 꾀죄죄하고 어리벙벙한 농촌 처녀들이었다.

이윽고 서울에 도착한 서른세 명의 여자들은 역 뒤편 커다란 벽돌집에 수용되었다. 창고를 개조한 그 집의 방바닥은 불기라곤 없어 숫제 얼음장 같았다. 그사이 지금껏 동행했던 두 남자는 보이지 않고, 가네야마 혼자만 남아 있었다. 대신에 낯선 사내 둘과 여자 하나가 새로 나타났다. 셋 다 일본인이었는데, 자신들은 일행을 인계받아 중국으로 데려갈 사람들이라고 말했다. 사내들은 군복 차림이었으나 무기도 없었고, 계급장이며 이름표조차 달고 있지 않았다. 30대로 보이는 일본 여자의 이름은 스미에였다. 핏기 없는 얼굴에 눈빛이 어두웠다. 우두머리인 요시다 상의 아내 같기노 하고 첩 같기도 한 그녀는 사무적인 업무를 도맡아 하는 눈치였다. 서울에 온 첫날부터 분위기는 급변했다. 식사는 아침저녁 두 끼뿐, 그나마 밥 한 공기에 단무지와 된장국이 전부였다. 사내들은 하나같이 짐승처럼 거칠고 난폭했다.

"이 시각부터 조선말은 절대 쓰면 안 된다. 내게 걸리면 당장에 반송장이 될 줄 알아라."

그게 요시다 상의 첫번째 경고였다. 거짓말이 아니었다. 무심코 조선말로 대답이라도 하면 어김없이 무자비한 구타가 퍼부어졌다. 일본 말이 서툰 순례는 아예 입을 다물고 지냈다. 외출은커녕 담장 쪽으로 눈길조차 돌릴 수 없었다. 건물 뒤편 변소엔 반드시 세 명씩 함께 다녀와야 했다.

"전원을 방직공장에 보내는 게 아니래. 군부대로도 간다더라."

"군부대엔 뭣 하러?"

"간호부로도 보내고, 세탁부나 취사 일을 시키겠지."

감시인들의 눈을 피해 그녀들은 그런 말을 주고받았다. 창고 방에 갇힌 채 닷새가 흘렀다. 네년들을 싣고 갈 기차를 기다리는 중이니까, 끽소리 말고 죽치고 있어. 가네야마가 뱀 같은 눈을 치켜뜨고 말했다. 하지만 취사장에서 남자들 얘기를 엿듣고 온 봉심의 말은 달랐다.

"중국에 들어갈 증명서가 필요한가 봐. 그걸 받아낼 때까지는 무작정 기다릴 모양이여. 그나저나 요상하지. 왜 우릴 죄수처럼 가둬놓고 입도 벙끗 못 하게 저리 난리를 칠까?"

일주일 후, 요시다가 밝은 표정으로 나타났다. 전원 허가증이 나왔다고 했다. 그날 저녁 사내들은 여자들을 앞뒤로 에워싼 채 역으로 몰고 나갔다. 그들을 기다리고 있는 건 화물칸이었다. 모든 객차는 군인들이 독차지하고 있었다. 서른세 명의 단발머리 여자들은 화물칸 위로 힘겹게 기어올랐다. 바닥엔 헌 가마니가 깔려 있었다. 거기엔 한발 앞서 또 다른 낯선 여자들 한 무리가 모여 앉아 있었다. 스무 명가량의 그 여자들 역시 이쪽과 같은 처지였다. 기차는 한밤중이 되어서야 출발했다. 남폿불 하나를 켜놓았을 뿐, 화물칸 안은 몹시 어둡고 추웠다. 순례는 바닥에 누워서 기차 바퀴 소리만 헤아렸다. 집 생각에 연신 눈물이 솟았다.

"언니, 진짜로 우리 고향에 다시 돌아갈 수 있제?"

"걱정 마래도 그런다. 공장에 가서 돈 벌면 너는 다음에 뭐

할래?"

"동생들 쌀밥부터 실컷 먹여줘야제. 그러고는 논을 살 거여. 우리 마을에서 가장 좋은 논을 사가꼬 아부지한테 드려야제. 언니는?"

"미용 기술을 배워서 읍내에 미장원을 차릴란다. 순례 너는 평생 공짜로 해주마."

둘은 바싹 붙어서 체온을 나누었다. 기차는 밤새도록 북쪽을 향해 쿵쾅쿵쾅 내달렸다. 이튿날 청진에서 오래 정차한 뒤, 저녁 무렵에야 압록강을 건넜다. 그녀들은 하루 딱 세 차례, 매번 작은 정차 역에서만 잠깐씩 내려 부리나케 용변을 봐야 했다. 철문 틈새로 언뜻언뜻 광활한 만주 땅이 내다보였다. 황량한 초겨울 벌판은 가도 가도 끝이 없었다. 펑퍼짐한 언덕 기슭엔 초라한 촌가들이 부스럼 딱지처럼 붙어 있었다. 연길을 경유한 기차는 계속 북쪽으로 올라갔다. 이름 모를 역에서 정차할 때마다 군인들이 계속 내리거나 새로 올라탔다. 벌판 위를 떠가는 비행기들이 자주 눈에 띄었다. 전선이 가까워지고 있다는 증거였다.

8

북으로 올라갈수록 기온이 뚝뚝 떨어졌다. 11월 중순의 북만주는 벌써 한겨울이었다. 화물칸 내부는 얼음 속 같았다. 홑겹 치마저고리만 걸친 그녀들은 새우처럼 웅크린 채 추위와 배고픔에 떨었다. 마침내 기차는 동녕을 거쳐 종점인 목단강역에 도착했다. 서울을 떠난 지 꼬박 사흘 만이었다. 환기구 틈새로 추레한 지붕들이 보였다. 정차하자마자 사내들은 가축 몰이 하듯 무섭게 닦달질을 시작했다. 그녀들은 허둥지둥 쫓겨서 역사를 빠져나왔다. 역 광장엔 전선으로 이동하는 일본군 부대가 집결해 있었다. 수백 명의 병사들이 그녀들을 향해 일제히 소리를 지르며 낄낄거렸다. 시커멓게 그을린 얼굴들이 산짐승처럼 무섭고 흉악스러웠다. 광장 어귀에서 일행은 한참을 대기했다. 공장까지 데려다 줄 차량을 기다린다고 했다. 중국인 장사치들이 빵 바구니와 찻주전자를 들고 다가오다가, 가네야마의 고함 소리에 놀라 황급히 달아났다.

기다리던 군용 트럭 두 대가 도착했다. 군인 네댓 명이 땅바닥으로 투덕투덕 뛰어내렸다. 그녀들은 땅바닥에 쪼그려 앉았다. 이름을 부르면 앞으로 튀어나와. 가네야마가 으르렁거렸다. 호명된 순서대로 차량에 태워졌다. 순례와 봉심은 두번째 차량이었다. 두 대의 트럭은 포장을 내린 채 동시에 출발했다. 널뛰기를 하듯 트럭은 쉬지 않고 쿵쾅쿵쾅 내달렸다. 엄청난 먼지와 함께 깜깜한 포장 안에 갇힌 채 몇 시간을 달려온 차가 이윽고 멎었다. 포장이 휙 걷히는 순간 순례는 손으로 두 눈을 가렸다. 끝없이 넓은 벌판 전체가 새하얀 눈밭이었다. 땅에 내려서자마자 저마다 왝왝대며 빈 배 속을 마저 게워냈다. 어느 사이 저물녘이었다.

"으마, 앞차는 어디로 갔지?"

봉심의 말에 순례는 고개를 돌렸다. 과연 앞서 출발했던 트럭이 안 보였다. 그 여자들은 어디로 데려갔을까. 여긴 또 어디일까. 눈 덮인 벌판엔 마을도 인가도 눈에 띄지 않았다. 그곳은 러시아 국경과 인접한 지역이었다. 눈앞에 대형 군용 천막 하나가 버티고 서 있었다. 유목민 천막처럼 크고 둥근 모양이었다. 그 천막 옆에 일자형 건물 두 채가 나란히 붙어 있었다. 퉁탕퉁탕. 건물 뒤쪽에서 망치 소리가 들려왔다. 지붕 위에서 작업 중이던 사내들이 이쪽을 향해 음탕한 몸짓을 보내며 낄낄거렸다.

"사방이 온통 군인들뿐이네."

"그러게. 방직공장은 어디 있지?"

"지금 한창 공장을 짓고 있는 중인가 봐."

그때 웬 나팔 소리가 날카롭게 울려 퍼졌다. 지붕 위 사내들이 망치를 내려놓고 차려 자세를 했다. 요시다 상과 가네야마도 부동자세로 거수경례를 했다. 전원 똑바로 섯. 국기하기식이다. 가네야마의 명령에 그녀들도 엉거주춤 돌아섰다. 순례는 그제야 맞은편 언덕 기슭에 모여 있는 수십 채의 군용 막사를 발견했다. 연병장 중앙의 게양대에서 일장기가 천천히 내려오고 있었다.

여자들은 천막 안으로 우르르 쫓겨 들어갔다. 엄청나게 큰 솥단지 두 개가 화덕에 걸려 있는 그곳은 취사장 겸 식당이었다.

아궁이에 불을 지피던 중국인 늙은이가 그녀들을 힐긋 돌아다
보았다. 다다미 장판 깔린 방 안엔 식탁이 놓여 있었다. 금세
저녁밥이 나왔다. 맹물 같은 된장국, 수수 섞인 보리밥 한 덩이
가 전부였지만 모두들 순식간에 먹어치웠다. 그때 낯선 여자 한
무리가 안으로 들어섰다. 다 같은 단발머리에 종아리 맨살을 훤
히 드러낸 그 여자들의 옷차림이 희한했다. 헌 군복을 줄여 만
든, 부대자루 같은 원피스였다. 그쪽 여자들이 식탁에 둘러앉아
소곤거렸다.

"우짤꼬. 또 불쌍한 촌닭들이 몽땅 잽히왔구마."

"세상에! 저런 쪼그만 어린애까지 끌고 왔네."

그러나 가네야마가 나타나자마자 그 여자들은 끽소리도 없이
밥만 먹고 나가버렸다. 순례는 천막 안에서 담요 한 장만으로
북만주의 첫번째 밤을 맞았다.

"여긴 군인 부대가 틀림없어."

"언니. 우린 이제 어떻게 되는 거여?"

"나도 몰라. 군부대에선 세탁부랑 청소부 일을 시킨다더라.
혹 간호부 일을 배우게 될지도 모르제."

순례는 담요 밑에서 봉심의 손을 찾아 쥐었다. 봉심의 손끝이
가늘게 떨고 있었다.

이튿날 그녀들은 모두 막사로 옮겨 갔다. 전날 군인들이 지붕
을 고치던 건물이었다. 군용 막사를 임시 개조한 일자형 건물
안은 흡사 닭장 같았다. 딱 하나뿐인 출입구에 들어서면 중앙에

마루 깔린 기다란 복도가 있고, 그 복도 양쪽으로 수십 개의 쪽방이 빽빽이 들어차 있었다. 출입문과 붙은 첫번째 방 하나만 유일하게 넓었는데, 주인 요시다 상과 스미에가 쓰는 방이었다. 그 맞은편 첫번째 방은 가네야마의 방이었다.

그녀들이 들어서자 여기저기서 문짝들이 빠끔히 열렸다가 곧 탁탁 닫혀버렸다. 전날 저녁 식당에 나타났던 그 여자들 같았다. 수많은 쪽방마다 문 옆에 조그만 번호표와 이름표가 나란히 붙어 있었다. 요시다 상이 각자 방을 배정해주면서 이름표를 읽어주었다.

"넌 1호실! 이제부터 넌 유키코다. 알았어?"

느닷없이 유키코가 된 첫번째 여자가 쪽방 안으로 엉거주춤 기어 들어갔다. 새로운 이름이 줄줄이 이어졌다. 아키코. 미에코. 요시코. 기미코. 기쿠코. 가즈코…… 봉심의 이름은 하나코였다. 이년아. 빨랑 안 들어가. 가네야마의 호통에 놀라 봉심은 7호실로 후다닥 뛰어 들어갔다. 순례는 맨 마지막이었다.

"야, 꼬맹이. 네 이름은 마사코야. 빨랑 들어가."

순례의 방은 15호였다. 쪽방은 실제 닭장 크기만 했다. 두 팔을 벌리면 양쪽 벽에 손이 닿았다. 벽, 천장, 문짝, 그 모두가 검은 판자로 만들어진, 영락없이 관 속 같은 방이었다. 마사코. 마사코. 그 검은 방 안에 웅크리고 앉아서 순례는 그 괴상한 이름을 되뇌어보았다. 그때 맞은편 방문이 가만히 열리더니, 문틈으로 웬 얼굴 하나가 얼핏 비쳤다가 사라졌다. 순례는 깜짝 놀랐다. 무척 앳되고 가냘픈 모습의 여자애였다. 해쓱한 안색과 퀭한 눈은 첫눈에도 병색이 완연했다.

가네야마와 스미에가 돌아다니면서 방문 앞에 각자 몫의 소지품을 내려놓았다. 군용 담요 두 장. 목침. 양철 대야. 수건. 비누. 빗. 그리고 제법 큰 유리병이 한 개씩 있었는데, 거기 담긴 진홍색 액체가 왠지 순례는 꺼림칙했다. 마지막으로 옷가지를 나눠주었다. 솜 누빈 몸빼 바지와 작업복 저고리가 각 한 개씩이었다. 모두 헌 군복을 수선해 만든 조잡한 재생품이었다. 그나마 광목천으로 만든 버선은 유일하게 새것이었다. 가네야마가 밑 터진 부대자루 같은 헐렁한 원피스를 집어 들고 말했다.

"이건 잠옷 겸 작업복이다. 너희들이 근무할 때 입는 옷이란 말이다. 위안소 안에선 항상 이걸 착용해야 해. 자, 지금 당장 갈아입도록 해."

위안소라니. 그게 무슨 뜻일까? 한순간 여자들의 표정이 엇갈렸다. 몇몇의 낯빛이 금세 허예졌으나, 대다수는 어벙벙한 표정으로 두리번거렸다. 순례의 옷은 지나치게 컸다. 옷을 갈아입은 채 각자의 방 앞에 한 줄로 무릎을 꿇고 앉았다. 처음으로 받아보는 점호였다. 부대자루를 뒤집어쓴 것 같은 서로의 몰골을 쳐다보며 여자들은 킥킥대기도 했다. 갑자기 누군가 크윽 하고 울음을 터뜨렸다. 두려움과 절망에 찬 울음이었다. 그러자 여기저기서 울음이 잇달아 터졌다.

"아니, 이것들 봐라?"

가네야마와 요시다 상이 득달같이 달려왔다. 칙쇼! 바가야로! 그들은 머리채를 움켜잡고 미친 듯 주먹과 발길질을 퍼부었다. 금세 서넛이 시체처럼 바닥에 축축 늘어졌다. 코피가 터지고 머리털이 뭉텅뭉텅 빠졌다. 반쯤 의식을 잃은 한 여자를 가네야마가 질질 끌고 가더니 벽에 힘껏 패대기쳐버렸다. 나머지 여자들은 그 끔찍한 광경에 바들바들 떨었다. 어느 틈에 가네야마의 손엔 몽둥이가 들려 있었다.

"버러지 같은 년들! 이 정도는 아무것도 아니야. 여태까지 너희들 밑구멍에다 처박은 돈이 얼만 줄이나 아니? 몸값에다가 여기까지 끌고 온 경비만 따져도 2천 원이 넘는단 말이다, 이년들아. 그 빚을 다 갚기 전엔 여기서 단 한 발짝도 못 나가! 알아들었어? 물론 네년들이 일한 만큼씩 월급은 정확히 지불한다. 그러니까 무조건 돈을 벌어! 빚만 갚으면 언제든지 집에 돌려보내줄 테니까."

그녀들은 숨소리도 내지 못하고 얼어붙어 있었다. 피투성이로 바닥에 나뒹굴던 여자들까지 어느새 바들바들 떨면서 앉아 있었다. 다음은 목욕을 할 차례였다. 그녀들은 수건과 양철 대야를 챙겨 들고 스미에의 뒤를 따라 천막으로 갔다. 드럼통 안에 더운 물이 가득 담겨 있었다. 수채 가에 저마다 쪼그려 앉아 머리와 몸을 건성으로 씻어내기 시작했다. 며칠 만에 처음 해보는 세수였다. 한 여자가 순례를 보더니 눈을 크게 떴다.

"애 좀 봐. 아직 젖도 제대로 안 생겼네."

“아이구마. 거웃도 아직 없는 어린애구먼.”

순례는 손바닥으로 후다닥 몸을 가렸다.

“너, 그건 해봤냐. 달거리 말여.”

“다, 달거리요?”

“아이고. 달거리도 뭔지를 모르네.”

별안간 수군거림이 뚝 그쳤다. 어느 틈에 다가온 스미에가 순례의 벗은 몸 위아래를 유심히 훑어보고 있었다.

9

“먼 길 오느라고 고생했으니, 오늘은 방에서 푹 쉬도록 해.”

목욕을 마치고 돌아왔을 때, 가네야마가 수상쩍은 웃음을 흘리며 말했다. 순례는 담요를 뒤집어쓰자마자 잠에 빠져들었다. 얼마나 지났을까. 누군가 어깨를 흔드는 기척에 눈을 떴다. 놀랍게도 스미에가 머리맡에 서 있었다. 순례는 스미에를 따라 출입문 옆 큰 방으로 들어갔다. 요시다 상과 스미에가 쓰는 내실이었다. 방 한가운데 걸린 커튼 뒤쪽은 침실 같았다.

“이리 와 앉아.”

느닷없이 스미에의 입에서 조선말이 불쑥 튀어나왔다.

“놀랐니? 나, 반쪽은 조선 사람이란다.”

순례는 또 한번 놀랐다. 스미에의 부드러운 말투 때문이었다.

스미에가 순례의 손을 잡고 물었다.

"몇 살이랬지?"

"여, 열여섯 살인디요."

스미에는 화장품이 가득 든 바구니를 꺼내왔다. 분홍색 가루분 뚜껑을 열자 알싸한 향기가 퍼졌다. 순례는 금세 눈앞이 몽롱해지는 것 같았다. 스미에는 분첩으로 가루분을 찍어서 순례의 볼에 토닥토닥 발라주기 시작했다. 밖에서 소란한 기척이 들렸다. 수많은 사내들의 들뜬 목소리, 군화 소리, 웃음소리로 출입문 쪽이 왁자지껄했다.

"장교들이 몰려왔군. 아이들을 새로 데려다 놓으면 서로 먼저 차지하겠다고 저 지랄을 쳐대는 거야. 짐승 같은 놈들."

스미에의 말을 순례는 얼른 이해하지 못했다. 너무 심하게 다루지는 마쇼. 첫 개시부터 고장을 내놓으면 영업상 지장이 있으니깐. 떠들썩한 웃음소리와 함께 요시다의 음성이 들렸다. 이내 장교들의 발소리가 우르르 안으로 몰려 들어갔다. 마룻장이 한꺼번에 주저앉을 듯 요란하게 삐걱거렸다. 쪽방 문짝들이 어지럽게 열렸다 닫히는 소리. 웃음소리. 그러더니 돌연 목구멍을 찢어내는 듯한 누군가의 비명이 들렸다. 아아악. 그것이 신호였다. 사방에서 다급한 비명과 울음소리가 일제히 터져 나왔다. 으아아. 엄마아. 자지러지는 비명과 울음소리, 사내들의 괴성과 욕설과 고함이 한데 뒤섞였다. 벽을 쿵쿵 두드리고 문짝을 우당탕 걸어차는 소리, 낄낄대는 사내들의 웃음소리, 숨넘어가는 여자들의 비명 소리. 순례는 공포에 질려 눈앞이 캄캄해왔다.

"열여섯 살. 우리 미짱이랑 동갑이구나."

분첩으로 순례의 볼을 가만가만 토닥이면서 스미에가 중얼거렸다.

"미짱은 내 딸이란다. 얼마나 예쁜 아이인지 넌 모를 거야. 웃을 때는 볼우물이 반달처럼 파였어…… 그 앤 오래전에 죽었단다. 열이 40도가 넘었어. 그런데도 폭설 때문에 길이 막혀 난 옴짝달싹할 수가 없었어……"

뭔가에 홀린 듯이 스미에는 뇌까렸다. 밖에선 엄청난 비명과 울음과 소동이 멈추지 않았다. 분명 뭔가 끔찍한 일이 벌어지고 있었다. 피투성이가 된 여자들의 모습이 순례의 눈앞에 떠올랐다. 봉심 언니는 어떻게 되었을까. 바들바들 떨고 있는 순례의 얼굴에 스미에는 눈썹을 그려 넣기 시작했다.

"하얼빈 포병 부대에 있을 때였지. 우리가 위안소 사업에 처음 손을 댔던 곳이란다. 요시다 상은 여자애들을 사러 조선에 가고, 나 혼자 미짱을 데리고 남아 있었지…… 처음엔 그냥 보통 감기인 줄만 알았어. 군의관이 준 약을 먹이고 재웠는데, 세상에, 한밤중에 그렇게 끔찍하게 열이 오르다니…… 그 애가 장작불에 타는 모습을 나 혼자 지켜보았어. 뒤늦게야 요시다 상이 돌아와 뼛가루를 강물에 흘려보냈지. 바로 오늘이 그 아이의 생일이란다."

스미에는 여전히 꿈을 꾸는 듯한 얼굴이었다. 옆방에선 끔찍한 소란이 계속되고 있었다. 스미에가 입술연지를 집어 들었다.

"돼지 새끼들! 서너 놈이 한 년을 놓고 지금 떼거리로 난리를 치고 있는 거야. 흥, 총 맞아 죽기는 싫어서! 숫처녀를 따먹은 놈은 전투에서 절대로 안 죽는다지 뭐냐. 총알이 숫처녀 피 냄새를 맡으면 멀리 비켜 간다는구나. 미친놈들. 저희들끼리 돈 걸고 제비뽑기도 하고, 요시다 상에게 뇌물을 쓰는 놈도 있단다. 자, 이젠 됐어. 따라오너라."

바구니를 한쪽으로 밀쳐놓고 스미에가 일어섰다. 둘이서 막 방문을 나서려는 순간이었다. 아아아. 사람 살려요. 벌거벗은 여자 하나가 도망쳐 나와 복도 바닥에 철퍼덕 나뒹굴었다. 뒤쫓아 나온 두 사내 역시 완전히 벌거숭이였다. 그들은 여자의 발목을 하나씩 거꾸로 움켜잡더니, 킬킬대며 방 안으로 질질 끌고 들어갔다. 요시다 상과 가네야마가 찌푸린 얼굴로 그 광경을 지켜보고 있었다. 순례는 넋이 반쯤 나가버렸다. 방금 눈앞에서 개처럼 끌려가던 여자가 아무래도 봉심이 같았다.

"마사코. 당장 나와."

순례는 허둥지둥 스미에를 쫓아 문을 나섰다. 벌써 밤이었다. 달도 없는 벌판이 눈앞에 희부옇게 엎드려 있었다. 공터를 지나 부대 철조망을 따라 걷는 동안 스미에는 전혀 말이 없었다. 막사를 지키고 선 보초가 철조망 문을 열어주었다. 벽돌로 지어진 사택이 눈앞에 나타났다. 작은 창문에서 불빛이 새어 나오고 있었다.

"여긴 하세가와 대장님 숙소야. 시키는 대로 고분고분 굴어
야 한다. 그분을 화나게 만들었다간 넌 살아남지 못해."

스미에가 얼굴을 바싹 들이댄 채 순례의 눈을 노려보며 속삭
였다. 얼음처럼 싸늘하고 독기 어린 음성이었다. 거실 안쪽에
덧문이 하나 더 있었다. 덧문을 열자 방 한가운데 사내 혼자 잠
옷 차림으로 버티고 앉아 있었다. 머리가 반백인 중년의 건장한
사내였다. 난로 열기로 방 안은 후끈했다. 스미에가 시키는 대
로 순례는 무릎을 꿇고 고개를 숙였다. 잠옷 앞섶으로 비어져
나온 사내의 불룩한 배와 허벅지의 맨살이 보였다. 넌 그만 돌
아가. 사내의 음성은 굵고 칼칼했다. 스미에가 절을 하고는 뒷
걸음질로 소리 없이 방을 빠져나갔다. 문이 조심스레 닫혔다.

사내가 손을 뻗어 순례의 턱을 천천히 들어올렸다. 붉게 번들
거리는 두 눈을 순례는 보았다. "오오, 가와이! 가와이네!" 손
가락으로 순례의 볼을 쓰다듬으며 사내는 낮게 신음 소리를 냈
다. 거친 숨소리와 함께 술 냄새가 풍겼다. 사내는 벌떡 일어나
훌렁 잠옷을 벗더니, 순례의 몸을 단번에 획 들어올렸다.

"아가야. 우리 아가야."

사내는 웅얼거리며 비대한 몸으로 순례를 내리누르기 시작했
다. 아가야. 가만히. 가만히 있어. 순례는 사지를 마구 버둥거
렸다. 짝. 짝. 짝. 사내가 순례의 얼굴을 손바닥으로 후려쳤다.
아가. 우리 아가야. 가만히 있어. 코피가 줄줄 흘러내렸지만,
사내는 순례를 안고 뒹굴기 시작했다. 한순간 온몸의 뼈가 한꺼

번에 으스러지는 듯한 고통에 순례는 아악, 비명을 질렀다.

다음 날 아침 늦게까지 순례는 자리에서 일어나지 못했다. 사내는 밤새도록 순례의 몸을 몇 번이나 짓이겨놓았다. 순례가 고통스러워할수록 사내는 오히려 콧소리를 내며 더 즐거워하는 눈치였다. 아가야. 예쁜 아가야. 아빠 돌아올 때까지 얌전히 있어. 아침에 말쑥한 제복 차림으로 방을 나가기 전, 사내는 털북숭이 손으로 순례의 볼을 어루만지며 다정하게 속삭였다.

하세가와의 방에서 순례는 꼬박 일주일 동안 갇혀 있었다. 끼니때마다 당번병이 나타나 말없이 식기를 거실 바닥에 내려놓고 돌아가곤 했다. 밥과 함께 무절임 아니면 어묵 한 조각이 전부였다. 혼자 쭈그려 앉아 숟가락질을 하다가도 자꾸 울음이 터져 나왔다. 배가 부르면 순례는 아무렇게나 쓰러져 잠들었다. 만신창이가 된 육신은 끝없이 잠을 불렀다. 저녁이 되면 순례는 다시금 그 끔찍스런 고통을 겪어내야 했다. 아래쪽에선 극심한 통증과 함께 끊임없이 피가 흘러나왔다.

하세가와의 방엔 창문이 하나 있었다. 그 창과 담장 사이는 조그만 빈터였다. 어느 날 순례는 혼자 창가에 기댄 채 멍하니 밖을 내다보고 있었다. 얼핏 무엇인가 너울너울 눈앞을 스치며 지나갔다. 빈터엔 눈이 하얗게 덮여 있었다.

"아, 산수유꽃!"

유리창에 얼굴을 붙인 채 순례는 놀라 부르짖었다. 나비였다. 눈부시게 아름다운 노랑나비 한 마리. 그것은 봄날 고향 마을에 지천으로 피어나던 산수유꽃, 바로 그 환한 노랑이었다. 빈터 주변을 잠시 맴돌던 나비는 곧 담장 너머로 홀연히 사라져버렸다. 해가 기울고 어둠이 내릴 때까지 순례는 창가에 서 있었다. 꿈이었을까. 이런 한겨울 눈밭에서 나비라니. 하지만 순례는 고개를 저었다. 아니야. 분명히 나비였어.

일주일째 되는 날 아침. 제복을 단정히 차려입은 하세가와는 허리에 긴 칼을 차고 방을 나갔다. 이날은 순례를 부드럽게 쓰다듬지도, 다정한 말을 남기지도 않았다. 한 시간 후에 스미에가 문을 열고 모습을 드러냈다. 올 때처럼 순례는 스미에를 따라 위안소 건물로 돌아왔다. 도중에 몇 번이나 아랫배를 움켜쥔 채 걸음을 멈추어야 했다.

위안소 출입문 앞엔 병사 수십 명이 열을 지어 웅성대고 있었다. 담배 연기를 뿜어대며 시끌벅적 떠들어대던 그들은 두 사람을 보고 짐승처럼 낄낄거렸다. 안으로 들어서니, 왁자지껄하기는 마찬가지였다. 쪽방 문 앞 어디에나 대여섯 명씩 들러붙어 차례를 기다리고 있었다. "하야쿠. 하야쿠 대대구이!" 빨리 나오라고, 문을 쾅쾅 두드리며 사납게 고함을 질러대기도 했다. 봉심의 방 앞에도 한 무리가 진을 치고 있었다. 순례는 겁에 질린 채 자신의 쪽방으로 기어들었다. 곧 스미에가 뒤쫓아 들어왔다.

"마사코. 넌 그동안 실컷 놀았으니까, 오늘부터 당장 일을 시작해. 자, 이것부터 받아."

순례의 눈앞에 작은 종이 상자 하나가 툭 떨어졌다.

"이건 삿쿠라고 하는 거다."

"사, 삿쿠?"

"손님이 들어오면, 무조건 이걸 거기다가 끼우라고 말해. 혹 안 하겠다고 버티는 놈이 있으면 네 손으로 직접 뒤집어씌워줘야 해. 안 그러면 네년이 병에 걸리게 돼. 그건 진짜 더럽고 지독한 병이야. 알았어? 만약 이래도 병에 걸리면 가만두지 않을 테야. 그리고 저 약병 말인데."

스미에가 머리맡의 붉은색 약병을 손으로 가리켰다.

"일을 끝내자마자 즉시 아래쪽을 깨끗이 소독하도록 해. 물 한 바가지에 약물을 두어 방울 타서 뒷물을 하란 말이야. 일은 최대한 대충대충, 빨리 끝내도록 해. 짧은 시간에 여러 사람을 받을수록 너나 나나 그만큼 많이 벌 수 있으니까. 내 말 명심해!"

스미에는 사납게 쏘아붙이고 휑 나가버렸다. 잠시 후 병사 하나가 문을 열고 불쑥 들어섰다. 사내는 벌써 아랫도리를 훌렁 벗은 채였다. 아아. 어무니. 순례는 온몸을 달팽이처럼 웅크리며 울부짖었다.

10

남은 업무를 마저 정리하고 나서 동수는 몸을 일으킨다. 오전 10시 반. 오늘은 퇴근 시각이 조금 늦어졌다. 대합실을 통해 현관으로 나서려던 그는 문득 걸음을 멈춘다. 노파가 아직도 난롯가에 혼자 앉아 있다. 잠들었나 했더니, 두 눈은 초점 없이 열려 있다.

"할머니, 여태 이러고 계셨어요?"

어깨 위에 손을 얹자 노파가 천천히 고개를 든다. 흐릿한 눈빛은 아무런 느낌도 반응도 없다. 동수는 얼핏 박물관 유리관 속의 미라를 떠올린다.

"여기 오래 계시면 안 됩니다. 이젠 그만 돌아가셔야죠."

역시 괜한 짓이다. 동수는 잠시 망설인다. 오늘은 전 씨 아주머니가 왜 아직 나타나지 않을까. 이런 날 노인을 몇 시간째 이곳에 있게 할 수는 없다. 필시 노파는 조반도 걸렀을 터이다. 역무실로 되돌아간 동수는 책상 서랍에서 쪽지를 찾아낸다. 이럴 때를 대비해 노파의 조카인 전 씨로부터 받아놓은 전화번호다. 발신음이 계속되지만 응답이 없다. 잠시 후 다시 걸어봐도 마찬가지다. 혹시 출타 중인가. 어쩌면 이곳을 향해 오는 중인지도 모른다.

"무슨 일인데?"

역장이 책상 너머에서 묻는다.

"저 할머니를 집으로 모셔가게 하려고요."

"아무도 전활 안 받아?

"예."

"자넨 그만 퇴근하지. 내가 전활 해볼 테니까."

동수가 나와 보니, 대합실에 노파의 모습이 보이지 않는다. 밖을 내다보니, 노파는 어느 사이 가방을 끌고 공터로 뒤뚱뒤뚱 들어서는 참이다. 동수는 서둘러 노파의 뒤를 따라 걷는다. 눈발 그친 하늘은 잔뜩 흐려 있다. 일기예보대로라면 오후부터 또 눈이 내릴 것이다. 섭씨 영하 18도라니, 굉장한 추위다. 오늘따라 노파의 걸음은 더욱 느리다. 이제야 눈 쌓인 공터를 겨우 절반쯤 지났을 뿐이다. 노파의 뒷모습이 몹시 불안해 보인다. 눈밭에 미끄러지기라도 하면 큰일이다.

"그 가방, 이리 주세요. 제가 들어다 드릴게요."

노파가 그를 뚫어져라 쳐다보더니, 손잡이를 와락 움켜잡는다.

"할머니, 제 얼굴 모르세요?"

"가! 가!"

별안간 노파가 짐승처럼 외마디 소리를 토해내며 팔을 거칠게 내젓는다. 동수는 움찔 놀란다. 지금껏 한 번도 노파의 육성을 들어본 적이 없다. 치매성 언어장애일 거라고만 짐작했었다. 뒤뚱대며 다시 걸음을 옮기는 노파의 뒷모습을 동수는 당혹스럽게 바라본다. 가방을 빼앗아갈까 봐 노파는 두려운 모양이다.

대관절 저 우스꽝스러운 가방 속에 든 게 뭘까. 공터를 빠져나
온 노파는 이젠 큰길로 접어들고 있다. 노파의 몇 발짝 뒤에서
동수는 한동안 걷다 서다를 반복한다. 오늘은 거리에 행인이 뜸
하다. 빙판으로 변한 도로엔 차량 통행조차 뚝 그쳤다.

교회 앞에 이르러 동수는 멈춰 서서 담배를 찾아 문다. 언제
까지 이런 식으로 계속 따라갈 순 없잖은가. 여기서부턴 비교
적 평탄한 길이다. 저렇듯 한없이 느린 걸음으로 노파는 용케
집을 찾아갈 것이다. 노파의 집은 동수의 집에서도 멀지 않다.
경찰서 뒤편 골목으로 접어들면 갈림길이 나온다. 그 왼쪽 어
귀에 그의 하숙집이 있고, 노파의 집은 반대편 골목 맨 마지막
집이다.

'맞아요. 저기 은행나무 서 있는 곳이 바로 우리 집이요. 여
름은 서늘해서 좋은디, 겨울에는 햇볕을 가려서 영 성가셔라우.
나무가 숫놈이라서 은행알도 안 달리는디, 뭣 헐라고 주인은 저
런 고목을 그냥 놔두는지 모르겄어. 그나저나 역무원 총각한테
고마워서 어쩌나. 고모님 때문에 내가 만날 큰 은혜를 입고 사
는디……'

어느 날 퇴근길 골목에서 전 씨 아주머니가 반색하며 말을 걸
어왔다. 노랗게 물든 은행나무를 가리키며 자기 집에 한번 놀러
오라고 했지만, 그는 아직 가본 적은 없다.

건너편에 정선식당이 보인다. 동수는 그 식당에서 늦은 아침
식사를 할 생각이다. 그가 도로를 막 건너려는데, 노파가 가방

과 함께 눈 위에 풀썩 주저앉는 게 보인다. 동수는 달려가 노파를 부축해 일으킨다. 다행히 다친 곳은 없는 눈치다. 이젠 별수가 없다. 결국 집까지 동행하기로 작정한 그는 노파에게서 가방을 빼앗아든다. 이번엔 노파도 순순히 손잡이를 놓는다. 서너 발짝 떨어져서 노파의 뒤를 따르며 동수는 속으로 투덜거린다. 아무래도 오늘 아침 식사는 거르게 될 모양이군. 그의 시선이 무심코 노파의 검정색 털신에 멎는다.

'야, 진짜 조그만 발이구나. 어린아이 같아.'

그는 놀라며 노파의 두 발을 새삼 눈여겨본다. 털신 크기가 저런 정도라면, 발은 얼마나 작겠는가. 이렇게 작은 발로 이 노인은 평생 얼마나 먼 길을 걸어 이곳까지 흘러왔을까. 그는 불현듯 그런 밑도 끝도 없는 질문을 던진다. 그러자 왠지 가슴이 먹먹해진다. 뒤를 돌아보니 눈길 위로 발자국과 바퀴 자국이 길게 이어져 있다. 그것은 그녀 홀로 그려온, 한 생애의 멀고도 쓸쓸한 궤적 같다. 알 수 없는 비감에 젖어 걸음을 옮기던 동수는 퍼뜩 놀란다.

"가만, 저게 누구지?"

저만치 노파 바로 앞에서 성큼성큼 걸어가고 있는 단발머리 소녀. 첫눈에도 옷차림이 무척 희한하다. 무릎 높이의 검정 치마에 샛노란 한복 저고리. 요즘도 저런 옷이 남아 있었나. 얼굴은 잘 보이지 않지만, 필시 앳된 소녀인 성싶다. 생뚱맞은 단발머리에 검정 고무신, 게다가 놀랍게도 소녀는 양말도 신지 않은 맨살 종아리 그대로다. 세상에, 이런 지독한 추위에 맨발이라니! 누굴까? 저 이상한 여자애가 언제 불쑥 나타났을까?

동수는 홀린 듯이 그 자리에 한참을 멍하니 서 있다. 소녀는 노파의 바로 두어 걸음 앞에서 춤을 추듯 깡충깡충 뛰어가고 있다. 그런데도 노파와의 거리는 여전히 그대로다. 샛노란 저고리 소매와 옷고름이 팔랑거린다. 한겨울 눈밭 위, 소녀의 모습은 난데없는 한 마리 노랑나비처럼 화사하다. 그사이 소녀와 노파의 뒷모습이 길모퉁이로 사라졌다. 동수는 잰걸음으로 급히 모퉁이를 돌아선다.

그런데 어찌된 영문일까. 노파 혼자만 뒤뚱거리고 있을 뿐, 소녀의 모습은 온데간데없다. 그는 놀라 주위를 두리번거린다. 어, 어디로 사라진 거지? 도중에 골목도 없는데, 내가 헛것을 본 것일까? 동수는 가방을 움켜쥔 채 한참을 멍하니 서 있다.

11

첫날은 열셋. 이틀째 스물둘. 사흘째는 열일곱. 처음 며칠 동안 순례의 방을 거쳐 간 일본군 병사와 장교의 숫자였다. 사흘째 날 숫자는, 만약 그 일이 없었다면, 그보다 훨씬 더 많았을 것이다. 일요일인 그날은 부대 세 군데에서 수백 명이 한꺼번에 들이닥쳤기 때문이다.

사흘 내내 순례의 아랫배에선 피가 흘렀다. 순례가 울면서 괴로워할수록 사내들은 더욱 난폭하게 달려들었다. 이번엔 진짜 숫처녀들로만 새로 데려다 놓았다더라. 인근 부대에 좍 퍼진 소문을 듣고 앞다투어 몰려온 자들이었다. 순례가 통증을 견디다 못해 몸을 밀쳐내기라도 하면, 사내들은 당장 욕설을 퍼붓고 주먹을 휘둘렀다. 사타구니의 피는 좀처럼 멎지 않았다. 음부 주위가 퉁퉁 부어올랐지만 사내들은 인정사정없었다. 탈진한 순례는 그들에게 몸을 맡겨둔 채 시체처럼 드러누워 눈물만 흘렸다. 이틀째부터는 아예 목구멍으로 물조차 넘길 수 없었다. 신열로 끙끙 앓으면서도 사내들을 받아들여야만 했다. 밤이 되자 쪽방 여기저기서 여자들의 고통스러운 신음 소리가 흘러나왔다. 견디다 못한 순례가 울면서 하소연을 했을 때, 스미에는 순례의 뺨을 찰싹 후려쳤다.

"마사코. 다른 년들은 끽소리 없이 참는데, 왜 너 혼자만 엄살이야. 소독약으로 잘 씻기나 해. 일단 아물고 나면, 다음부턴 익숙해져서 아무 문제 없을 테니까."

사흘째 되는 날 오후. 또 다른 병사 하나가 방 안으로 들어왔을 때였다. 아아악. 마침내 순례는 베개를 집어 던지고 미친 듯 울부짖기 시작했다. 더는 눈앞에 아무것도 보이지 않았다. 요시다 상이 득달같이 달려왔다. 순례는 무릎을 꿇고 매달렸다.

"살려주세요, 제발. 너무 아파서 못 견디겠어라우. 아아."

바가야로! 요시다 상이 순례의 배를 걷어찼고, 가네야마는 걸레로 입을 틀어막았다. 둘은 순례의 머리에 담요를 뒤집어씌운 채 한바탕 발길질을 퍼부었다. 순례는 담요 속에서 의식을 잃었다. 다시 눈을 떴을 때는 밤이었다. 복도 천장의 조그만 채광창으로 달빛이 희미하게 흘러들고 있었다. 목구멍에서 울음이 샘물처럼 솟구쳤다. 그때 누군가 소리 없이 문을 열고 들어왔다.

"입 다물어. 이러다간 저놈들한테 진짜로 맞아 죽는다."

"언니, 울지 말아요, 응?"

두 여자는 반장인 기요코와 맞은편 방의 유리코였다. 순례는 입술을 악물고 울음을 삼켰다. 기요코가 성냥을 그어 담배에 불을 붙였다. 짧은 불빛 속에서 셋은 서로를 확인했다.

"이름이 뭬랬지?"

"순례여라우. 전순례."

"흥, 진짜 전라도 촌년이구나. 어쩌다 끌려온 거야?"

"방직공장에서 일하게 해준다고……"

"개새끼들!"

한동안 기요코는 담배만 피웠다. 유리코가 순례의 이마를 말없이 어루만졌다. 작고 여린 손이었지만 따뜻했다. 유리코는 연신 밭은기침을 토해냈다. 열다섯 살인 유리코는 마흔 명이 넘는 여자들 중 가장 어리고 몸집이 작았다. 어둠 속에서 기요코가 입을 열었다.

"이년아. 너 혼자만 속아 끌려온 줄 아니? 여기 있는 년들,

다 마찬가지야. 이젠 어차피 우리 인생은 끝장난 거야. 여기서
우린 사람이 아니라 돼지 새끼야. 성도, 이름도, 나이도 없어.
조선말조차 해선 안 되는 진짜 개돼지란 말이야. 그걸 잊지 마.
안 그러면 단 하루도 버티어낼 수가 없어.”

기요코는 말을 멈추고 잠시 바깥에 귀를 기울였다. 어느 방에
선가 앓는 소리가 희미하게 들려왔다.

“요시다와 가네야마는 인간이 아니야. 저놈들 손에 맞아 죽
은 여자를 내 눈으로 둘씩이나 똑똑히 봤어. 언젠가는 우릴 돌
려 보내주겠다고 말하지만, 지금껏 집으로 돌아간 사람은 아무
도 없어. 자, 어쩔 테야? 너도 개돼지처럼 저놈들 손에 맞아 죽
고 싶니? 이 한심한 촌년아.”

기요코의 음성이 바르르 떨렸다. 유리코가 큭, 하고 순례의
어깨에 얼굴을 파묻었다. 관 속 같은 어둠 속에서 순례는 입을
틀어막고 울었다. 지옥의 나날, 짐승의 시간은 순례에게 그렇게
시작되었다.

12

몇 달이 지났다. 순례는 매일 무수한 사내들에게 몸을 내주었
다. 적은 날은 열대여섯 명, 많게는 스물예닐곱 명이었다. 그래
도 다른 언니들에 비하면 약과였다. 위안소에 끌려온 지 1년 이

상 된 언니들은 날마다 평균 서른 명도 넘게 상대했다. 하루 일과는 언제나 똑같았다. 아침 7시에 일어나 세수와 방 청소를 하고, 8시에 식사를 마친 뒤 간단한 화장을 했다. 9시가 되기 전모든 준비를 마치고 복도에 나란히 꿇어 앉아 요시다와 가네야마에게 점검을 받았다.

위안소는 1년 내내 영업을 했다. 정해진 휴일 따위는 애당초 없었다. 어쩌다 드물게 한나절이나 하루, 군인들의 출입이 뚝 끊어질 때가 있긴 했다. 병력이 총출동했거나 비상대기령이 내려진 경우였다. 그래도 그녀들로선 전혀 반갑지 않았다. 조금 있으면 평소보다 훨씬 많은 수가 한꺼번에 몰려와 밤늦게까지 사람을 녹초로 만들 게 뻔했다. 군인들은 수십 명씩 무리를 지어 위안소를 찾아왔다. 항상 정복 차림을 하고 허리엔 기다란 군도를 휴대했다. 때로는 멀리 떨어진 다른 부대에서도 트럭을 타고 단체로 몰려오기도 했다. 위안소 출입 시간은 사병과 장교가 엄격히 구분되어 있었다. 사병은 낮 시간, 장교는 저녁 6시 이후에만 허용되었다. 장교들은 신참에서부터 고위 지휘관까지 골고루 찾아왔다.

원래 규정상 위안소는 관할 보병연대 지휘관으로부터 직접 관리 통제를 받도록 되어 있었다. 그러나 보병 부대 병력 외에도 인근의 고사포 부대, 공병 부대 역시 위안소를 함께 이용했다. 결국 요시다의 위안소에 수용된 40여 명의 여자들은 그 수천 명 사내들을 모두 상대해야 하는 셈이었다. 관할 부대에선 나름대로 인원 통제를 위한 규정을 따로 정해놓고 있었다. 부대별 순번을 정해 매일 일정한 숫자만을 내보낸다거나, 오전 오후별로 조를 나누기도 했다. 하지만 실제로 그런 규정은 거의 지켜지지 않았다. 걸핏하면 예고 없이 여러 부대에서 한꺼번에 수백 명씩 몰려와, 건물 안팎이 온종일 장터처럼 북적이곤 했다.

그런 날 여자들은 저녁밥도 제대로 먹지 못했다. 줄 서서 기다리는 병사들 때문에 잠시도 방을 비울 수가 없었다. 용케 눈을 피해 빠져나왔다가도, 밥알을 씹지도 못하고 허겁지겁 집어삼킨 채 종종걸음으로 되돌아왔다. 하루 식사는 아침과 저녁 두 끼뿐이었다. 보리에 쌀 몇 알 섞인 공기 밥 하나. 희멀건 왜식 된장국. 반찬은 멸치조림과 짠 무지 한 쪽이 전부였다. 간혹 요시다는 큰 선심인 양 점심으로 군용 건빵과 사이다를 나눠주기도 했다. 물론 그런 날은 어김없이 평소보다 갑절 많은 사내들을 받았다.

사내들은 아침 일찍부터 몰려왔다. 영업 시간은 오전 9시부터 밤 9시까지, 휴식 시간도 없이 손님을 받았다. 사내 한 명이 방 안에 머물 수 있는 시간은 20분. 조금이라도 늦어지면 밖에선 당장 야단이 났다. 빨리 나오라고 문짝을 쾅쾅 두드리며 야유와 욕설을 퍼붓고, 대판 싸움을 벌이기도 했다. 평일은 그나마 덜했다. 토요일, 일요일은 아예 지옥이었다. 아침부터 마당에서 웅성대는 소리가 들려오면 순례는 금세 눈앞이 노래지면서 숨이 막혀왔다. 자정 무렵까지, 심지어 새벽 2시까지 손님을 받은 적도 있었다. 부대가 전선에서 복귀한 직후 같은 때였다. 그런 날이면 요시다와 가네야마는 유난히 희희낙락이었다. '하야쿠. 하야쿠.' 쪽방 앞에서 차례를 기다리는 병사들만 보채는 게 아니었다. 요시다와 가네야마 역시 여자들을 다그치며 연신 '하야쿠' 소리를 외쳐댔다.

"이년들아. 오래 끌지 말고 눈치껏 빨랑빨랑 끝내란 말이야. 한 명이라도 더 받아야 될 것 아냐."

그런 날 그녀들은 완전히 녹초가 되었다. 수채 가에 쭈그려 앉아 밑을 씻어내는 참에도 요시다와 가네야마가 불쑥불쑥 나타나 그녀들을 마구 들볶았다. 그렇지만 한 명당 20분으로 정해진 간격을 줄이는 건 불가능했다. 자칫 군인들을 화나게 만들어 그녀들만 주먹질을 당하기 일쑤였다. 이러지도 저러지도 못하고 온종일 들볶이다 보면, 신경은 곤두서고 몸은 만신창이가 되었다. 밤늦게 잠자리에 들면 이 방 저 방에서 앓는 소리와 흐느낌 소리가 흘러나왔다.

쪽방마다엔 작은 뒷문이 똑같이 하나씩 달려 있었다. 뒷문을 나서면 수채가 있는 좁은 복도였다. 복도에 띄엄띄엄 놓인 낡은 드럼통엔 왕 씨 노인이 수시로 물을 길어와 채워놓곤 했다. 수채는 여자들이 뒤처리에 쓴 물을 흘려보내기 위한 용도였다. 소독은 불과 몇 초 만에 마쳐야만 했다. 막 용무를 끝낸 사내가 옷을 챙겨 입는 사이, 여자들은 매번 뒷문으로 후다닥 튀어 나갔다. 대야에 물을 퍼 담아 검붉은 소독약 몇 방울을 탄 다음, 수채 가에 쭈그려 앉아 밑을 대충 씻어내자마자 다시 허겁지겁 방 안으로 뛰어들었다. 그사이 방 안엔 또 다른 사내가 들어와 서 옷을 벗고 있었다. 수채가 있는 복도는 양쪽으로 훤히 트여 있어서, 그녀들은 하루에도 수없이 그곳에서 서로 마주쳤다. 평 소엔 틈만 나면 몰래 조선말을 주고받는 그녀들이었다. 하지만 대야 위에 쭈그려 앉은 그 순간만은 절대로 서로 눈길을 마주치 지 않았다.

요시다와 가네야마는 영업 시간 내내 안에서 출입문을 지켰 다. 책상 앞 벽엔 여자들의 이름, 사진, 방 번호가 적힌 게시판 이 걸려 있었다. 사내들은 그걸 보고 원하는 여자를 고른 다음, 정해진 방 앞에서 차례를 기다렸다. 위안소 안에선 규정상 화대 를 반드시 군표(軍票)로 치러야 했다. 개인당 사병은 50전, 장 교는 3원씩이었다. 특별히 장교의 경우엔 8원을 내고 하룻밤을 묵을 수 있었다. 순례 역시 방에 들어오는 사내들로부터 꼬박꼬 박 군표를 받았다. 일본 육군이 발행한 그 군표는 군대 내에서 만 통용되는 일종의 전표(錢票)였다. 화투장만 한 그 종이쪽엔 금액과 붉은 도장이 찍혀 있었다.

"이리 우습게 보여도, 이게 진짜 돈하고 똑같은 거야. 이걸 모아두면, 다음에 부대에서 진짜 돈으로 바꿔준다더라."

언니들이 순례에게 가르쳐주었다. 하루 일과를 마치면 그녀들은 각자 그날 받은 전표를 모아서 요시다 앞에 바쳤다.

"이년들아. 이게 다 너희들 위해서 하는 짓이야. 일단 나한테 진 빚부터 갚아. 그다음부터는 원하는 대로 뭣이건 다 들어줄 테니까. 너희들이 조금만 노력하면 얼마든지 단골을 더 늘릴 수 있잖아? 입술연지랑 분칠도 하고, 생글생글 웃으며 기분을 좀 맞춰주란 말이야. 돈 많이 벌면 나 혼자만 좋으냐? 네년들도 한 밑천씩 손에 쥐고 고향에 돌아가야지. 안 그래?"

군표가 두둑이 들어온 날이면 요시다는 너구리 같은 얼굴로 히죽거렸다. 변덕스러운 성격의 요시다는 가네야마 못지않게 독살스럽고 잔인했다. 심사가 뒤틀리면 무지막지한 폭력을 휘둘렀다. 그래도 군표 실적이 좋은 여자들에겐 부드럽게 대했다. 곱상한 얼굴에 몸매 예쁜 여자들은 단골손님이 많았다. 병사들은 물론 저녁마다 찾아오는 장교도 여러 명씩 있었다. 반면에 실적이 변변찮은 여자들은 요시다한테 험악한 대접을 받았다. 못생긴 년. 병신 같은 년. 아까운 밥만 축내는 년. 군표를 건네받을 때마다 요시다는 신경질적으로 욕설을 퍼부었다.

요시다는 장부를 펼쳐놓고 각자 이름 밑에 그날의 수입 금액을 적어 넣곤 했다. 그러나 장부를 자세히 보여준 적은 한 번도 없었다. 그녀들 가운데 글을 아는 사람은 고작 서너 명 정도였다. 반장인 기요코도 그중 하나였다. "장부 좀 한번 보여주세요. 지금껏 내 몫으로 번 돈이 얼마나 되는지 궁금해서 그래요." 언젠가 그렇게 말을 꺼냈다가, 기요코는 대번에 요시다에게 머리채를 잡힌 채 반쯤 정신을 잃을 정도로 두들겨 맞았다. 퉁퉁 부어오른 얼굴로 기요코는 분을 참지 못하며 말했다.

"날강도 같은 놈. 장부에 제대로 적기나 하는지, 그걸 누가 알겠어. 우리들 몫까지 몽땅 집어삼킬 속셈인 거야."

요시다가 가장 증오하는 것은 성병이었다. 신체검사는 매주 한 차례, 군의관이 위생병과 함께 위안소로 찾아왔다. 그날 한나절은 위안소 문을 닫았다. 그녀들은 차례대로 불려가, 침상 위에 누워 다리를 한껏 벌려 보였다. 일단 감염 판정을 받은 사람은 치료를 마칠 때까진 절대 손님을 받아선 안 된다고 했다. 성병이 대일본제국 군대의 전력을 약화시켜선 안 되기 때문이라는 거였다. 감염자의 방 앞엔 당장 출입 금지 팻말이 내걸렸다. 가벼운 질환은 이삼 일이면 치료되었지만, 매독은 이삼 주일 혹은 한 달 이상 걸리기도 했다. 치료 기간 내내 환자들은 요시다와 가네야마의 분풀이 감이었다. 그들에게 곤욕을 당할 일이 더 끔찍해서, 여자들은 혹시라도 병이 옮을까 봐 신경을 곤두세웠다. 요시다의 말대로 예방책은 지극히 간단했다. '삿쿠'라고 불리는 그 희멀건 고무 봉지를 사내의 그것에 씌우기만 하면 그만이었다. 하지만 한사코 말을 듣지 않는 사내들이 문제였다.

어느 날이었다. 작전 종료 직후인 데다가 주말이어서, 이른 아침부터 위안소는 엄청나게 붐볐다. 요시다의 명령에 따라, 그녀들은 서둘러 아침 식사를 마치고 대기했다. 또 한 번 악몽 같은 하루가 시작되었다. 엊그제 전투는 굉장했던 모양이었다. 중국 빨치산 부대의 심야 기습 작전으로 수십 명이 죽고, 부상병은 훨씬 더 많다고 했다.

당연히 그날은 병사들 분위기가 확연히 달랐다. 너나없이 사납고 신경질적이었다. 복수할 대상을 찾아 허둥대는 들짐승들 같았다. 규정상 술을 마신 자는 위안소를 출입할 수 없었지만, 이날은 예외였다. 아예 수통에 술을 몰래 담아 들고 와 방 안에서 마시기도 했다. 온종일 이 방 저 방에서 크고 작은 소란이 끊이지 않았다.

어둠이 깔렸는데도 병사들 수는 줄지 않았다. 순례는 또 저녁밥을 걸러야 했다. 가장 나이 어린 유리코는 끝내 까무러쳐버렸다. 이내 한바탕 소란이 일어났다. 뒷문으로 질질 끌고 나오자마자, 가네야마는 얼음이 둥둥 뜬 물을 양동이째 유리코의 머리 위에 들이부었다. 순례 역시 몇 번이나 눈앞이 까맣게 변하곤 했다. 눈만 뜨고 있을 뿐, 꿈인지 현실인지 몽롱했다. 자정 무렵에야 마지막 남은 병사가 방을 나갔다. 저녁밥을 먹으러 나갈 기력조차 없어서, 순례는 자리에 쓰러지자마자 금세 잠들었다. 그런데 그게 끝이 아니었다. 한밤중에 만취한 장교들 한 무리가 들이닥쳤다.

그날 밤 순례는 억세게도 운이 없었다. 그녀의 방으로 기어든 사내는 하필이면 '미친개'라는 별명을 지닌 하야시였다. 팔자 콧수염을 단 그 헌병 장교만 보면 여자들은 모두 벌벌 떨었다. 누워라, 엎어져라, 무릎 꿇고 기어라. 온갖 해괴한 짓을 다 시키면서 밤새도록 들볶아대는 자였다. 온몸을 이빨로 물어뜯고, 멍투성이가 되도록 꼬집어 뜯기도 했다. 고자라느니, 정신병자라는 소문까지 돌았다. 그러나 하야시의 끔찍한 손찌검이 두려워, 누구 하나 말 한마디 꺼내지 못했다. 그 위세 등등한 헌병 장교 앞에선 요시다도 절절맬 뿐이었다.

그날 하야시는 정말로 미친개였다. 노래 불러라. 춤을 춰라. 앉아라. 일어서라. 순례를 발가벗겨놓은 채 손바닥으로 철썩철썩 두드리고, 꼬집고, 간질이고, 팔다리를 비틀었다. 끝내 기진맥진한 순례는 쓰러졌다. 하야시가 담뱃불로 허벅지를 지졌을 때, 순례는 비명조차 지르지 못했다. 순례의 몸을 깔고 앉아 머리채를 휙 잡아채더니, 하야시는 킬킬대며 제 시커먼 성기를 순례의 입안에 억지로 쑤셔 넣었다. 순간 순례는 저도 모르게 어금니로 콱 물어버렸다. 아이쿠. 외마디 비명과 함께 하야시는 방바닥을 데굴데굴 굴렀다. 놀라 달려온 요시다와 가네야마의 손에 순례는 뒷문으로 끌려 나갔다. 가네야마가 휘두르는 몽둥이에 한쪽 팔이 부러졌고, 순례는 실신해버렸다.

이튿날 눈을 떠보니, 창고 안이었다. 부러진 팔은 부목도 없이 헝겊만 대충 감겨 있었다. 사흘 동안 창고에 갇혀 있었다. 그들은 밥도 제대로 주지 않았다. 사흘째 되는 날, 순례는 한밤중에 창고에서 몰래 빠져나왔다. 탈출에 성공하리라는 기대 따윈 없었다. 자포자기 상태였다. 붙잡혀서 맞아 죽는다 해도 더는 두렵지 않았다. 결국 눈 덮인 벌판을 몇 시간이나 헤맨 끝에 간신히 찾아든 어느 중국인 마을에서, 순례는 결국 요시다와 가네야마의 손에 붙잡히고 말았다.

그날 이후, 순례는 모든 희망과 기대를 접었다. 그녀는 지옥의 수렁 한가운데 있었다. 어쩌다 잠결에 식구들 모습이 언뜻언뜻 비치기도 했다. 하나같이 무섭고 음울한 꿈이었다.

13

지옥에서도 시간은 꾸역꾸역 흘러갔다. 북만주에서 맞는 두 번째 봄이었다. 지옥 같은 위안소의 일과에 순례도 차츰 길들여지고 있었다. 처음엔 한마디도 모르던 일본 말도 제법 늘었다. 이젠 어지간한 의사소통엔 별문제가 없을 정도였다.

어느 날 아침, 순례는 여느 때처럼 서둘러 일어났다. 4월이라지만 아직 공기는 차가웠다. 그녀는 유리코와 둘이서 매일 남보다 먼저 일어나 안팎을 청소하고, 내실에서 나오는 빨래까지 도맡았다.

"돈도 제대로 못 버는 년들이 밥은 남들하고 똑같이 축내고 있잖아. 이제부터 청소와 빨래는 너희 둘이서 맡아. 밥값은 공평하게 해야지. 안 그래?"

스미에의 말대로, 위안소 내에서 순례와 유리코의 실적이 가장 저조했다. 손님이 많은 여자들에겐 요시다와 스미에의 대접도 달랐다. 원래 가루분과 '구리무' 같은 기본적인 화장품, 휴지, 삿쿠, 치약, 비누 따위는 부대에서 지급되었다. 그 외 따로 화장품이나 약 따위가 필요한 경우엔 스미에나 요시다에게 부탁하면 종종 동녕에 나가서 구해다 주곤 했다. 물론 돈은 훗날 받게 될 각자 몫에서 공제한다고 했다. 하지만 순례와 유리코는 그런 얘기를 아예 입 밖에 꺼내볼 수도 없었다.

순례는 부실한 아래쪽이 자꾸만 탈이 났다. 걸핏하면 벌겋게 붓거나 염증이 도졌다. 한번 덧나면 통증이 너무 심해서 사나흘씩 손님을 받지 못했다. 유리코는 문제가 한층 심각했다. 유리코의 방엔 이미 두어 달째 출입 금지 팻말이 걸려 있었다. 고질이 된 지독한 매독 때문이었다.

순례가 복도로 막 나서려는데, 때마침 봉심도 방에서 나왔다. 이즈음 봉심은 식사 준비 당번이었다. 밥 짓는 일은 보름 간격으로 네 명씩 번갈아가며 맡았다. 순례는 반갑게 웃어 보였다.

"언니. 일어났어?"

"으응."

봉심은 눈길만 한번 힐끗 던지고 냉랭하게 돌아섰다. 부석한 눈두덩에 낯빛은 단무지 같았다. 또 아편을 피웠구나. 잠에 취한 것처럼 비칠대는 봉심의 뒷모습을 순례는 걱정스레 지켜보았다. 언제부턴가 봉심은 완전히 다른 사람같이 변해 있었다. 유난히 눈망울이 초롱초롱하던 봉심이. "염려 마, 순례야. 넌 무조건 이 언니만 믿으란 말이여." 저 역시 힘들 텐데도, 순례의 등을 다독여주던 그 미더운 봉심 언니가 아니었다.

봉심은 이미 아편 중독 상태였다. 위안소 여자들 가운데 적잖은 수가 아편에 맛을 들였다. 호기심에 몇 모금씩 입에 대는 여자들까지 합하면 열 명도 넘을 터였다. 그 사실을 빤히 알면서도 요시다는 모르는 척하고 있었다. 그보다 더 골치 아픈 일만 저지르지 않는다면 굳이 신경 쓰지 않겠다는 식이었다. 아편을 구하기는 쉬웠다. 잡부인 왕 씨 영감에게 군표를 슬쩍 쥐여주면 언제든 마을에서 구해다 주었다. 여자들은 각자 요령껏 군표를 몇 장씩 감춰놓곤 했다. 단골 장교들이 용돈이랍시고 심심찮게 쥐여준 것들이었다. 봉심도 얼굴이 곱상해서 단골이 많았고, 덕분에 만만찮은 아편 값을 지금껏 충당할 수 있었을 터였다.

아편을 하는 건 여자들뿐만 아니었다. 요시다와 스미에 역시 아편을 즐겼다. 스미에의 경우는 그 정도가 심각해서, 평소 행동에서도 확연히 표가 났다. 약 기운이 떨어지기라도 하면 신경질이 부쩍 심해지고 발작적으로 비명을 지르거나 울음을 터뜨리기도 했다. 때문에 스미에의 눈치가 이상하다 싶으면 여자들은 미리 몸을 사렸다.

순례는 소매를 걷어붙이고 마룻바닥을 걸레로 닦아내기 시작했다. 아직 잠들어 있는지, 유리코는 나타나지 않았다. 복도 양쪽의 수많은 쪽방들마다 곤한 숨소리가 흘러나왔다. 모처럼 늦잠을 자도 좋은 아침이었다. 전 병력이 전날 오후 국경 쪽으로 출동한 덕분이었다. 전선의 상황은 극도로 긴박하게 돌아가는 눈치였다. 벌판 저편에선 둔중한 포성이 밤낮없이 들려왔다. 얼마 전엔 심야에 강 건너편에서 한바탕 총격전이 벌어지기도 했다. 비행기 역시 전에 없이 빈번히 오갔다. 부대는 걸핏하면 비상이 걸리거나 출동 작전을 벌였고, 위안소를 찾는 발길도 그만큼 줄어들었다. 요시다는 죽을상을 지었지만, 여자들은 내심 더없이 반가웠다.

"얘, 마사코."

바로 눈앞에서 누군가 쪽문을 빠끔 열고 얼굴을 내밀었다. 다케코였다. 충청도에서 온 그녀는 스물네 살. 소박맞고 친정에 쫓겨 와 있다가, 공장에 보내준다기에 제 발로 따라나섰다고 했다.

"에구머니. 간 떨어지는 줄 알았네."

"헝겊 가진 거 없어?"

다케코가 누르께한 낯빛으로 맥없이 웃었다. 늘 넋 나간 모습인 그녀는 요즘 부쩍 증세가 심해진 듯했다. 혼자 실없이 피실피실 웃어대거나 뜻 모를 소리를 연신 시부렁거렸다. 얼마 전부터 헝겊이나 찢어진 천 조각만 보면 기를 쓰고 모으는 버릇이 생겼다.

“지금은 없어요. 이담에 챙겨놨다가 줄게요.”

“그래, 고마워.”

방문이 소리 없이 닫혔다. 대체 그까짓 걸 어디에 쓰려는 것일까. 어쩌면 달거리 때문인지도 모른다고 순례는 생각했다. 생리대로 쓰라고 부대에선 가끔 광목천을 지급해주었다. 하지만 그것만으로는 턱없이 부족했다. 위안소 규정대로라면, 성병 감염 시는 물론 생리 기간 중에도 손님을 받지 않아야 했다. 요시다는 그런 규정 따윈 아랑곳하지 않았다. 할 수 없이 여자들은 질 내부에 약솜이나 붕대를 조그맣게 뭉쳐 깊숙이 밀어 넣은 다음, 사내들을 계속 받아야만 했다. 그마저도 부족하면 헌 이불솜이나 헝겊 따위로 대신했다.

순례는 변소 청소를 하기 위해 현관문을 나섰다. 요시다와 스미에가 자는 내실에선 아무 기척이 없었다. 그 맞은편 가네야마의 방에선 코 고는 소리가 들렸다. 언제부턴가 그들은 여자들이 출입문으로 드나드는 걸 예전처럼 까다롭게 감시하지는 않았다. 바깥으로 나가본들 어차피 부대 영내였다. 영외로 통하는 모든 문은 경계병들이 지키고 있었다. 사방은 막막한 벌판이었고, 가장 가까운 중국인 마을은 10킬로미터나 떨어져 있었다. 변소 청소를 마친 뒤 순례는 유리코의 방을 찾아갔다. 순례를 보자마자 유리코는 눈물부터 글썽였다. 손엔 피 묻은 약솜이 들려 있었다.

“언니, 어쩌면 좋아. 오늘은 피가 더 나와.”

"이쪽으로 돌아앉아봐."

유리코가 원피스 자락을 들어 올렸을 때, 순례는 저도 모르게 외면해버렸다. 사타구니가 온통 흉측하게 짓물러 있었다.

"언니. 무서워서 난 들여다보지도 못하겠어."

"걱정 마. 주사 맞고 약 먹으면 차츰 좋아질 거여."

"나, 이러다 진짜 죽으려나 봐."

헉, 유리코가 눈물을 쏟아내며 무릎 위에 얼굴을 묻었다. 유리코의 작은 몸뚱이는 지푸라기처럼 헐거워 보였다. 순례보다 한 살 아래인 유리코는 말투며 표정까지 아직 어린 티가 고스란히 남아 있었다. 아비가 병사한 뒤 어미마저 재가를 한 바람에 큰댁에 맡겨져 자랐는데, 큰아버지가 자신의 작은딸 대신 그녀를 보국대 사람에게 넘겨주었다고 했다. 이곳에 처음 끌려왔을 때, 유리코는 겨우 열네 살이었다. 몸집이 너무 작고 어렸으므로, 처음 1년 동안은 청소와 잔심부름만 시키더라고 했다.

"그까짓 주사, 아무 소용도 없어. 어째선지 나한테는 약이 듣질 않는대. 군의관이 그랬어. 나 같은 경우는 처음 본대."

"아니여. 아무리 지독한 매독도 606주사만 맞으면 직통이라더라. 봐, 나도 그랬잖어. 걱정하지 말어."

어두운 방 안에선 악취가 진동했다. 뭔가 은밀히 썩어가며 풍겨내는 퀴퀴하고 시큼한 냄새였다. 유리코의 앙상한 등을 순례는 말없이 손바닥으로 쓸어주었다. 위안소에서 매독은 흔하고 무서운 병이었다. 몇 달 전에도 한 여자가 매독으로 죽었다. 몇 달째 앓던 끝에 군 병원으로 실려 갔는데, 시신은 화장했다는 소문이었다.

순례도 이미 한차례 그 병을 경험했다. 어느 날 별다른 통증도 없이 사타구니에 멍울과 징그러운 반점이 울긋불긋 돋아났다. 군의관에게 두 차례 '살바르산 606호' 주사를 맞았다. 소문대로 지독한 주사였다. 당장 속이 메스꺼워지면서 목구멍에서 악취가 가스처럼 차올랐다. 온종일 약 기운 때문에 몸을 제대로 가누기 힘들었다. 순례의 경우는 남보다 치료 기간이 훨씬 길었다. 워낙 약질인 데다 밑이 많이 헐었기 때문이라고 군의관은 말했다.

그러나 유리코의 경우는 벌써 반년이 넘도록 전혀 차도가 없었다. 요즘은 주사마저 놓아주지 않고 있었다. 이미 과다 투여로 인해 부작용이 생긴 때문이라면서, 대신에 군의관은 소량의 수은을 건네주었다. 유리코는 물에 수은을 섞어 종지에 붓고 끓인 다음, 그 종지 위에 다리를 벌리고 앉아 매일 환부에 훈김을 쐬어주어야 했다.

"수은을 먹어보면 효험이 있다던데. 나도 그렇게 해볼까, 언니?"

"누가 그래?"

"왕 씨 영감이 그랬어. 마침 좋은 약이 있다면서……"

"너, 돈 때문에 그러는구나."

유리코가 고개를 숙인 채 낮게 울먹였다. 순례는 말없이 유리코의 손을 잡아주었다.

"염려 마. 나한테 아직 몇 장 더 남아 있어."

"이번에도…… 언니, 고마워."

유리코는 눈물 그렁한 얼굴로 힘없이 웃었다.

아침 식사 후, 순례는 유리코와 함께 빨랫감을 챙겨 안고 강가로 향했다. 모처럼 다들 홀가분한 표정이었다. 청소를 하고, 이부자리를 내다 말리고, 바느질을 했다. 이 틈에 잠이라도 실컷 자겠다고 방 안에 처박힌 사람도 있었지만, 대개는 순례처럼 옷가지며 요 홑청을 껴안고 빨래터로 향했다. 날이 흐려 햇살을 보긴 어렵겠지만, 이렇듯 한가한 시간은 앞으로 좀체 오지 않을 터였다. 위안소 뒤편 작은 철조망을 나서면 강변까지는 금방이었다. 총을 메고 철조망 문을 지키던 보초병들이 그녀들을 보고 시시덕거렸다.

"어, 기요코 상. 이왕이면 내 훈도시도 좀 빨아다 주지그래."

"좋아. 얼른 벗어줘."

"여기서, 지금?"

"그래. 당장 우리들 보는 앞에서."

"고노야로. 날 놀리는 거잖아."

낄낄대는 병사에게서 기요코는 담배 한 갑을 빼앗아 왔다. 강변엔 왕 씨 영감이 먼저 나와서 화덕에 물통을 올려놓고 장작불을 지피는 중이었다. 요시다의 위안소에 수용되어 있는 여자들은 모두 마흔두 명이었다. 열다섯 살부터 스물일곱 살까지, 끌려온 사연들도 저마다 다양했다. 조선인 순사 집에 수양딸로 팔려갔다가 주인 부부의 손에 몰래 팔아넘겨진 여자. 오랫동안 식모살이 하던 일본인 집주인 내외의 말만 믿고 따라나섰다는 여자. 들판에 나물 캐러 나왔다가 강제로 트럭으로 납치되어온 여자. 아편 밀수 단속반이라는 일본인 순사와 군속 남자의 손에 다짜고짜 기차에서 끌려 내려온 여자. 의붓아비가 모집책의 숙소로 끌고 가 3백 원을 받고 팔아넘겼다는 여자. 간호부 모집한다는 말만 믿고 자원했다는 여자…… 너나없이 찢어지게 가난한 농촌 출신, 혹은 일찍부터 여관과 식당의 심부름꾼이나 식모살이를 하던 빈민층 소녀들이었다. 부모가 있다고 해도, 하나같이 딸을 찾으러 나설 만한 능력조차 없는 시골 무지렁이들인 처지였다.

순례는 자갈밭 위에 빨랫감을 내려놓았다. 갈수기답게 강물은 많이 줄어 있었다. 여자들이 모이자 주변이 갑자기 소란해졌다. 빨랫감이라고 해봐야 부대자루 같은 작업복 원피스, 속옷, 수건 그리고 요 홑청 서너 장씩이 전부였다. 그중 손이 많이 가기로는 광목천으로 지은 요 홑청이었다. 최소한 사흘에 한 번씩, 각자 요령껏 틈을 내어 제 몫의 요 홑청을 세탁해놓아야만 했다. 매일 아침 깨끗한 것으로 바꿔놓지만, 홑청은 사내들의 몸뚱이에 금세 더러워져버렸다. 저녁이 되면 장교들을 맞아들이기 위해 한차례 더 새것으로 갈아 끼웠다.

순례의 일감은 늘 다른 사람보다 갑절 많았다. 제 몫 외에 내실에서 나온 옷가지가 또 한 보따리였다. 순례는 끓는 물통 속에 요 홑청을 집어넣었다. 드럼통이 딱 한 개뿐이어서, 백 장이 넘는 홑청은 몇 차례로 나눠 삶아내야만 했다. 끓는 양잿물에 옷을 잠시 담갔다가 강물에 헹궈내면 웬만한 얼룩들은 쉽게 지워졌다. 왕 씨 영감이 불을 지피는 동안, 모두들 편편한 바위에 둘러앉아 담배를 피웠다. 하늘은 무겁고 음산한 구름장에 덮여 있었다.

"미친년. 이 판국에 애를 배다니, 대체 어쩌자는 거야."

기요코 언니가 혼잣말처럼 툭 내뱉었다.

"누가 또 임신을 했수?"

"저 노랑머리 년 말고 누구겠냐."

"마유미 언니가요?"

"세상에! 7개월째란다. 저년은 여태 애 들어선 줄도 몰랐다지 뭐냐."

서울에서 초등학교까지 마쳤다는 마유미. 처음 이곳에 왔을 때 일본 말을 할 줄 아는 서너 명 가운데 하나였다. 말도 없고 유난히 겁이 많아서, 누가 조금만 언성을 높여도 금세 낯빛이 허옇게 질리곤 했다.

"떼어내야지 뭐."

"그럴 수 있다면 무슨 걱정이겠냐. 군의관이 펄쩍 뛰더란다. 애가 너무 커서, 손을 대면 둘 다 죽는다잖아."

"어쩐대유. 결국 낳을 수밖엔 없네유."

"한심한 년아. 그다음엔 어쩔 건데? 이런 형편에 누가 어떻게 키워? 요시다가 얌전히 놔두기나 하고?"

이런 지옥 같은 곳에서도, 아이를 배는 여자들이 가끔 있었다. 역시 삿쿠 착용을 거부하는 사내들 때문이었다. 임신으로 밝혀지면 약을 먹거나 군의관에게서 수술을 받았다. 하지만 마유미 같은 경우는 처음이었다.

"흥, 알면서도 입 다물고 있었을 거야. 답답한 년 같으니."

기요코 언니의 말에 일제히 놀란 표정이었다.

"마유미 재, 살림까지 차렸었잖아. 그 하사관하고."

"아, 사사키 상! 맞아. 그 사람, 무척 선량한 남자였는데."

한때 다들 마유미를 부러워했다. 보급 업무 담당이라 위안소를 자주 드나들던 그 30대 초반의 하사관은 마유미를 끔찍이도 아꼈다. 결국엔 중국인 마을에 방을 얻어, 마유미를 데리고 나가 반년 남짓 살림을 차렸다. 마유미의 몸값으로 요시다에게 꽤 큰돈을 쥐여주었다는 소문이었다. 하지만 그도 잠시였다. 어느 날 사사키가 차량 운행 중 습격을 받아 전사했다는 소식을 듣자마자 요시다는 즉시 그녀를 데리고 돌아왔다.

순례는 안타까운 심정으로 마유미의 모습을 지켜보았다. 저만치 자갈밭에 혼자 웅크리고 앉아, 마유미는 강 건너 지평선을 우두커니 응시하고 있었다. 저 여자는 앞으로 어떻게 될까. 어떤 운명이 그녀를 기다리고 있는 것일까. 순례는 한숨을 내

쉬었다.

"그러믄, 사사키 상의 아이겠구먼!"

"진짜 안됐네, 차암."

"그러니까 네년들도 조심해. 저런 꼬락서니 안 되려면."

"언니, 다음에 말이우. 우리 같은 여자들도 아이가 들어설 수 있을까?"

"다음에 언제? 고향에 돌아가서 시집간 담에?"

"내 참, 시집은……"

"미친년. 꿈도 꾸지 마. 밑이 이렇게 엉망으로 다 망가져버렸는데, 무슨."

저마다 한동안 담배 연기만 끔벅끔벅 뿜어냈다. 마유미는 여전히 그 자리에 혼자 앉아 있었다. 순례는 마유미의 시선을 따라 고개를 돌렸다. 싯누런 강물 너머로 지평선은 아득히 물러나 있었다. 아, 저기가 남쪽이었구나. 문득 지평선 저편에서 무슨 소리인가 아스라이 들려올 것만 같아, 순례는 안타까이 고개를 세웠다.

14

강에서 돌아온 순례는 유리코와 함께 앞마당 줄에 빨래를 펼쳐 널었다. 여자들 몇이 평상에 나와 앉아 수군거렸다.

"하나코 그년, 내 그럴 줄 알았지. 어제도 내게 군표를 달라고 하잖아. 여태 꿔간 것만도 얼만데."

"내실 안에까지 어떻게 들어갔을까. 들키면 어쩌려고."

"아편쟁이는 제 자식까지 팔아먹는다더라. 약 기운 떨어지면 눈에 뵈는 게 없대."

"마침 가네야마 오빠가 없었으니까 그 정도였지, 하마터면 또 송장 치울 뻔했어유."

순례는 간이 철렁 내려앉았다. 몰래 내실에 스며들어 서랍장을 뒤지고 있던 봉심을 발견한 사람은 스미에였다. 아편을 훔치기 위해서였음은 물어보나마나였다. 뒤늦게 침실에서 뛰쳐나온 요시다의 손에 봉심은 반쯤 실신할 정도로 두들겨 맞았다. 끔찍한 몰골로 쓰러져 있는 봉심을 여자들이 간신히 업어서 방에 눕혀놓았다고 했다.

"마사코, 지금 들어가면 안 돼. 요시다 상이 그랬어. 누구든 물 한 모금이라도 갖다 주는 사람은 죽을 줄 알라고."

"말도 마. 스미에 상이 말리지 않았으면 하나코는 벌써 죽었을 거야."

순례는 평상에 풀썩 주저앉고 말았다. 온종일 봉심은 방 안에서 기척이 없었다. 밤중에 순례는 남몰래 봉심을 찾아갔다. 내실을 제외하고는 대부분 소등했다. 모처럼 느긋한 하루를 보낸 터여서 일찌감치 잠자리에 든 모양이었다. 군인들의 땀 냄새, 쿵쿵대는 발소리, 고함 소리로 항상 소란스럽던 실내가 거짓말처럼 조용했다. 뜻밖에 봉심은 깨어나 앉아 있었다. 어두운 방 안엔 담배 연기가 가득했다.

"어쩌려고 거길 들어간 거여? 그렇게 참기가 힘들어?"

"돌아가."

연기를 훅 뿜어내며 봉심이 싸늘하게 말했다.

"언니, 왜 이래? 변해도 너무 변했어. 이젠 나도 언니가 무서워져."

봉심이 콜록콜록 심한 기침을 토해냈다. 담배를 쥔 손이 부들부들 떨고 있었다. 순례는 울컥 목이 메었다.

"이러다가 진짜 죽으려고 그래? 아편에 중독되면 폐인이 된다든디, 무섭지도 않어?"

"네년이 무슨 상관이야. 나가!"

"나랑 약속한 거 벌써 잊어부렀어? 고향에 꼭 함께 돌아가자고, 돈 벌면 읍내에 미장원 차릴 거라고 안 그랬어?"

"미친년. 너나 혼자 돌아가렴. 어차피 이젠 고향도 집도 없어. 이 꼴을 하고 어떻게 돌아가? 개 같은 놈. 나를 팔아먹은 그 의붓아비 놈을 만나기만 하면 내 손으로 찢어 죽이고 말 테야."

"그건 또 무슨 소리여?"

"그 늑대 같은 인간이 480원에 나를 그 일본놈한테 팔아넘겼어. 못난 어미는 찍소리도 못 하고 방 안에서 울기만 하더구나. 그땐 어미도 나도 그저 공장에 가는 줄만 알았지. 하지만 그 개 같은 작자는 날 위안부로 데려간다는 사실을 처음부터 다 알고 있었던 거야."

"설마, 아무려면……"

"순례 넌 아닌 줄 알아? 흥, 네 집에서도 돈을 받았을걸. 너 혼자만 모르고 있었겠지."

"누, 누가 그런 소릴 해?"

순례는 눈앞이 번쩍했다. 봉심의 손을 와락 움켜쥐는데, 온몸이 무섭게 후들거렸다.

"누구긴 누구야. 내 두 귀로 똑똑히 들은 건데."

"거짓말. 거짓말여!"

"그날 너희 동네 앞에다 트럭을 대놓고 기다릴 때, 그놈들이 주고받는 소릴 들었는데도 그래? 350원. 네 어머니가 처음엔 안 된다고 펄펄 뛰더니, 이장을 통해 건네주니까 슬그머니 돈을 받더란다. 흥, 못 믿겠거든 말고."

순례는 붕어처럼 입을 벌린 채 숨을 헐떡였다. 어미의 놀란 음성이 귓전을 울렸다. 이 미친년 봐라이. 시방 뭔 소리를 하고 자빠졌다냐. 이년아. 한번만 또 그런 소릴 해봐라. 아가리를 찢어놓을 테니께. 아아, 그랬을까. 그때 어머니는 이미 나를 보내려 마음먹고 있었던 것일까. 아니야. 그럴 리가 없어. 몸을 일으키려는 순간 봉심이 다급하게 순례의 손을 움켜잡았다.

"나 좀 살려다오. 이번 한번만, 순례야."

순례는 한숨을 내쉬었다. 버선 속에 가져온 군표와 지폐 몇 장을 꺼냈다. 아까 유리코에게 주고 남은 전부였다.

"이것이 내가 가진 전부여. 아편중독으로 죽거나 말거나, 이젠 나도 몰라."

"미안해, 순례야. 금방 갚아줄게. 얼마 있으면 호시모도 중위가 휴가 마치고 돌아올 테니까."

문이 닫히기 전, 봉심은 힘없이 말했다. 위안소에선 모두들 호시모도 중위를 봉심의 애인이라고 불렀다. 작달막한 키에 곱상한 얼굴의 청년이었다. 그러나 이젠 두 번 다시 그를 볼 수 없을 터였다. 한 달 전, 호시모도는 전투 중 두 눈을 잃은 채 일본으로 후송되었던 것이다.

방으로 돌아온 순례는 그날 밤을 뜬눈으로 새웠다. 거짓말이라고, 헛소리일 뿐이라고, 고개를 저었다. 그럴수록 마음 한구석에서 의심은 뱀처럼 똬리를 틀었다. 끌려오던 날 아침이 자꾸 눈앞에 떠올랐다. 마을 울력을 나간다고 이른 아침부터 서두르던 어머니와 할머니. 뜻밖에 그날 아침 밥상엔 보리밥이 올라왔다. 분명 징용 나간 아버지의 생일은 아니었다. 금싸라기 같은 곡식을 웬일로 이렇게 푸지게 풀었을까. 이상한 느낌도 순간뿐, 순례는 동생들과 뒤엉켜 순식간에 아귀처럼 먹어치웠다. 그러다 얼핏 시선이 마주쳤던가. 발개진 눈으로 황급히 고개를 돌려버리던 어머니. 아침상을 치운 뒤 할머니와 함께 사립을 나서려다 말고, 문득 돌아서서 한순간 이쪽을 뚫어져라 바라보던 어머니. 그러고는 휙 돌아서서 급히 고샅을 빠져나갔었다. 뭔가 할 말을 감추고 있는 것 같던 그 눈빛이 자꾸만 눈앞에 떠올랐다. 정녕 그랬을까. 어무니가……

순례는 목침에 얼굴을 묻었다. 갱엿같이 끈적끈적한 눈물이 철철 흘러내렸다. 그랬을지도 모른다. 아니, 십중팔구 그랬을 것이다. 그 두려운 의심과 의혹을 그녀 혼자 오래전부터 가슴속에 묻은 채 지내왔을 뿐이다. 순례는 어머니를 이해할 수 있었다. 찢어지게 가난한 살림살이. 굶주리는 동생들. 언제 돌아올지 기약도 없는 아버지. 한 입이라도 줄일 수 있는 것만으로도 어디인가. 하물며 공장에서 돈을 벌게 해준다지 않는가. 이장과 그자들의 말을 어머니도 고스란히 믿었겠지. 나 역시 그러지 않았던가. 공장에 가면 쌀밥을 배부르게 먹을 수 있으리라 믿었으니까. 그래. 350원. 그 돈으로 얼마간이라도 식구들 배고픔은 면할 수 있었을 터이지……

밤새도록 순례는 그렇게 애써 스스로를 위로했다. 하지만 서럽고 억울한 느낌은 어째선지 영영 지워지지 않았다. 가슴이 차올라 금방 터질 것만 같았다. 아아, 어무니. 순례는 담요를 뒤집어쓴 채 소리 죽여 흐느끼기 시작했다.

이튿날 아침, 뜬눈으로 밤을 새운 순례는 빗자루를 찾아 들고 변소로 향했다. 마당 한쪽에 판자로 지어진 변소는 모두 일곱 칸이었다. 이른 새벽부터 누가 들어앉았는지, 그중 한 칸은 잠겨 있었다. 나머지 청소를 다 마쳤을 때까지도 안에선 기척이 없었다.

"거기, 안에 누구라요?"

순례가 주먹으로 쿵쿵 두들기자마자 헐거운 문짝이 제풀에 덜커덩 열렸다. 눈앞 허공에 희끄무레한 것이 기다랗게 떠 있었다. 그것은 사람의 맨발이었다. 치렁한 옷자락과 함께 천장에 매달린 종잇장 같은 얼굴.

그녀의 비명 소리에 여자들이 마당으로 뛰어나왔다. 저게 누구지? 다케코야. 다케코가 변소 천장에 목을 맸어. 이내 요시다와 가네야마가 내복 바람으로 허둥지둥 달려 나왔다. 가네야마가 다케코의 목에 감긴 줄을 칼로 잘라냈다. 땅바닥에 눕혀진 다케코의 얼굴은 회반죽으로 빚은 가면처럼 보였다. 혓바닥을 약간 빼문 채 실눈을 뜬 채로였다. 다케코의 앙상한 목엔 헝겊으로 엮인 밧줄이 감겨 있었다.

"아이고, 불쌍한 년. 쓸데없는 천 쪼가리를 그리도 부지런히 주워 모으더니만."

누군가 코맹맹이 소리로 중얼거렸다. 밧줄은 색동저고리처럼 울긋불긋했다. 밧줄 맨 끝부분의 빨간 헝겊을 순례는 금방 알아보았다. 엊그제 순례가 건네준 자투리 천이 분명했다. 아, 이 정도면 충분하겠네. 고마워, 마사코. 그때 다케코의 핏기 없는 얼굴에 떠오르던 이상한 웃음을 순례는 떠올렸다.

왕 씨 노인이 헌 가마니를 다케코의 머리에서부터 훌렁 뒤집어씌웠다. 가마니 끝으로 메마른 두 발이 불쑥 기어 나왔다. 단무지같이 노랗고 앙상한 맨발이었다. 왕 씨 노인의 아들이 마을에서 말수레를 끌고 나타났다. 시신을 실은 수레가 마당을 나설 때, 몇이 울음을 터뜨렸다.

"쌍년들아. 아가리 닥쳐! 느이 어미라도 죽었냐. 당장 안 들어갈 거야!"

가네야마의 호통에 모두들 건물 안으로 쫓겨 들어갔다. 어느새 군인들이 삼삼오오 위안소 마당 안으로 들어오기 시작했다.

15

세월은 저 혼자만 흘렀다. 언제부터인가 순례는 시간 감각마저 잃어버렸다. 모든 게 흉악한 꿈속 같았다. 그렇게 겨울과 봄이 가고, 짧은 여름의 끝자락에 또 한 번의 죽음이 있었다. 마유미의 죽음은 예상치 못한 일이었다. 수술이 불가능하다는데도, 요시다는 한동안 집요하게 마유미를 다그쳤다. 수은 섞인 환약이며 이런저런 정체 모를 약을 가져와 먹였다. 그러나 아이는 쉽사리 떨어지지 않았다. 만삭이 가까워오자 요시다도 결국 단념한 눈치였다. 북통 같은 마유미의 배를 지켜보는 여자들의 마음은 심란했다. 어미와 아이의 앞날이 걱정이었다. 짐승 같은 요시다라고 해도, 설마 젖먹이 딸린 여자까지 위안부로 부려먹겠는가. 별수 없이 마유미와 아이를 고향으로 돌려보내주겠지. 그런저런 가망 없는 추측들도 나돌았다.

산통이 시작되자 스미에는 산모를 내실로 옮겨오게 했다. 왕씨 영감이 물을 끓이고, 순례는 더운 물을 통에 퍼 날랐다. 기요코 언니가 소독한 가위와 함께 수건과 군용 담요를 꺼내왔다.

"불쌍한 우리 아기. 입힐 옷도 없는데, 흑."

배를 그러안고 끙끙대는 중에도 마유미는 훌쩍거렸다.

"이년아. 지금 그까짓 게 문제야?"

"기요코 언니. 정말 괜찮겠지, 응?"

"염려 마. 오바 상이 군의관에게 전화했대. 여차하면 달려온다니까, 걱정하지 마."

"기사마야로오! 제까짓 게 뭐 벼슬이라도 한 줄 아나. 아가리 좀 닥치란 말이야."

요시다가 밖에서 문짝을 걸어차며 고함을 질렀다. 스미에는 장롱 서랍을 열고 뭔가를 꺼냈다.

"아이를 목욕시킨 후엔 이걸 입혀줘."

여느 때처럼 스미에의 말투는 쌀쌀맞았다. 부드러운 천으로 지은 흰 배냇저고리, 기저귀, 수건 그리고 분홍 꽃무늬가 든 작은 포대기였다. 스미에는 그것들을 미리 준비해놓은 듯했다. 순례와 기요코는 놀란 눈으로 스미에를 쳐다보았다. 마유미는 울면서 고맙다는 말만 되풀이했다.

"오바 상! 고맙습니다. 고맙습니다."

마유미는 끝내 아이를 낳지 못하고 죽었다. 밤새도록 몸부림을 치다가 의식을 놓고 말았다. 뒤늦게 나타난 군의관은 태아가배 속에서 죽은 지 벌써 한참 된 것 같다고 말했다. 병원이 있는 훈춘까지는 자동차로 네다섯 시간 걸리는 거리였다. 스미에는 당장 훈춘으로 옮기라고 하고, 요시다는 안 된다고 고함을 질렀다. 그렇게 옥신각신하는 사이 산모의 숨이 딸각 멎어버렸다.

시신은 거적때기에 덮인 채 뒷마당 한쪽에 놓였다. 이른 아침 왕 씨 부자와 중국인 잡역부가 시신을 들것에 담아 강가로 끌고 나갔다. 요시다와 가네야마의 호통에 여자들은 모두 건물 안으로 쫓겨 들어갔다. 순례는 변소 뒤에 숨어 그 광경을 혼자 지켜보았다. 갈대풀 무성한 습지 너머로 사라졌던 사내들은 한참 후 빈손으로 돌아왔다. 마사코. 마사코. 내실 쪽에서 스미에의 음성이 들렸다.

"이걸 당장 불에 태워버리도록 해. 재도 남기지 말고."

스미에는 현관 바닥에 옷 보퉁이를 내던지고는 문을 쾅 닫아버렸다. 순례는 뒷마당으로 나와 보퉁이를 풀었다. 기저귀, 배냇저고리, 포대기가 들어 있었다. 성냥을 그어 불을 붙였다. 검게 타들어가는 그것들을 바라보다가 순례는 그만 눈물을 쏟았다. 그날 밤, 꿈속에서 순례는 마유미를 보았다. 아이를 가슴에 안은 마유미는 얼굴 가득 환한 웃음을 띤 채 갈대밭 사이로 천천히 사라졌다. 그 두 사람의 머리 위로 노랑나비들이 나풀나풀 맴을 돌며 뒤따라가고 있었다.

16

전선의 분위기는 갈수록 뒤숭숭했다. 위안소 안에만 갇혀 있는 그녀들로선 바깥의 정황을 알 길이 없었다. 그저 군인들의 대화를 통해 짐작해볼 뿐이었다. 멀리 뇌성처럼 울리는 포성, 이동하는 전차들의 굉음, 대오를 지어 떠가는 비행기의 소음이 그녀들을 불안하게 만들었다.

위안소에 단 하나뿐인 라디오는 스미에의 것이었다. 가끔 휴무일이나 자투리 시간에 스미에는 라디오를 복도에 내놓고 노래를 들려주었다. 그녀들은 일본 유행가를 좋아했다. 삼삼오오 라디오 앞에 앉아 노래를 따라 부르기도 했다. 그중 노래 솜씨가 빼어난 미치코와 아키코는 장교들한테 인기가 많았다. 둘은 명절이나 이런저런 축하 행사 자리에 곧잘 불려 나갔다. 노래에 소질이 없는 순례였지만, 가만가만 따라 부르다 보면 불현듯 눈시울이 젖곤 했다. 그러더니 언제부터인가 라디오에선 유행가도 사라지고 잔뜩 상기된 아나운서의 비장한 음성과 함께 군가만 줄곧 흘러나왔다.

부대는 토벌 작전을 위해 밤낮없이 출동했다. 한 번씩 출동하면 꽤 여러 날씩 걸렸다. 트럭을 타고 돌아오는 병사들의 군가 소리만 듣고도 그녀들은 전투 결과를 훤히 짐작했다. 몇 달 사이 군가 소리는 점점 더 무겁고 맥이 빠져가고 있었다. 복귀 다음 날엔 어김없이 장례식이 있었다. 허공을 향해 쏘아대는 조총 소리와 연병장에 도열한 병사들의 음울한 구령 소리가 위안소 지붕을 흔들곤 했다.

어느 날 부대는 심야 기습을 받았다. 중국 빨치산 부대가 그곳까지 습격해온 것은 처음이었다. 콩 볶는 듯한 총성과 폭음에 여자들은 기겁을 했다. 위안소에서 자던 장교들은 제복도 챙겨 입지 못하고 튀어 나갔다. 탄약고 습격에 실패한 공비들은 러시아 국경을 넘어 도망쳐버렸다. 이튿날 순례는 왕 씨 영감을 통해 무서운 이야기를 들었다. 군인들이 공비 시체 수십 구를 마을 공터에 줄줄이 늘어놓은 다음, 주민들이 보는 앞에서 마을 남자 두 사람의 목을 군도로 뎅겅뎅겅 잘라버렸다는 거였다. 공비와 은밀히 내통한 죄라고 했다. 왕 씨 부자는 잔뜩 질린 표정이었다. 일본군 부대에서 일해주었다는 이유로 장차 빨치산에게 보복을 당할까 봐 두려워하고 있었다.

첫눈과 함께 추위가 닥쳐왔다. 실내에서도 양재기에 담긴 물이 얼 정도였지만, 건물 안엔 불기라곤 전혀 없었다. 조개탄을 아껴야 한다면서 요시다는 그저 무조건 견디라고만 했다. 땔감뿐만이 아니었다. 보급품 물자 부족 현상은 갈수록 심해지고 있었다. 휴지, 비누, 수건 등 일용품 지급은 절반으로 줄고, 삿쿠마저 공급이 중단되었다. 요시다는 당분간 삿쿠를 세척해서 쓰라고 지시했다. 그녀들은 한번 사용한 삿쿠를 모아서 물로 씻어 소독을 하고, 왁스를 바른 다음 최소한 서너 차례 더 사용했다.

그 때문인지 성병에 걸리는 경우가 부쩍 늘었다.

식사량도 대폭 줄었다. 보리밥 대신 조밥, 수수밥 혹은 콩깻묵을 넣어 끓인 죽을 먹었다. 반찬은 소금에 절인 야채 한 가지. 그나마 짜디짠 된장국은 아침 한 차례뿐이었다. 명절이나 국경일에 나오던 특식 고깃국 따윈 꿈도 꿀 수 없었다. 허기에 지친 그녀들은 어떻게든 먹을 것을 구하려고 애썼다. 왕 씨 부자나 중국인 잡역부들에게 군표를 건네주면 오리 알, 감자, 밀떡 따윌 몰래 구해다 주기도 했다

그녀들은 너나없이 참혹하게 시들어가고 있었다. 매일 수많은 사내들의 성 노리개가 되어야 하는 생활 속에서 육신은 형편없이 망가지고 정신 또한 극도로 병들어갔다. 독한 약과 만성적인 영양 결핍으로 온몸은 퉁퉁 붓고, 낯빛은 하나같이 누렇게 떠 있었다. 한껏 조심을 해도 성병을 피해갈 수는 없었다. 매독에 한번 걸리면, 치료 후 증상이 없어도 매달 한두 차례 독한 주사를 맞아야 했다. 주사를 맞은 날은 종일 어지럼증과 무력증에 시달렸다.

전황이 불리해지면서 위안소를 찾는 군인들의 발걸음도 대폭 줄었다. 휴무일이 늘어날수록 요시다의 짜증은 더 심해졌다. 군인들의 표정도 예전 같지 않았다. 작전에서 복귀할 때마다 사상자와 부상자가 생겨났다. 골짜기에 포위된 소대 병력이 전멸당한 적도 있었다. 장교 병사 가릴 것 없이 얼굴엔 공포와 불안의 그림자가 역력했다. 그래서인지 그들은 걸핏하면 여자들에게

화를 내거나 주먹을 휘둘렀다. 그러다가도 전투에 투입되기 바로 전날이면 사내들은 거짓말처럼 유순하고 다소곳해졌다. 일을 치를 때에도 전에 없이 부드럽고 양순했다. 여러 장의 군표나 돈, 과자 따위를 손에 쥐여주기도 하고, 심지어 쓰다 만 치약, 휴지, 양말까지 건네주고 가는 병사도 있었다. "마사코 상도 건강해야지. 어서 전쟁이 끝나서 고향으로 돌아가야 할 거 아닌가." 그러면서 눈물까지 글썽이는 모습을 보면 순례도 절로 가슴이 찡해졌다. 짐승 같기만 하던 사내들도 눈앞에 닥친 죽음 앞에선 어린아이처럼 약해지는 모양이었다.

하지만 인간이란 도통 이해할 수 없는 족속이었다. 그렇게 떠났다가도, 요행히 살아 돌아온 사내들은 오히려 전보다 더 난폭하고 불안한 모습으로 변해 있었다. 끊임없이 허둥거리는 눈빛은 기묘한 광채로 번득였다. 그건 전쟁터에서 얻은 끔찍한 죽음의 광기였다. 그들은 이미 정상이 아니었다.

위안소 여자들에겐 대부분 단골손님 격인 사내들이 몇 명씩은 있었다. 애인 혹은 마누라라고 부르기도 하고, 결혼하자느니 살림을 차리자느니 치근대기도 했다. 심심찮게 옷, 화장품, 과자 같은 걸 선물하고 용돈을 쥐여주기도 했다. 그러다 진짜 깊은 정이 들어서 한 사내를 놓고 여자들끼리 한바탕 싸움이 벌어지는 일도 있었다. 처음엔 도통 이해할 수가 없었지만, 순례에게도 차츰 친근감이 느껴지는 사람들이 생기게 되었다.

갓 입대한 신병인 스즈키도 그중 하나였다. 스무 살이라지만 얼굴의 보송보송한 솜털이며 눈빛은 아직 앳된 소년 같았다. 맨 처음 스즈키는 잔뜩 겁먹은 표정으로 자기 하사관의 손에 끌려 왔다. 한 무리의 분대원까지 함께였다. "야, 마사코. 이 친구는 진짜 숫총각이니까 특별히 잘해줘." 하사관은 능글맞게 히죽이 며 말했다. 방 안까지 떠밀려 들어온 스즈키는 과연 잠자리에선 아무것도 모르는 진짜 숙맥이었다. 얼떨결에 일을 끝내자마자 바지를 입고 나서 스즈키는 느닷없이 순례의 뺨을 힘껏 내갈겼 다. 그러고는 "마사코 상, 미안합니다. 미안합니다"라는 말을 남긴 채 허겁지겁 도망쳐버렸다. 며칠 후 스즈키는 다시 찾아왔 다. 이번엔 혼자였다. 상기된 얼굴로 그가 수줍게 내민 것은 종 이에 싼 입술연지 하나와 건빵 두 봉지였다.

전투지로 투입되기 이틀 전, 스즈키는 마지막으로 찾아왔다. 그는 순례를 부둥켜안고 떨리는 음성으로 말했다. 곧 전선으로 떠난다고, 영영 못 돌아올지도 모른다고, 남아로 태어나 조국을 위해 죽어도 좋다고…… 그러다가 갑자기 큭, 눈물을 쏟아냈다.

"아니야. 그건 거짓말이야. 난 죽고 싶지 않아. 무서워 숨이 막힐 것 같아. 공비들이 포로의 머리 가죽을 산 채로 벗겨 말뚝 에 매달아놓는다더군. 포로가 되느니 차라리 자결을 택하겠어. 고향에서 어머니는 나를 위해 매일 불공을 드리고 계실 거야. 식구들이 슬퍼할 생각을 하면 견딜 수가 없어."

몸을 바들바들 떨며 중얼대는 그를 껴안고 순례는 속삭여주었다. 걱정하지 말라고, 틀림없이 살아 돌아올 거라고, 그래서 어머니를 꼭 다시 만나게 될 거라고. 스즈키는 애써 웃으며 조용히 방을 빠져나갔다. 그것이 마지막이었다.

스즈키가 죽었다는 소식에 순례는 가슴이 아팠다. 순례는 연상인 스즈키가 마치 남동생처럼 느껴졌다. 물론 그것은 연민 이상의 감정은 아니었다. 하지만 꼭 한 사람, 이시히 중위의 경우만은 예외였다.

17

이시히는 새로 부임한 보병 연대 의무장교였다. 매주 정기검진 날이었다. 위안소 담당은 원래 보병 부대의 의무장교였는데, 그날은 때마침 인근 부대 소속인 이시히가 임시로 나왔던 것이다. 첫인상이 전혀 군인 같지 않았다. 잘생긴 얼굴은 아니었지만, 눈이 맑고 선량해 보였다. 정기검진은 그녀에게 항상 지독한 치욕감을 안겨주었다. 의자 위에 짐승처럼 벌렁 드러누운 채 다리를 한껏 벌려 보여야 할 때마다 수치감과 모욕감이 엄습해왔다. 방으로 들어서는 순례와 눈이 마주치는 순간 그 낯선 청년은 화들짝 놀란 기색이었다. 방을 나서기 직전에도 그는 순례를 또 한 번 유심히 바라보았다.

한 달 후엔가 이시히는 혼자 위안소를 찾아왔다. 가랑비 흩뿌리는 가을 저녁이었다. 이번엔 검진 때문이 아니었다. 요시다는 반색하며 그를 맞아들였다. 요시다에게 의무장교는 누구보다 특별한 귀빈이었다. 때마침 순례는 마루에 걸레질을 하고 있었다. 이시히의 입에서 마사코라는 이름이 튀어나왔을 때, 순례는 귀를 의심했다. 저 남자가 왜 내 이름을 기억하고 있을까. 그는 방 안에 들어와서도 군복을 벗지 않았다. 순례가 부대자루 같은 원피스를 벗으려는 순간 이시히는 급히 손을 저었다.

"그대로 있어. 난 괜찮으니까."

순례는 놀라 고개를 들었다. 어색한 발음이었으나, 분명 조선 말이었다. 순례를 새삼스레 뜯어보더니 이시히는 빙긋 웃었다.

"역시 그렇군. 신기하게도 쏙 닮았어."

"조, 조선말을 아는 모양이네요?"

그는 대답 대신 고개를 끄덕였다. 순례는 반가움에 저도 모르게 그의 손을 덥석 움켜쥐었다. 이곳에 온 이후 조선인 군인은 단 한 명도 만나보지 못했다. 사병이건 장교건 모두 일본인뿐이었다. 조선에서 끌려온 학도병이 많다던데, 다들 어디에 있을까. 한 사람이라도 만나보면 얼마나 좋을까. 잠시나마 붙잡고 하소연이라도 맘껏 해봤으면. 순례는 동료들과 그런 얘기를 주고받곤 했다. 모두들 비슷한 심정이었던 것이다. 순례는 나중에야 그 이유를 알게 되었다. 규칙상 조선인 군인은 위안소 출입이 철저히 금지되어 있었다. 위안소와 인접한 초소의 근무조차 조선인 병사는 제외시킬 정도였다.

"오메! 첨으로 조선 사람을 만났네요."

"아니, 난 일본인이야."

"예?"

"어머니가 조선인이거든. 아버지는 그걸 몹시 싫어하셨지만, 일본 말이 서투른 어머니는 집 안에선 내게 자주 조선말을 썼어. 마침 이웃집에도 조선인 여자가 한 사람 살고 있어서, 어머니는 나를 데리고 그 집에 놀러 가시곤 했지."

절반만 조선인이라니. 이시히 중위도 스미에와 비슷한 경우였다. 하지만 순례는 그것만으로도 그가 남다르게 느껴졌다.

"마사코. 그냥 마음대로 편하게 있어도 돼. 난 오늘 밤 너하고 자려고 온 게 아니다. 그냥 얘기라도 나누고 싶었을 뿐이야."

순례는 어안이 벙벙했다. 이상한 남자였다. 그날 밤 이시히는 끝까지 군복을 벗지 않았다. 옆에 눕긴 했어도, 정작 몸에는 전혀 손을 대지 않았다. 아침에 눈을 떠보니, 머리맡에 군표 몇 장을 남긴 채 그는 보이지 않았다. 그 후부터 이시히는 자주 순례를 찾아왔다. 그가 나타나면 요시다와 가네야마는 밖에서 그녀의 이름을 불렀다. 반년이 지났지만, 둘 사이엔 아무 일도 없었다. 이시히는 매번 군복을 입은 채 얘기를 나누다가 잠이 들었고, 새벽이면 소리 없이 사라지곤 했다.

이시히는 스물네 살. 동경에서 대학을 졸업하자마자 군의관으로 입대했다. 섬세하고 정 많은 성격의 그는 군복이 어울리지 않는 청년이었다. 평소엔 과묵한 편인 듯했지만, 술기운이 돌면 제법 말문이 트였다.

"마사코. 오늘은 네 고향 얘기를 들려다오. 지리산? 아, 남쪽에 있는 높은 산 말이지. 그래. 나도 언젠가 들어본 적이 있어. 대학 동기 중에 조선인 친구 하나가 있거든. 진주가 고향이라고 했어. 아하, 산수유꽃을 알고말고. 온 마을이 노랗게 꽃잎으로 뒤덮인다니, 정말 근사하겠구나. 마사코."

"이번엔 이시히 상 고향 얘기를 해보세요."

"우리 집은 이즈 반도라는 곳에 있어. 동경에서 기차로 열 시간도 넘게 걸리는, 반도 남쪽 끄트머리의 조그만 항구지. 시모다. 내 고향 마을의 이름이야. 유명한 아타미 온천 관광지를 지나서, 해안선을 따라 줄곧 달리다 보면 어느새 닿는 종착역이야. 시모다는 정말 그림같이 아름다운 항구란다. 앞바다엔 작은 섬들이 푸른 구슬처럼 동동 떠 있고, 그 사이로 크고 작은 고깃배들이 부지런히 들락거리지. 우리 집은 바로 바닷가라서, 파도 소리가 항상 귓가를 떠나지 않아. 뱃고동 소리에 아침잠에서 깨어나고, 밤이면 파도 소릴 헤아리다가 잠이 들곤 하지. 마사코, 넌 배를 타본 적 있니? 아직 바다를 구경도 못 해봤단 말이야? 그렇구나. 배를 타고 아침 일찍 바다로 달려 나갈 때의 그 느낌을 넌 잘 모르겠구나. 아버지는 작은 고기잡이 배 한 척을 가지고 계셨지. 사고로 허리를 다쳐서 지금은 거동이 불편하시지만……"

한번 말문이 트이면 이야기는 쉼 없이 이어졌다. 부드러운 음성으로 속삭이는 그의 얘기를 듣고 있노라면 순례는 이따금 눈가에 물기가 돌았다. 지옥 같은 시간 속에서 그것은 놀랍고 특별한 만남이었다. 이 사람은 무엇 때문에 이렇듯 나를 자상하게 대해주는 것일까.

"넌 아예코를 너무 많이 닮았어. 그 아인 내 동생이란다. 여기 눈매랑 코, 입가에 깨알만 한 점까지, 그 애 어릴 때 모습 그대로야."

언젠가 이시히는 순례의 얼굴을 들여다보며 그렇게 말했다. 하지만 여동생 얘길 물으면 금세 어둡고 슬픈 표정이 되어 입을 다물어버렸다. 여자들은 이시히를 순례의 애인이라고 부르기도 했다. 하지만 순례는 그것이 싫었다. 왠지 둘 사이의 소중하고 순수한 어떤 것이 더럽혀지는 것 같아서였다.

병들거나 몸이 불편할 때 이시히는 큰 도움이 되었다. 약과 먹을 것을 챙겨 들고 일부러 찾아와주었다. 간단한 덧셈법과 이름 쓰기를 가르쳐주기도 했다. 언제부턴가 순례는 이시히를 오빠라고 부르게 되었다. 그러자 진짜 오빠 같은 느낌도 들었다. 그런 이시히도 전투에서 돌아온 날은 무척 괴로워했다. 때로는 술병을 들고 찾아와 늦도록 혼자 말없이 마시기도 했다. 평소엔 술을 즐기는 사람이 아니었다.

"무서워서 그래. 인간들이 너무나 끔찍하고 무서워, 마사코. 우리 일본은 언젠가는 분명 엄청난 벌을 받게 될 거야. 하느님이 있다면, 용서하실 리가 없을 테니까."

이시히는 한없이 황량하고 쓸쓸한 눈빛으로 중얼거렸다. 그해 여름, 이시히는 순례를 마지막으로 찾아왔다. 대규모 토벌 작전이 개시되기 직전 무렵이었다. 술에 취한 그는 순례를 힘껏 부둥켜안았다.

"마사코. 마지막 인사를 전하려고 왔다. 난 살아 돌아오지 못할 거야. 인간에겐 최후의 예감이란 게 있단다. 오늘 부모님께도 편지를 부쳤지. 가지고 있던 책이랑 사진들도 함께."

이시히는 눈에 물기를 담은 채 중얼거렸다. 죽는 건 무섭지 않다고, 그렇지만 지금 당장 외롭다고, 너무 외로워 견딜 수가 없다고, 네 얼굴이 문득 떠올라서 이렇게 찾아왔노라고. 취기 탓인지, 이시히는 순례를 껴안은 채 연신 '아예코'라고 불렀다.

"아예코. 용서해주렴. 넌 알지, 아예코. 내가 널 얼마나 사랑했는지. 내 손으로 널 반드시 고쳐주고 싶었어. 하지만 이젠 다 틀린 것 같구나……"

아예코는 아홉 살 때 사고를 당했다. 운명의 그날, 이시히는 어린 여동생을 자전거 뒤에 태우고 선착장을 신나게 달리고 있었다. 아버지의 고깃배가 들어올 시각이었다. 선착장 바닥의 밧줄에 앞바퀴가 걸리면서 그는 자전거와 함께 나뒹굴었고, 아예코의 조그만 몸뚱이는 새처럼 바닷물 속으로 곤두박질쳤다. 어부들이 급히 건져냈으나 아예코의 머리는 이미 피투성이였다. 떨어질 때 방파제 콘크리트와 부딪친 거였다. 그 사고 이후 아예코의 지능은 세 살짜리 어린아이에서 멈춰버리고 말았다. 지금도 그 아이는 마당에 앉아 꽃들만 들여다보고 있을 거라고, 이시히는 눈물 그렁해진 모습으로 중얼거렸다. "널 처음 보는 순간 얼마나 놀랐는지 몰라. 그 애가 눈앞에 서 있는 줄만 알았어. 이걸 봐." 언젠가 이시히가 가족사진 한 장을 보여준 적이 있었다. 커다란 리본을 머리에 단 소녀는 어린애처럼 환히 웃고 있었다. 그날, 자정 무렵에 이시히 중위는 부대로 돌아갔다.

"가엾은 마사코. 넌 죽어선 안 돼. 꼭 살아서 돌아가야지. 네 불쌍한 나라, 조선으로. 잘 있어라, 마사코."

그것이 이시히의 마지막 말이었다. 며칠 후, 한밤중 가슴 복판에 송곳이 박히는 것 같은 통증 때문에 순례는 퍼뜩 눈을 떴다. 아, 그가 죽었구나. 번개처럼 뇌리를 스치는 육감에 순례는 탄식했다. 정확히 야전 막사 머리 위로 포탄이 떨어졌다고 했다. 결국 이시히의 시신은 다른 전사자들과 함께 화장되어, 뼛가루만 본국으로 돌려보내졌다.

그의 전사 소식을 전해들은 날 밤, 순례는 또 꿈을 꾸었다. 앞바다에 푸른 구슬 같은 섬들이 올망졸망 떠 있는 남쪽 항구. 이시히의 고향 시모다였다. 인적 없는 해안. 봄 햇살이 쏟아지는 수면 위로 무엇인가 꽃잎처럼 팔랑팔랑 날아오르고 있었다. 그것은 한 마리 작고 예쁜 노랑나비였다. 순례는 꿈에서 깨어나 한참을 흐느꼈다. 그 며칠 내내 순례는 반쯤 넋 나간 사람 같았다. 식욕이 떨어져 몇 끼를 굶다시피 했다. 걸핏하면 눈물이 쏟아졌다. 유골 담긴 상자를 앞에 놓고 망연자실해 있을 그의 부모, 그리고 어린아이처럼 웃고 있을 아예코의 모습이 자꾸만 눈앞에 떠올랐다.

18

어느 날 기요코 언니가 순례의 방으로 찾아왔다. 출동 작전 중이라 위안소는 조용했다. 방문을 닫자마자 기요코는 소맷자락에서 연필과 종이를 꺼냈다.

"너, 집에 편지 부치지 않을래?"

"편지요?"

"이년아, 목소리 낮춰. 요시다한테 들키면 뼈도 못 추려."

"정말 편지를 보낼 수 있어요?"

"왕 씨 아들에게 시키면 돼. 이리 와. 넌 글씨 모른댔지. 내가 대신 써줄게."

"참말요? 그럼 어무니한테 보낼게요. 아버진 아직 안 돌아왔을지 모르니까. 아 참, 어무니도 까막눈인디……"

"염려 마. 누군가 대신 읽어주겠지. 자아, 어머님 전상서. 그담엔 뭐라고 쓸까."

어머님 전상서. 순례의 가슴이 요란하게 뛰어올랐다. 집에 편지를 보내다니, 상상도 못한 일이었다. 눈앞에 가족들의 모습

이 떠올랐다. 초가집 툇마루, 마당, 텃밭, 좁은 고샅길이 보였
다. 어서 말해봐. 기요코 언니가 속삭였다.

어무니. 그리운 우리 어무니. 그동안 어떻게 살고 계시는가
요. 조부님이랑 할무니도 건강하시고요. 징용에 나간 아부지는
돌아오셨고라우. 어무니. 불효막심한 딸 순례는 여기서 건강하
게 잘 지내고 있어라우. 밥도 많이 먹고, 아주 건강하게…… 아
아, 어무니이. 어무니이…… 순례는 방바닥에 얼굴을 묻어버렸
다. 그다음은 한 줄도 생각나지 않았다. 기요코 언니가 대충 적
어주었다. 이곳은 중국이라고. 군인 병원에서 밥도 짓고 빨래도
해주면서 잘 지내고 있다고. 병원에서 밥도 많이 주고, 옷도 나
눠주고, 월급도 꼬박꼬박 모아놓고 있다고, 그러니 아무 염려
마시라고.

"불초 여식, 순례 올림. 자아, 이젠 다 썼다. 어때, 괜찮아?"
순례는 고개만 끄덕였다.

"좋아, 여기다가 너희 집 주소만 써서 보낼 거야. 어차피 답
장은 받을 수가 없으니까."

기요코는 우편 요금 대신으로 군표 몇 장을 받아들고 방을 나
갔다. 그것은 순례가 고향 집으로 처음이자 마지막으로 부친 유
일한 편지였다.

며칠 후, 한밤중 엄청난 총성과 폭음에 놀라 순례는 잠에서
깼다. 바로 지척인 보병 부대 근처에서였다. 한참 만에 소란은

멎었다. 다음 날 아침 마당을 쓸기 위해 나와 보니, 멀리 중국인 마을 쪽에서 검은 연기가 뭉클뭉클 피어오르고 있었다. 왕씨 부자는 사흘 후에야 위안소에 출근했다. 그들의 누렇게 뜬얼굴은 두려움과 비탄에 짓눌려 있었다. 전날 밤 팔로군에게 기습을 당한 일본군은 마을 주민을 대상으로 즉각 보복에 나섰다. 주민 가운데 협력자를 찾아낼 것을 요구하며 마을을 에워싸고 불을 질렀다. 마을 집의 절반이 불에 탔고, 노인, 여자아이 가릴 것 없이 주민 수십 명이 한꺼번에 총살을 당했다는 거였다.

오후에 순례는 다른 여자들과 함께 빨래를 하러 나갔다. 강가에 도착해 바위 위에 무심코 함지를 내려놓던 그녀들은 기겁을 했다. 강물 색깔이 완전히 새빨갰다. 사방에 엄청나게 많은 까마귀들이 구물거렸다. 수면 위로 뭔가 희멀건 물체들이 둥둥 떠내려왔다. 시체들이었다. 발가벗겨진 시신들마다 까마귀들이 새까맣게 달라붙어 있었다. 그녀들은 일제히 비명을 지르며 위안소를 향해 뛰기 시작했다.

19

1943년 11월. 또 한 번의 겨울이 닥쳤다. 전선의 상황은 극도로 악화되고 있었다. 일본군이 갈수록 궁지에 몰리고 있음을 그녀들도 확연히 짐작할 수 있었다. 위안소 형편 역시 최악이었다. 일용품 지급은 중단되었고, 전등은커녕 남폿불조차 마음대로 켤 수 없었다. 식사는 여전히 하루 두 끼였으나, 밥 대신 잡곡이나 콩깻묵을 넣은 희멀건 죽이 전부였다. 허기에 지친 그녀들은 주변 빈 밭에서 야채 뿌리나 풀뿌리를 주워 와서 죽에 넣어 끓여 먹었다. 무엇보다 추위를 이겨내기가 힘들었다. 조개탄 공급은 아예 끊겼고, 주변엔 삭정이를 얻을 만한 야산마저 없었다. 들에서 마른풀을 뜯어다 태워보는 게 고작이었다. 그해 들어 눈은 유난히도 많이 내렸다. 한번 쌓인 눈은 녹지 않고, 매서운 눈보라가 그 위로 계속 새로운 눈 더미를 쌓아 올렸다. 도로가 막히면 군인들도 찾아오지 않았다. 그런 날이면 여자들은 온종일 꼼짝없이 방 안에 갇혔다. 이러다간 너나없이 얼어 죽거나 굶어 죽을지도 몰라. 모두의 얼굴엔 불안과 두려움이 커져갔다.

12월로 접어든 어느 이른 아침이었다. 요시다와 가네야마가 방마다 돌아다니며 다급하게 잠을 깨웠다. 식당 천막 안에 전원을 모아놓고 요시다가 말했다.

"지금부터 호명된 사람은 당장 짐을 챙겨 나오도록 해."

스무 명 정도가 각자 보퉁이를 챙겨 들고 나왔다. 그중엔 봉심도 들어 있었다. 때맞춰 군용 트럭 한 대가 마당에 정지했다. 차에서 민간인 복장의 사내 서넛이 뛰어내렸다. 하나같이 험상궂은 자들이었다. 스무 명 여자들은 차례로 트럭 뒤 칸에 올라탔다. 기요코가 물었다.

"쟤들을 어디로 데려가는 거예요?"

"며칠 뒤면 보병 부대 전체가 다른 지역으로 이동하게 된다. 이 막사는 폐쇄될 거야. 물론 우리도 부대와 함께 이동한다. 편의상 두 패로 나눠서 일단 저년들을 먼저 보내는 거다."

"우리들은요?"

"나머진 내일 아침 출발이다."

트럭에 오르기 직전, 순례는 봉심과 짧게 눈길을 마주쳤다. 봉심은 불안과 두려움에 차 있었다. 이내 트럭이 눈 덮인 마당을 빠져나갔다. 남은 숫자는 꼭 절반이었다. 느닷없이 철수를 하다니, 놀라운 일이었다. 전황이 불리해져서 더 아래쪽으로 철수하는 모양이었다. 그녀들은 멀건 잡곡 죽으로 아침을 때웠다. 군인들 발길이 뚝 끊긴 위안소는 적막하기까지 했다.

"새빨간 거짓말. 그 애들은 다른 데로 팔려간 거야."

"언니, 그게 정말이에요?"

"전원을 다 끌고 가긴 많으니까, 절반으로 쪼갠 거야. 아까 그 애들은 요시다가 훈춘의 위안소에 팔아넘겼어. 스미에한테 직접 들은 얘기야. 우린 부대를 따라서 동녕 부근으로 가게 된다더라."

순례는 가슴이 철렁했다. 봉심을 언제쯤 다시 만날 수 있을까. 맘이 뒤숭숭해서 마루에 앉아 있는데, 끄트머리 방에서 유리코의 얼굴이 얼핏 비쳤다가 사라졌다. 퉁퉁 부어오른 얼굴이 폭삭 늙은 노파 같았다. 그 막다른 방은 잡동사니를 쌓아두는 창고였다. 유리코의 병이 악화되자 요시다는 아예 그곳으로 몰아냈던 것이다. 순례는 유리코의 방문을 두드렸다. 혹 끼쳐오는 끔찍한 악취에 구역질이 치밀었다. 유리코는 찬 방바닥에 누워 있었다.

"약은 먹었어?"

"으응."

"내일 아침 다른 곳으로 옮겨 간다더라. 너도 미리 짐을 챙겨 둬."

"알았어, 언니."

담요에 얼굴을 묻은 채 유리코는 힘없이 대답했다. 머리맡에 약병과 헝겊 뭉치가 수북했다. 왕 씨 영감이 구해준 정체 모를 환약을 매일 한 움큼씩 입에 털어 넣고, 또 수은을 끓여 훈김 쬐는 일을 계속했지만 유리코의 병세는 나빠지기만 했다. 순례는 방으로 돌아와 자신의 짐을 꾸렸다. 짐이라고 해봤자 세면도구와 옷가지를 싼 작은 보퉁이 하나뿐이었다.

그날 밤이었다. 얼핏 마루 쪽에서 이상한 인기척이 들리는 것 같아 순례는 눈을 떴다. 묵직한 발소리는 유리코가 든 막다른 창고 방 쪽에서 멈추었다. 이내 문이 조심스레 여닫혔고, 한참 후 누군가 다시 방에서 나오는 듯했다. 발소리가 방 앞을 지날 때 순례는 가만히 문틈으로 내다보았다. 어둠 속이었지만 뒷모습이 분명 가네야마였다. 이런 시각에 왜 유리코의 방에 들어갔을까. 의아한 생각이 들었으나, 이내 순례는 잠에 빠져들었다.

아침부터 모두들 정신없이 움직였다. 식사 후 곧 출발한다고 했다. 유리코가 식당에 나타나지 않았으므로, 순례는 방으로 찾아갔다. 안에선 대답이 없었다. 무심코 문을 열어본 순례는 그 자리에 풀썩 주저앉았다. 유리코는 입에 거품을 문 채 방바닥에 쓰러져 있었다. 숨을 거두기 직전 얼마나 고통스러웠는지, 팔다리가 잔뜩 비틀린 상태였다. 순례의 비명을 듣고 달려온 여자들이 울음을 터뜨렸다. 뒤늦게 요시다가 어슬렁대며 나타났다.

"아침부터 웬 지랄들이야. 어차피 죽을 년, 생각 잘한 거지. 당장 안 나가!"

요시다는 전혀 놀란 기색이 아니었다. 그 소란 통에도 어째선지 가네야마의 모습은 보이지 않았다. 순례의 뇌리에 퍼뜩 간밤의 일이 스쳤다.

'맞았어. 그 악마 같은 놈이 죽인 거야. 불쌍한 유리코······'

당장 집합해! 차가 도착했단 말이다! 밖에서 가네야마가 악을 썼다. 순례는 허둥지둥 보퉁이를 안고 트럭에 올라탔다. 위안소 마당을 빠져나온 트럭은 부대 정문에서 반 시간 가까이 멈추어 대기했다. 본부에서 무슨 허가증을 받아야 한다고 했다. 순례는 연신 손으로 눈물을 훔쳐냈다. 유리코는 방 안에 아직 그대로 버려져 있을 터였다.

아아, 어쩌면 좋아. 누가 유리코를 묻어줘야 할 텐데.

이윽고 차량은 다시 출발했다. 신작로로 접어들자 노면에 엄청나게 쌓인 눈 때문에 트럭은 엉금엉금 기었다. 포장막 사이로 바깥이 내다보였다. 철조망 너머 위안소 건물이 점점 멀어지고 있었다. 검은 판자로 지어진 그것은 커다란 가축 우리처럼 보였다. 4년. 그 긴 세월을 그녀들은 그 흉물스러운 건물 안에 갇힌 채 보냈다. 그리고 이제는 또 다른 지옥을 향해 끌려가고 있었다. 누군가 포장 자락을 약간 들어 올렸다. 저만치 위안소 건물 뒤편 들판에 사람들이 보였다. 병사 몇이 땅바닥으로 뭔가를 질질 끌고 강 쪽으로 내려가는 참이었다.

"저거 봐. 유리코 아냐?"

"짐승 같은 놈들. 저렇게 개처럼 끌고 가다니."

누군가 눈물을 훔쳐냈다. 순례는 울지 않았다. 입술을 악물고 그 광경을 노려보았다. 얼어붙은 강 위에선 벌써 거대한 새의 무리가 새까맣게 날아오르고 있었다. 그게 마지막이었다. 트럭은 뒤뚱대며 낮은 언덕을 넘어섰다. 시야엔 끝없는 백색의 설원만 들어차 있을 뿐이었다. 그런 어느 순간, 포장 자락 사이로 뭔가 얼핏 스쳐갔다. 순례는 얼른 포장 틈에 얼굴을 가져갔다. 아, 나비였다. 눈부시게 고운 노랑나비 한 마리가 트럭을 따라 나풀나풀 날고 있었다.

"잘 있어라, 유리코."

순례는 나지막이 속삭였다.

20

저물녘에야 트럭은 동녕 외곽의 어느 작은 마을 앞에 멎었다. 마을 맞은편 야산 기슭에 보병 부대의 야전 막사들이 즐비하게 늘어서 있었다. 모두들 눈앞의 풍경에 잠시 어리둥절했다. 그곳은 마을과 주둔지 중간에 낀 또 다른 작은 동네였다. 황량한 벌판 위에 금방 쓰러질 것 같은 10여 채의 민가는 흉물스럽기만 했다. 모두 비어 있는 집들이었다. 지붕과 벽체에 남아 있는 불탄 흔적으로 보아, 전쟁통에 변을 당한 동네였다.

요시다와 가네야마가 대충 둘러보고 오더니, 짐을 풀라고 말했다. 그중 그나마 쓸 만한 집은 다섯 채 정도였다. 한 채는 자신들이 쓰고, 나머지는 여자들 몫으로 정해주었다. 이제 여자들 숫자는 도합 열여섯 명이었다. 순례가 들어간 집은 방 두 칸에 부엌 하나가 달린 촌가였다. 처마 한쪽이 내려앉긴 했으나 내부는 그런대로 온전한 편이었다. 집 안 정리를 하고 있는 사이, 군인들이 찾아와 땔감과 집기들을 마당에 부려놓고 갔다.

이튿날부터 그 집에서 군인들을 받기 시작했다. 지겹고 끔찍스러운 나날이 또다시 반복되었다. 그곳 생활은 이전보다 더 힘들었다. 보급품은 완전히 끊어지고, 식량과 땔감 또한 턱없이 부족했다. 요시다 내외가 가끔 동녕까지 나가 구해오는 최소한의 일용품 정도가 전부였다. 겉옷이라곤 솜 누벼 넣은 헐어빠진 군복 한 벌뿐. 속옷과 버선은 더 기워낼 수도 없는 누더기였다. 온몸에 이가 들끓어도 목욕은 꿈도 꾸지 못했다. 요시다의 짜증과 욕설은 갈수록 늘어가고, 스미에는 아편을 입에 물고 살다시피 했다. 가네야마 역시 맥이 풀렸는지, 예전만큼 독살스럽지는 않았다. 군인들이 오지 않는 날이면 그녀들은 가끔 집 바깥으로 나가보았다. 중국인 주민들은 먼발치서 무표정하게 바라볼 뿐, 가까이 오려 하지 않았다.

요시다의 말대로, 그곳은 임시 거처일 뿐이었다. 그사이 위안소 사정도 많이 변했다. 전황이 긴박해지면서 병력은 수시로 이동을 계속했고, 위안소도 병력을 따라 빈번히 옮겨 다녀야만 했다. 방문 대상 부대 역시 수시로 바뀌었다. 대개 한 부대에서 사나흘 혹은 일주일 정도 머물렀다가 다시 마을로 돌아와서 군인들을 받기도 했다. 이동 시엔 매번 군에서 트럭을 제공해주었다.

1944년.

또 한 해가 바뀌었다. 목단강을 떠나 마을로 옮겨온 지 1년째였다. 그동안 요시다는 여자들을 끌고 수많은 부대를 돌아다녔다. 최전선의 상황은 어딜 가나 비슷했다. 끝없이 이어지는 전투에 장교건 사병이건 지칠 대로 지쳐 있었다. 그들은 반쯤 제정신이 아닌 것 같았다. 포성과 총성은 밤낮없이 계속되고, 철조망과 참호뿐인 막막한 황무지에서 그들은 피로와 공포에 짓눌린 채 똑같이 조금씩 미쳐가고 있었다.

참혹한 풍경은 전선만이 아니었다. 군대가 한차례 휩쓸고 지나간 자리엔 집도 마을도 남아 있지 않았다. 어디에나 불탄 건물의 잔해와 함께 시체들이 아무렇게나 굴러다녔다. 주인 없는 개들은 사람의 살점과 뼈다귀를 뜯어 먹으며 무리 지어 몰려다녔다. 수천 마리 까마귀 떼가 우글거리는 자리엔 어김없이 떼죽음당한 송장들이 널려 있었다. 산 사람들 역시 유령이나 허깨비와 다를 바 없었다. 어딜 둘러봐도 흥건한 죽음과 피의 악취뿐이었다. 그 모두가 지옥의 풍경이었다.

일본군 야영지들을 끌려다니는 동안 그녀들에게도 많은 일들이 생겼다. 두 명의 여자가 죽었고, 한 여자는 미쳐버렸다. 또 한 여자는 탈영병과 함께 둘이서 밤중에 도망을 쳤다. 죽은 두 여자는 나란히 스스로 목숨을 끊었다. 아편 중독인 미치코는 소나무에 목을 맸고, 사다코는 절벽 위에서 뛰어내렸다.

순례는 사다코의 죽음을 바로 눈앞에서 직접 지켜봐야만 했다. 최전선 포병 부대에서 한 달 넘게 머물고 있을 때였다. 국경이 지척인 지역이어서, 팔로군을 상대로 끊임없이 크고 작은 전투가 벌어졌다. 군인들은 개미굴처럼 끝없이 이어진 참호 속에서 지내고 있었다. 그녀들의 임시 거처는 골짜기에 설치된 야전 텐트였다. 맨땅바닥 위에 짚으로 짠 깔개를 펴고, 그 위에서 담요 몇 장만으로 그 끔찍한 추위를 견뎌야만 했다. 눈보라는 거의 매일 계속되었다. 아침에 일어나 보면, 밤사이 허리 높이까지 눈이 쌓여 있었다.

그곳에서도 군인들을 매일 수십 명씩 받았다. 영하 30도의 혹한 속, 한 천막 안에 여자 네댓 명이 함께 들어앉아 한꺼번에 사내들을 상대할 수밖에 없었다. 10여 명이 동시에 나뒹구는 그 좁은 천막 안은 차라리 짐승의 우리였다. 사내들은 아침부터 천막 입구에 줄을 지었다. 너나없이 안에 들어서자마자 바지 앞섶만 열고 다급하게 덤벼들었다. 오래 목욕을 못한 사내들의 몸에선 지독한 악취가 풍겼다. 손과 얼굴은 불에 탄 들짐승의 가죽 같았다. 오랫동안 성욕에 굶주린 사내들은 대부분 순식간에 일을 끝내버렸다. 하나가 나가면 또 하나가 들어왔다. 그사이 여자들은 천막 뒤편 눈밭에 대야를 내려놓고 서둘러 아래를 씻어내야 했다. 이젠 허드렛일을 맡아줄 잡부도 없었다. 드럼통에 물을 끓여내는 일은 요시다와 가네야마의 몫이었다.

하야쿠. 하야쿠. 천막 안은 옆 사람과 몸이 부딪힐 정도로 좁았다. 바깥에서 차례를 기다리는 사내들은 천막을 들추고 안을 구경하면서 킬킬거렸다. 그때마다 순례는 눈을 질끈 감고 혼자 뇌까렸다. '나는 짐승이다. 나는 개다. 나는 고양이고 닭이다.' 그녀는 나무이고 돌멩이이고 진흙 덩어리여야 했다. 눈물 따윈 오래전 말라버렸다고, 감각도 감정도 널빤지처럼 굳어버렸다고 순례는 믿었다. 그래야만 했다. 아니라면, 그 끔찍한 생을 한순간도 견딜 수 없었다.

사다코가 죽던 바로 그날, 순례는 곡사포 부대로 '출장 위문'을 나갔었다. 요시다는 종종 여자들을 차량에 태우고 외곽에 배치된 소규모 병력들을 직접 찾아 나서곤 했다. 초소마다 여자 두세 명씩 내려놓고 떠났다가 몇 시간 후에 다시 태우러 왔다. 순례와 사다코가 차에서 내린 곳은 바로 발아래 강이 내려다보이는, 높은 절벽 꼭대기의 기관총 초소였다. 그녀들이 나타나자마자 산짐승 같은 흉악한 몰골의 사내 아홉 명이 일제히 양팔을 치켜들고 우우 괴성을 질러댔다.

세 시간쯤 지나 그녀들은 함께 초소를 내려왔다. 눈 쌓인 도로 한쪽은 깎아지른 절벽이었다. 그녀들을 데리러 올 트럭은 좀처럼 나타나지 않았다. 두 여자는 길옆에 나자빠진 고목 등걸에 걸터앉아서 담배를 피웠다. 발밑으로 둥글게 휘어나간 강줄기는 하얗게 얼어붙어 있었다. 그렇게 한동안 눈 덮인 벌판을 말없이 바라보고 있을 때였다. 사다코가 문득 혼잣말처럼 중얼거렸다.

"가고 싶어."

모기 소리처럼 맥 빠진 음성이었다. 순례는 못 들은 척했다. 작달막한 키에 눈빛이 총명해 보이는 사다코. 강경에서 소학교를 나왔다는 그녀는 누구와도 말문을 닫고 지냈다. 잘난 척한다고 따돌림을 받아도 별반 개의치 않는 눈치였다. 가고 싶어. 사다코가 또 중얼거렸다. 문득 순례는 가슴이 철렁했다. 사다코의 두 눈이 발광체처럼 파랗게 빛나고 있었다. 갑자기 사다코가 발딱 일어났다.

"가고 싶어."

"뭐?"

"나, 갈 거야."

순간 사다코가 후다닥 앞으로 달려 나갔다. 눈 깜짝할 사이였다. 그녀의 몸뚱이가 훌쩍 위로 솟구치는가 싶더니 절벽 너머로 깜박 사라져버렸다. 비명조차 없었다. 순례는 뒤늦게 쫓아나갔다. 까마득한 빙벽 아래 꽁꽁 언 강바닥 위에 널브러진 사다코의 조그만 몸뚱이가 보였다. 흡사 한쪽 귀를 바닥에 붙인 채 얼음장 아래 흐르는 물소리를 듣고 있는 것만 같았다. 눈밭 위로 핏물이 빠르게 번졌다. 사다코의 몸에서 빨간 맨드라미꽃이 피어나고 있었다. 아아아. 안 돼. 아아아. 순례는 손으로 머리를 쥐어뜯으며 고함을 질렀다. 가고 싶어. 가고 싶어. 사다코의 목소리가 천둥처럼 귓전을 울렸다. 순례는 울음을 그치고 조용히 몸을 일으켜 세웠다.

"그래…… 갈 거여. 나도, 갈 거여."

순례가 중얼거리며 절벽 아래로 한쪽 발을 막 내디디려는 순간, 뒤에서 누군가 그녀의 허리를 다급하게 끌어안았다. 뒤늦게 초소에서 뛰어내려 온 병사였다.

21

순례는 우연히 봉심을 다시 만났다. 그해 가을, 동녕에 있는 군인 병원에서였다. 순례는 매독에 걸렸다. 5년 사이, 세번째였다. 그동안에도 정기검진은 매주 한 차례씩 받았다. 전선을 따라 떠돌아다니는 불안정한 생활임에도, 부대에선 성병 검진만은 철저히 실시했다. 그날도 군의관은 순례가 진찰대 위에 눕자마자 오만상을 찌푸렸다. 예상대로 동녕에 위치한 군인 병원으로 후송 명령이 떨어졌다. 요시다는 화가 나서 길길이 뛰었지만, 여자들은 되레 순례를 부러워했다. 최소한 열흘 정도는 병원에서 쉴 수 있기 때문이었다. 잠자리나 식사도 그곳이 훨씬 나았고, 모처럼 동녕 시내를 눈요기나마 할 수 있을 터였다.

군인 환자들 틈에 끼여서 순례는 트럭을 타고 군인 병원으로 갔다. 주택가에 위치한 낡은 2층 건물이었다. 진료를 마친 뒤 순례는 아래층으로 보내졌다. 군인 전용 병동은 2층에 따로 있었다. 교실 크기의 입원실 내부엔 집기나 시설 따윈 아예 없었다. 더럽고 눅눅한 짚 장판 바닥에 스무 명가량 여자들이 제멋대로 앉거나 누워 있었다. 거개가 위안부로 끌려온 조선 여자들이었다. 대부분 성병 환자였고, 몇은 다른 질병 때문이었다. 안으로 들어서자 누군가 반갑게 손을 잡았다.

"마사코 아니야? 여기서 또 만났구나."

“아, 기미코 언니. 어떻게 된 거여. 그쪽은 훈춘으로 갔다더니.”

“훈춘에서 이쪽으로 넘겨졌지 뭐냐. 여기 도착하자마자 재차 뿔뿔이 흩어져버렸어. 하지만 지내기는 이쪽이 차라리 더 나아. 마사코 넌 어때?”

한동안 반갑게 수다를 떨고 나서 순례는 봉심의 소식을 물었다.

“하나코는 지금 여기 있어.”

“여기에?”

“아니, 건물 뒤편 창고에 있을 거야. 비렁뱅이, 아편중독자, 정신병자 들까지 별의별 사람들이 거기 다 있어.”

“건물 뒤쪽이라고?”

순례가 발딱 일어섰다. 기미코가 고개를 저었다.

“가봐야 소용없을걸. 네 얼굴도 전혀 알아보지 못할 텐데. 야마모도 상 위안소에서 반송장 꼬락서니로 쫓겨난 게 반년도 더 됐어. 나 지금 있는 곳 바로 옆 건물이었거든. 말도 마. 아편 처먹고 완전히 휙 돌아버렸지. 자기가 덮고 자는 이불까지 둘둘 말아 싸들고 나가 팔아먹을 정도였으니까. 종래엔 훌렁 발가벗고 대낮에 동네를 펄쩍펄쩍 뛰어다니질 않나……”

병원 뒷마당 모퉁이에 다 썩어내린 판잣집 하나가 서 있었다. 처음엔 창고나 헛간인 줄만 알았다. 순례는 녹슨 함석 문짝을 밀고 조심스레 들어섰다. 동굴같이 어두운 내부는 끔찍스러운 악취가 진동했다. 난로 하나 없이 마룻바닥에 제멋대로 드러누운 사람들. 몇십, 아니 몇백 명인지도 알 수 없었다. 순례는 손으로 입과 코를 틀어막은 채 한참을 헤집고 다녔다. 마침내 한쪽 구석에 웅크려 누운 거지 하나를 찾아냈다.

"언니, 봉심 언니 맞제?"

발밑에서 걸레 뭉치 같은 여자가 눈을 떴다. 하지만 반응이 없었다. 순례는 무릎을 꿇었다.

"나여, 순례. 나, 모르겠어?"

뼈만 앙상한 봉심의 손을 그러쥔 채 순례는 흐느꼈다. 이 끔찍스러운 여자가 봉심이라니! 도저히 믿어지지가 않았다. 앞니는 몽땅 빠져나가고, 썩은 호박처럼 푸르딩딩 부어오른 얼굴. 벌벌 떨고 있는 두 손. 초점 없이 열려 있는 저 동태 같은 눈. 대체 이 추악한 산송장이 어떻게 봉심 언니일 수 있단 말인가.

"이봐. 당신 누구야? 어째서 이 미친년을 붙잡고 통곡을 해?"

곁에서 봉심의 허리를 끌어안고 물귀신처럼 엎드려 있던 늙은이 하나가 꽥 고함을 질렀다. 기미코의 말이 맞았다. 봉심은 순례를 전혀 알아보지 못했다. 그녀는 벌써 죽은 사람이나 마찬가지였다. 순례가 알고 있는 봉심이. 어떻게든 살아남아서 함께 고향에 돌아가자고 등을 도닥여주던 그 봉심은 이 세상에 더는 없었다.

"언니. 나, 갈게…… 잘 있어."

울먹이며 순례는 일어섰다. 캄캄한 창고를 빠져나오는 길이 악몽만 같았다. 그것이 순례가 본 봉심의 마지막 모습이었다.

22

이듬해 1945년이었다. 바야흐로 전쟁도 막바지로 치닫고 있었다. 그녀들은 여전히 일본군을 따라 떠도는 생활을 계속했다. 열다섯 명이던 숫자는 3월이 되자 다시 두 패로 갈라졌다. 아홉 명은 요시다 부부 밑에 남았고, 나머지 여섯은 가네야마가 데리고 다른 곳으로 떠났다. 가네야마는 그동안 일해준 대가로 그 여자들을 요시다로부터 넘겨받았다. 순례는 기요코 언니와 함께 요시다 부부의 손에 남겨졌다.

봄철로 접어들자 요시다는 다시 본격적으로 영업에 나섰다. 한곳에서 대개 사나흘씩 머물렀다가 이동했지만, 때로는 하루 만에 옮기는 경우도 있었다. 하루 이틀 정도 머무를 경우엔 아예 짐을 풀지도 않은 채 야전 막사나 참호 속에서 닥치는 대로 군인들을 받았다. 심지어 눈 쌓인 벌판에서, 맨바닥에 침낭만 깔고 일을 치르기도 했다.

초여름으로 접어들 즈음, 그녀들은 더 이상 사람의 몰골이 아니었다. 전선은 어딜 가나 물이 절대적으로 부족했다. 오랫동안 씻지 못한 까닭에 머리 속엔 이가 득실거리고, 온몸은 영양 결핍으로 피부병과 종기투성이가 되었다. 굶주림이 무엇보다 고통스러웠다. 몇 달째 잡곡 주먹밥 한 개만으로 하루를 견디고 있었다. 그녀들의 얼굴과 몸은 예외 없이 누렇게 퉁퉁 부었고 두 눈엔 심한 황달기가 돌았다.

군인들이라고 해서 보급품 사정이 좋은 건 아니었다. 그들 역시 늘 허기져 있었고, 심신은 불안과 두려움으로 피폐해가고 있었다. 그만큼 전황이 심각하다는 증거였다. 일용품 공급은 완전 중단 상태였다. 그나마 부대에서 내주던 헌 군복마저 더는 구경하기 어려웠다. 그녀들은 무릎과 팔꿈치가 훤히 드러난 옷을 걸레쪽처럼 걸치고 지냈다. 싹둑 잘린 단발머리, 누렇게 부은 얼굴, 움푹 팬 눈두덩이 꼴을 한 그녀들이 나타나면, 그래도 사내들은 휘파람을 불어대고 괴상한 비명을 꿱꿱 질러댔다. 그런 모습 앞에서 때로 순례는 핑 눈물이 돌기도 했다. 따지고 보면, 그들 역시 가엾은 인간들이었다. 더 이상 인간일 수조차 없는, 지옥의 땅에 하릴없이 내던져진 목숨들이었다.

"이건 아예 굶어 죽으라는 얘기야. 두고 보렴. 일본은 곧 망할 테니까."

어느 날 아침, 소금 뿌린 주먹밥을 내려다보며 기요코가 말했다.

"언니, 누가 들을라."

"설마 일본이 지겠어유? 그리 되면 진짜 큰일이잖어유."

엉뚱한 소리를 잘하는 후미코가 눈을 동그랗게 떴다.

"뭐가 큰일인데?"

"요시다 상이 만날 그랬잖어유. 전쟁만 끝나면 우리를 집으로 돌려보내주겠다고."

"한심한 년. 일본이 망해야 조선 땅에서 쪽발이들이 물러가
지. 그래야 우리도 고향에 갈 수 있고."

"참, 그러네유. 일본이 이기라고 난 여태 속으로 빌었는데
……."

"아이고, 멍청한 년."

주먹밥을 다 삼키기도 전에 요시다는 길을 재촉했다. 다섯 명
은 요시다를 따라 산 위 곡사포 진지로, 나머지 넷은 스미에를
따라 산 아래 초소로 향했다. 순례는 산등성이까지 기다시피 하
여 올라갔다. 산꼭대기 진지에 도착했을 땐 모두 녹초가 되었
다. 수십 명의 사내들이 손뼉을 치고 괴성을 질러대며 반겼다.
산적 떼가 따로 없었다. 얼굴은 숯덩이처럼 시커멓고 몸에선 지
독한 구린내가 났다. 그들은 철창 속 짐승들처럼 뼛속 깊이 피
곤하고 불행해 보였다. 이를 드러낸 채 백치같이 웃고 있었지
만, 눈빛엔 죽음과 절망의 그림자가 어른거렸다.

"뭣들 해! 서두르란 말이야."

요시다가 고함을 질렀다. 저물기 전에 산을 내려가려면 서둘
러야 했다. 참호 안은 전날 쏟아진 비로 바닥까지 물이 차 있었
다. 병사들이 담요를 꺼내와 잡목 드문드문한 땅바닥에 대충 깔
아놓았다. 천막은커녕 몸을 가릴 만한 것조차 없이 그녀들은 담
요 하나씩만 차지하고 드러누웠다. 이내 사내들이 몰려왔다. 다
음 차례를 기다리는 자들이 바로 곁에서 내려다보며 야단법석
을 떨었다. 순례의 몸뚱이 위로 사내들이 계속 지나갔다. 순례

의 몸은 온전히 타인의 것이었다. 아니 돌멩이, 통나무, 진흙 덩어리였다. 그렇게 믿었다. 그것은 그녀 스스로 터득한 방식이 었다. 시간과 공간 그리고 제 육신으로부터 의식과 감정조차 완전히 하얗게 지워버리기. 이 순간 그녀는 고향 뒷산 언덕에 있었다. 조상들의 무덤이 있는, 아늑하고 양지바른 그 풀밭에.

순례는 몸을 내맡겨둔 채 하늘을 아득히 올려다보았다. 어린 시절 마을 뒷산 언덕에서 늘 그러했듯이. 눈앞에 잔뜩 흐린 하늘이 널빤지처럼 걸려 있었다. "바가야로. 이년이 잠자고 있는 거 아냐?" 사내가 무릎을 일으켜 세우며 욕을 퍼부었다. 이 개 같은 새끼. 당장 내려와. 바로 머리 위에서 기요코의 비명이 들려왔다. 불현듯 순례의 볼을 타고 눈물이 주르르 흘러내렸다. 그때 뭔가 얼핏 시야에 잡혔다. 구름장을 뚫고 불쑥 튀어나온 검은 물체. 비행기였다.

"적기다! 전투 준비! 전투 준비!"

쾅 콰쾅. 순식간에 엄청난 폭음이 터져 나오기 시작했다. 폭격이었다. 주위는 아수라장으로 변했다. 고막을 찢는 굉음, 파편과 흙먼지 속에서 순례는 얼이 빠졌다. 참호로 뛰어들자마자 그녀는 진흙 구덩이에 얼굴을 처박았다. 이윽고 폭음이 그치고, 전투기도 사라졌다. 참호 밖으로 엉금엉금 기어 나왔을 때, 기요코가 비명을 질렀다. 허리 아래가 몽땅 없어져버린 시체. 후미코는 두 눈을 뜬 채였다.

"불쌍한 년. 일본이 이기라고 빌었다더니만……"

기요코가 울면서 후미코의 두 눈을 손바닥으로 쓸어내렸다. 산을 내려오자마자 요시다는 그녀들을 트럭에 태우고 출발했다. 마을로 돌아오는 도중, 그녀들은 불타는 집들과 곳곳에 널린 시체들을 수없이 목격했다. 일본군뿐만 아니라 애꿎은 중국인 주민들 역시 피해가 컸다. 동녕 외곽의 숙소로 돌아오니, 그곳 역시 폭격을 맞아 아수라장이었다. 탱크와 장갑차를 앞세운 소비에트 군대가 국경을 넘어 까맣게 밀고 내려오는 중이라고 했다. 바로 그날 소련은 선전포고와 동시에 일제히 국경을 넘어오기 시작했던 것이다.

23

무시무시한 폭격은 밤낮없이 이어졌다. 일본군 부대가 지척인 탓에 그녀들의 숙소는 특히 위험했다. 소름 끼치는 소문까지 돌았다. 팔로군 유격대가 일본인 거주 지역을 습격해 닥치는 대로 목을 자른다고 했다. 요시다는 겁에 질린 여자들을 이끌고 일단 부대 안으로 들어갔다. 그러나 폭격이 더 심해지자 부대 뒤편 산속으로 일단 몸을 피하기로 했다. 평소엔 훈련장으로 쓰이는 뒷산 숲 속엔 훈련용 장비를 보관해둔 작은 창고 한 채가 있었다. 그 안에서 하룻밤을 지낸 뒤, 요시다는 그녀들을 불러 모았다.

"우리가 먼저 내려가서 바깥 상황을 살피고 올 테니까, 여기서 꼼짝 말고 기다리고 있어."

아침 일찍 산을 내려간 요시다와 스미에는 종일토록 나타나지 않았다. 아무래도 낌새가 이상했다. 저녁 무렵 그녀들은 조심스레 산을 내려왔다. 뜻밖에 부대 안은 쥐 죽은 듯 조용했다. 막사는 모조리 텅텅 비었고, 어디에도 사람 그림자 하나 없었다. 취사장 안은 벼락이라도 맞은 듯 엉망이었다. 일단 그날 밤은 빈 막사에 들어가 밤을 새웠다. 불을 켜기는커녕 숨도 제대로 못 쉬었다. 다음 날 아침, 바깥으로 나갔던 기요코가 금세 허둥지둥 뛰어 들어왔다.

"얘들아, 전쟁이 끝났단다. 일본이 항복했대! 로스케가 동녕까지 점령했다더라. 이제 우린 집으로 갈 수 있어!"

"진짜야, 언니? 진짜로 전쟁이 끝난 거야?"

"오메! 집으로, 고향으로 돌아간다고?"

모두들 우르르 뛰쳐나갔다. 그러나 이내 막사 앞에서 일제히 멈춰 섰다. 이제부턴 뭘 어떻게 해야 하나. 그녀들은 한동안 텅 빈 막사 주위를 빙빙 돌기만 했다. 마치 꿈을 꾸고 있는 것만 같았다. 이젠 더 이상 요시다도 가네야마도 없었다. 그 짐승 같은 군인들도 감쪽같이 사라져버린 것이다. 기요코 언니가 입을 열었다.

"다른 방법은 없어. 일단 무조건 시내로 나가보는 거야. 역에 가면 조선 가는 기차를 탈 수 있을지도 몰라."

그 말만 믿고 다들 기요코를 따라나섰다. 동녕까지는 걸어서 두어 시간 거리였다. 그녀들은 신작로를 따라 동녕을 향해 부지런히 걸음을 옮겼다. 얼마쯤 갔을까. 저만치 길 모퉁이에서 검은 연기가 피어올랐다. 그곳엔 놀라운 광경이 기다리고 있었다. 도로 복판에 불탄 군용 트럭 10여 대가 나뒹굴고, 주변엔 온통 허옇게 널린 시체들뿐이었다. 떼죽음을 당한 일본 군인과 군속들 그리고 그들의 가족이었다. 여자들과 어린아이들이 특히 많았다. 숨진 어미 품엔 갓난아이가 안겨 있었다. 전날 다급하게 철수하는 도중에 공습을 당한 모양이었다. 시신들은 하나같이 끔찍한 모습이었다. 길바닥에 겹겹이 널린 시체들을 밟지 않으려면 조심해야 했다. 쉬파리 떼가 새까맣게 우글거렸다. 코를 틀어막은 채 황급히 그곳을 지나치는데, 누군가 까악 비명을 질렀다.

“이거 봐! 빨리 와보라니까!”

“이게 누구야?”

“요, 요시다 상 아냐?”

모두들 그쪽으로 몰려갔다. 맞았어. 그놈이 틀림없어. 모로 벌렁 누운 트럭 옆에 요시다가 쓰러져 있었다. 배와 가슴에 총알을 맞은 채였다. 몸뚱이엔 핏물과 쉬파리 떼가 갱엿처럼 엉겨 붙어 있었다. 머리맡의 검은 트렁크가 눈에 익었다. 요시다의 것이었다. 기요코가 트렁크를 거꾸로 치켜들자 두툼한 뭉치들이 와르르 쏟아져 나왔다. 노끈에 꼼꼼히 묶인 수백 다발의 군표였다. 일본이 패망한 지금, 그건 휴지 뭉치에 불과했다.

"쪽발이 놈! 군표를 챙겨 내빼려고 했나 봐."

"이 개새끼가 우리들 피를 다 빨아먹었어."

기요코가 군표 다발을 요시다의 얼굴에 패대기쳤다. 나쁜 놈. 짐승 같은 새끼. 흥, 잘 죽었다. 그 더러운 돈, 지옥까지 가져가렴. 그녀들은 번갈아 침을 뱉어준 다음 다시 걸음을 재촉했다.

10분 후 또다시 끔찍한 광경과 마주쳤다. 신작로 옆 옥수수밭에 수십 구의 시체가 무더기로 널려 있었다. 모두 여자였다. 대부분 발가벗겨진 채 참혹하게 살해당한 모습이었다. 로스케 병사들의 짓이었을까. 필시 그곳까지 여자들을 끌고 와서 야욕을 채우자마자 한꺼번에 죽인 듯했다. 순례는 걸음을 멈추었다. 밭고랑 위에 엎어진 시신 하나가 눈에 익었다.

"여길 봐. 스미에, 맞지?"

앞쪽에서도 비명이 잇달아 터져 나왔다.

"이건 교코 아녀?"

"세상에! 맞다. 교코야."

"에그머니, 저건 하나코야. 당진에서 온 그 애 말이야."

"여기 후사코도 있네. 아, 하네코까지!"

그녀들은 서로 부둥켜안고 울음을 터뜨렸다. 어찌 된 영문일까. 몇 달 전 가네야마가 끌고 갔던 여자들까지 거기 한데 섞여 있었다. 탕탕탕. 돌연 요란한 총성이 터져 나왔다. 바로 건너편 마을 쪽에서였다. 모두 기겁해서 옥수수 밭을 빠져나왔다. 큰길을 따라 무턱대고 달음박질을 시작했다. 어느 중국인 부락 앞을 지날 때였다. 주민 한 무리가 골목 어귀에 몰려나와 있더니, 쇠스랑과 낫을 움켜쥔 채 사납게 소리를 질러댔다. 단발머리에 희한한 옷차림을 보고 일본군 위안부들임을 알아차렸을 터였다. 모두들 다리야 나 살려라 달음질을 쳤다.

"아니오! 우리는 조선 사람이오. 일본 사람이 아니라고요!"

앞장 선 기요코가 서툰 중국 말로 주민들을 향해 외쳤다. 그 정도 중국 말은 대부분 알고 있었다. 모두들 입을 모아 외쳐대며 손을 흔들었다.

"우린 조선 사람이오. 조선 사람!"

숨넘어가게 달리면서도, 중국인만 보면 일제히 그렇게 소리를 쳤다. 시 외곽으로 접어들자 분위기는 더욱 살벌했다. 불탄 일본군 부대 건물에선 검은 연기가 물큰물큰 피어올랐다. 도로 주변엔 시체들이 쓰레기처럼 뒹굴었다. 일본 군인과 그 가족들이었다. 차량은 불에 탔고, 어른과 아이들 시체가 뒤엉켜 있었다. 단발머리 여자들 시체도 간간이 보였다. 조선인 위안부들이 분명했다. 소련군 차량만 나타나면 그녀들은 정신없이 밭으로 뛰어들어 숨었다. 로스케들이 여자들만 보면 덮친다는 소문이었다.

시내로 들어서면서부터 시체들은 갑절로 늘어났다. 가로수에 줄줄이 목을 매단 일본 군인들. 천변 시궁창에 나체로 뒹구는 여자 시체들. 어느 벽돌담 위엔 군모를 쓴 장교의 목이 내걸려 있었다. 시내 곳곳마다 불길과 검은 연기가 치솟고 있었다. 일본군 주둔지, 관공서 그리고 일본인 가게와 주택들이었다. 간간이 요란한 총성이 여기저기서 들렸다. 다리를 건너기 전, 그녀들은 빈 가게로 숨어들어 한동안 동정을 살폈다. 큰길에선 중국인들이 총, 농기구, 몽둥이 따위를 움켜쥔 채 몰려다녔다.

"좋은 수가 있어. 모두 나를 따라와."

기요코가 먼저 가게 안방으로 들어갔다. 벽장문을 열고 각자 아무 옷가지나 꺼내서 몸에 걸쳤다. 순례는 검정색 펑퍼짐한 중국 여자의 옷을 집어 들었다. 신고 있던 일본식 나무 슬리퍼는 모두 버렸다. 하지만 맨발에 단발머리인 그녀들은 누가 봐도 금세 눈에 띌 터였다. 마침 골목길에서 한 조선 노인과 마주쳤다.

"쯧쯧. 왜놈들한테 끌려온 처자들이구먼. 기차를 타려거든 역으로 얼른 나가봐. 조선 사람들은 사방에서 죄다 그리로 모여드는 모양이야. 도중에 조심해야 돼. 일본 사람 비슷해 뵈기만 하면 무조건 때려 죽이는 판이니까."

노인 말대로 역전 광장은 완전히 북새통이었다. 어디서 한꺼번에 쏟아져 나왔는지, 수많은 조선인들로 바글거렸다. 대부분 위안부들이었고, 징용으로 끌려온 남자들도 많았다. 기차가 소비에트 군 병력을 조선으로 계속 실어 나르는 중이라고 했다. 포고령에 의해 민간인은 일절 탈 수 없으며, 그게 언제 풀릴지도 알 수 없다고 했다. 모두들 무작정 역 주위에서 웅성대며 기다리는 중이었다. 하나같이 거지나 다름없는 몰골이었다. 오랜

굶주림과 노역에 찌들어 병색이 완연한 낯빛들. 그럼에도 해방
되어 집으로 돌아간다는 생각에 표정만은 밝았다. 목청 높여 아
리랑을 부르고, 눈물을 글썽이고, 얼싸 안고 춤을 추기도 했다.
  땅거미가 깔리기 시작할 무렵, 돌연 트럭 몇 대가 광장 안으
로 들이닥쳤다. 차에서 병사들이 우르르 뛰어내렸다. 소비에트
군인의 모습을 순례는 처음 보았다. 무릎 높이의 가죽 군화. 군
모에 단 붉은 별. 곰같이 우람한 체격들. 이해할 수 없는 언
어…… 호기심에 차서 구경하고 있는 순례의 팔을 기요코가 잡
아끌었다.
  "얼른 여기서 벗어나자."
  "예?"
  "로스케 놈들이 언제 우릴 덮칠지 몰라. 아까도 여자들을 끌
고 갔다더라."
  둘은 서둘러 뒷골목으로 접어들었다. 그 순간 등 뒤편에서 엄
청난 비명이 터져 나왔다. 군홧발 소리, 목청을 찢는 울음소리.
삽시간에 광장은 아수라장으로 변했다. 순례와 기요코는 숨이
멎도록 달렸다. 골목 끝에서 소비에트 병사들이 벌써 그녀들을
기다리고 있었다. 병사들이 둘을 번쩍 안아서 트럭 위로 획 던
져 올렸다. 차 안은 이미 여자들로 빽빽이 차 있었다. 겁에 질
린 비명과 울음소리를 싣고 트럭은 질주하기 시작했다. 순례는
고향 집에서 사내들에게 납치되어 트럭에 실려 오던 때의 기억
이 떠올랐다. 똑같은 악몽이 또 한 번 되풀이되고 있었다.

트럭이 급정거를 했다. 도로 양쪽은 무성한 옥수수 밭이었다.
차에서 끌어내리자마자 한 여자에 사내 서너 놈씩 한꺼번에 엉
겨 붙었다. 다짜고짜 길바닥에 눕혀놓고 엎어지는 놈. 머리채를
그러쥔 채 발로 마구 걷어차는 놈. 등에 거꾸로 매달고 껄껄대
며 내달리는 놈. 짐승을 잡듯 두 다리를 붙잡고 거꾸로 질질 끌
고 가는 놈. 그야말로 아수라장이었다.

순례는 거구의 병사 세 놈에게 붙들려 옥수수 밭으로 끌려 들
어갔다. 순식간에 알몸이 된 순례는 눈앞에 아무것도 보이지 않
았디. 낄낄낄. 웃음소리. 이상한 말소리. 입에서 풍기는 술 냄
새. 악취. 거친 숨소리…… 어느 순간, 고막을 찢는 듯한 총성
과 함께 순례는 정신을 잃었다.

의식이 조금씩 돌아왔지만, 순례는 몸을 움직일 수 없었다.
눈을 뜬 채로 오랫동안 밭고랑에 그대로 반듯이 누워 있었다.
어느 사이, 밤이었다. 반쯤 뭉개진 달이 검은 옥수수 이파리 너
머 희멀겋게 떠 있었다. 간신히 몸을 일으켜 앉았다. 발가벗은
몸뚱이는 온통 흙과 상처투성이였다. 풀벌레 소리뿐, 주위는 조
용했다. 아흐으으. 그때 어디선가 희미한 신음 소리가 들렸다.
순례는 사방을 두리번거렸다. 저만치 옥수수 덤불 틈에서 뭔
가 뒤척이고 있었다. 순례는 그쪽으로 엉금엉금 기었다. 기요
코였다.

“어, 언니. 맞지?”

“마, 마사코.”

순례는 기요코를 부둥켜안았다. 기요코의 몸이 얼음장 같았다. 가슴에서 허리까지 온통 피범벅이었다. 숨이 멎기 전, 기요코는 말했다.

"가. 어서, 집으로……"

순례는 밭고랑 사이에 기요코를 반듯이 눕혔다. 그리고 맨손으로 흙을 파서 기요코의 몸을 덮어주었다. 마을 쪽에서 개들이 끊임없이 짖어댔다. 순례는 무릎으로 기다시피 해 옥수수 밭을 빠져나왔다. 신작로 주변에도 여자들의 시신이 널려 있었다. 순례는 비틀거리며 걷기 시작했다.

그때부터 반년 넘게 순례는 북만주 일대를 가랑잎처럼 떠돌았다. 어디에나 인간들의 시체가 발길에 차였다. 산에도 들에도 논밭에도 임자 없는 인육들이 한꺼번에 부패하면서 풍겨내는 악취로 가득했다. 미친개들이 송장 뼈를 입에 문 채 떼로 몰려다녔다. 배고픈 돼지들은 밭고랑을 뒤져 썩은 인육을 우적우적 씹어 먹었다.

순례는 여전히 지옥에 갇혀 있었다. 그녀는 반쯤 실성한 상태였다. 해가 지는지 뜨는지, 눈비가 오는지 마는지조차 알지 못했다. 물귀신 같은 행색에 초점 잃은 눈빛을 하고 허깨비처럼 무작정 터벅터벅 걷기만 했다. 밤에도 걷고 낮에도 걸었다. 사람이 사는 곳, 밤에 불빛 비치는 곳은 멀찌감치 피해, 그저 본능적으로 남쪽을 바라고 나아갔다. 가다 쓰러지면 풀덤불 속에서 잠들고, 진흙 구덩이, 옥수수 밭에서도 엎어져 잤다. 풀뿌리를 뜯어 먹고, 남의 밭에 뛰어들어 감자며 무를 훔쳐 먹었다. 몇 날을 굶다가 더 이상 두려움조차 없어지면 외딴집을 찾아가 밥을 얻어먹기도 했다. 그런 지경에도, 어쩌다 조선 사람을 만나면 매번 똑같이 물었다.

"아저씨. 남쪽이 어딘가요. 두만강은 어느 쪽인가라우."

떠도는 동안에도 순례는 온갖 사내놈들에게 봉변을 당했다. 군인, 민간인이 따로 없었다. 로스케이건 중국인이건 사내들은 똑같았다. 드넓은 만주 땅엔 순례와 같은 떠돌이가 돌멩이만큼이나 흔했다. 순례는 얼굴에 숯검정을 문질러 바른 채 숨어 다니는 일본인 여자들과 무수히 마주쳤다. 어린아이들까지 딸린 경우도 많았다. 그들은 똑같이 죽음의 공포에 떨고 있었다. 마을 외곽의 다리 밑, 폐허로 변한 절터, 주인 없는 빈집, 수수밭 같은 외진 장소엔 어김없이 그들이 숨어 있었다. 그들 역시 남쪽을 찾아가는 중이었다. 자신들의 고향으로 돌아가려면 어쩔 수 없이 조선 땅을 밟아야만 했다. 하지만 그들은 십중팔구 국경에 닿기도 전에 누군가의 손에 붙잡혀 죽음을 당하게 될 터였다.

일본 여자들처럼 순례도 얼굴과 몸에 온통 숯검정을 칠했다. 사내들이 나타나면 흥얼흥얼 노래를 부르고 덩실덩실 춤을 추었다. 실성한 조선 여자가 왔다고 아이들은 돌멩이를 던지고 침을 뱉었다. 하지만 그 덕분에 사내들에게 끌려가 봉변을 당하는 일이 훨씬 줄었다.

가을이 가고 또 한 번의 겨울이 닥쳐올 무렵, 순례는 두만강 가까운 어느 작은 마을까지 흘러들었다. 달도 별도 없는 한밤중이었다. 동네 어귀에서 순례는 온몸이 불덩이가 된 채 쓰러지고 말았다. 사흘 후 그녀는 대장장이 집에서 의식을 되찾았다.

"이봐요. 당신, 조선 사람이오?"

눈을 떴을 때, 웬 사내 하나가 빤히 내려다보며 물었다. 까무잡잡한 얼굴, 작은 눈에 싱글싱글 웃음이 헤픈 젊은 사내. 그는 순례의 목숨을 구해준 사람이었다.

24

"어휴. 이젠 거의 다 온 셈인가?"

경찰서를 지나 골목 어귀에 닿았다. 담벼락에 노파의 가방을 기대어놓고 정동수는 혼자 웅얼거린다. 이 부근이라면 그는 눈을 감고서라도 찾아갈 수 있다. 골목으로 접어들어 30미터쯤 가면 자신의 하숙집, 그리고 거기서 비탈길을 줄곧 올라가면 커다란 은행나무 아래 노파의 집이 있다. 정동수는 시린 발을 구르며 시계를 들여다본다. 벌써 10시가 넘었다. 엉뚱하게도 노파 때문에 오늘은 아침밥을 거르게 될 모양이다.

그는 방금 자신이 지나온 길을 돌아다본다. 저만치 노파가 인도를 따라 한없이 느린 속도로 다가오고 있다. 나 참, 다 오긴 뭘. 그는 낮게 투덜거린다. 담배 한 개비를 피워 물면서 애써 느긋하게 기다린다. 새삼스레 노파의 모습이 놀랍고 신기하기만 하다. 얼핏 보면 제자리걸음만 같은 노파의 동작은 더없이 느리고 조용하다. 하지만 그 움직임 속엔 시계 초침의 그것과는 다른 기이한 집요함이 숨어 있다. 그는 이제 어렴풋이 알 것도 같다. 노파의 외출이 단순한 치매 증상만은 아닐지 모른다. 그녀에겐 자신만이 아는 목적지가 있을 터이다. 저 기이한 걸음걸이를 멈추지 못하게 만드는 힘은 태엽도 톱니바퀴도 아니다. 기어코 찾아야 할 어떤 것, 가 닿아야만 하는 목적지. 그것이 아직 존재하는 한 그녀의 외출은 죽는 날까지 이어질지도 모른다.

노파는 지친 기색이 역력하고, 지켜보는 정동수의 마음도 불안하다. 하지만 이미 몇 차례 무안한 지경을 겪은 그는 얼른 다가가질 못한다. 몸에 손이 닿기도 전, 노파는 매번 기겁하듯 놀라곤 했다. 처음엔 영문을 모르다가, 두려움에 질린 눈빛을 보고 비로소 짐작이 갔다. 제복 차림의 모습이 일본군 장교로 비쳤는지도 모른다. 노파가 골목으로 접어든다. 저기서부턴 꽤 미끄러울 텐데. 노파를 부축할 요량으로 다가가던 동수는 그만 꽈당, 엉덩방아를 찧고 나자빠졌다. 순간 앞니가 몽땅 없는 노파의 입이 히죽 벌어진다. 그 웃음이 반가워, 정동수도 따라 웃는다. 그는 일어나서 노파의 어깨를 감싸 안는다.

"할머니. 여기서부터는 제 팔을 잡고 얌전히 따라오시는 겁니다. 아셨지요?"

말을 알아들었을까. 노파는 동수에게 다소곳이 몸을 맡긴 채 자박자박 움직이기 시작한다. 그 뜻밖의 변화에 정동수의 마음이 뭉클해진다.

"가…… 가자! 가……"

문득 노파가 입술을 달싹인다. 뭐라고요, 할머니? 정동수는 귀를 가까이 가져간다.

"가자…… 가자…… 가자."

"그래요, 할머니. 조금만 더 가시면 됩니다. 저만 믿고 따라오세요."

그의 어깨에 머리를 기댄 채 노파는 희미하게 웃는다. 어린아이 같은 웃음이다. 골목길은 대단히 미끄럽다. 다행히 누군가 군데군데 연탄재를 깔아놓았다. 도시에선 오래전 사라졌지만, 이 마을 주민들 대부분은 여전히 연탄으로 방 구들장을 덥혀서 겨울을 난다. 어깨로 전해오는 노파의 무게가 지푸라기처럼 가볍고 허전해, 그의 마음 한쪽이 서늘해진다. 전에 없이 그가 부쩍 말이 많아지기 시작한다.

"추우시죠? 조금만 참으시면 따뜻하게 쉬실 수 있을 겁니다. 아, 조심하세요, 할머니. 어때요? 몸을 기대시니까 훨씬 더 편하시지요? 할머니. 실은 전부터 궁금한 게 많았어요. 고향은 어디고 형제는 몇 분이신지, 집에서 키우던 강아지 이름은 뭐였는지…… 뭐하러 그런 쓸데없는 얘길 다 물어보느냐구요? 저는 시를 쓰는 사람이거든요. 그래서 그런 이야기가 더 좋아요.”

독백하듯 연신 두런대지만, 아무런 대꾸가 없다. 그에겐 진짜로 묻고 싶은 얘기가 따로 있다. 할머니, 왜 매일같이 역을 찾아오시죠? 이 무거운 가방을 끌고 와서는, 왜 정작 한 번도 기차를 타진 않으세요? 할머니가 찾는 곳, 가시려는 곳은 대체 어디인가요? 거기서 누군가 아직도 할머니를 기다리고 있나요? 그 사람은 또 누구인가요……

하지만 정동수는 입을 다물고 만다. 왠지 그래야만 할 것 같기 때문이다. 세상엔 차라리 비밀로 온전히 남겨둘 수밖에 없는 이야기들도 있을 터이다. 그 누구도 쉽게 물어볼 수 없는 질문. 너무 무겁고 고통스러워, 차마 함부로 불러내선 안 될 이야기.

은행나무 집 낡은 대문은 어째선지 활짝 열려 있다. 정동수는 숫제 노파를 안아 옮기다시피 하여 마당으로 들어선다. “아주머니, 안에 계십니까?” 역시 아무 인기척이 없다. 마루에 내려놓자마자 노파는 허물어지듯 드러눕고 만다. 문을 열어보니, 방 안이 비어 있다. 부엌과 뒤란 역시 마찬가지이다. 정동수가 노파를 힘겹게 부축해서 막 마루로 올라서려는데, 덜컹 하고 대문이 열렸다. 노파의 조카인 전 씨, 그 뒤로 웬 젊은 여자가 뒤따라 들어선다.

“이 일을 어째! 우리 역무원 총각한테 미안해서 어째야 쓸꼬.”

이고 온 가방을 마루에 쿵 내려놓고, 전 씨는 정동수의 손을 와락 그러쥔다.

"어딜 다녀오셨군요. 새벽부터 할머니가 역으로 나오셨는데, 전화를 해도 안 받으시고……"

"내 이럴 줄 알았다니까. 노인네가 혹한에 얼어 죽을라고 아예 작정을 하셨나 봐. 그새를 못 참고 또 거길 나가셨네그랴."

전 씨는 유난히 목청이 크다. 전날 오전 제천에 있는 병원에 나갔다가, 길이 막히는 바람에 읍내 여관에서 잤단다. 방금 역장한테서 얘길 듣고 부랴부랴 달려오는 참이다. 노파를 방 안에 눕힌 뒤 나오려는 그를 전 씨가 한사코 주저앉힌다.

"아침도 여태 못 했다면서라우. 이대로 보내면 내 맘이 얼마나 미안하고 죄스럽겠소? 금방 밥 지어 올릴 테니, 한술만이라도 뜨고 가시오. 이 아가씨랑 함께 얘기도 나누시고. 서울에서 일부러 오신 분인디, 위안부 할머니들한테는 참말로 천사 같은 사람들이라요."

"아이 참. 그 말씀은 왜 하세요?"

젊은 여자가 정동수를 슬쩍 훔쳐보며 당혹스러워한다.

"아이고, 박 선생. 이제는 뭐 숨기고 말고 할 것도 없소. 우리 고모가 만주까지 위안부로 끌려갔었다는 건 동네 사람들도 죄다 아니까. 더구나 이 역무원 총각한테는 매번 신세를 지고 있어놔서, 언제 우리 불쌍한 고모님 내력을 내가 상세히 들려줄 생각이었소. 여하튼 말씀들 나누고 계시오."

전 씨가 한 손에 쌀바가지를 쥔 채 부랴부랴 부엌으로 사라진다.

25

소달섭. 순례의 목숨을 살린 그 남자의 이름이었다. 그날 소 씨는 연길로 한약재를 구입하러 가느라 국경을 넘어왔다. 어둠을 틈타 몰래 두만강을 건넌 그는 여느 때처럼 하룻밤을 묵기 위해 친척 집인 그 대장간을 찾아오는 길이었다. 조금만 늦었어도 그녀는 얼어 죽었을 것이다. 한겨울 칠흑 같은 밤중, 인적 끊긴 들판에서 그것은 기적 같은 일이었다. 훗날 소 씨는 그날 일을 이렇게 말했다.

"나 역시 지금도 어리벙벙해. 암만해도 꿈에 헛것을 본 것만 같거든. 무슨 소릴 들었거나 희미한 예감 같은 것도 없었어. 대장간 사립문을 막 열려는데 글쎄, 웬 나비 한 마리가 눈앞을 펄럭펄럭 맴돌지 뭐여. 흔히 보는 나비도 아니고, 반딧불처럼 날개에서 샛노랗고 희한한 빛을 내쏘더라니까. 강물조차 얼어붙은 한겨울에 난데없는 나비라니! 귀신에 홀린 양 그 나비를 따라나섰는데, 거기 임자가 쓰러져 있었어. 일이 그리 된 거여."

순례가 의식을 잃고 누운 그 사흘 사이, 소 씨는 연길에서 일을 본 뒤 다시 그 집에 들렀다. 손수 구해온 한약을 달여 순례에게 먹여주고 나서, 그는 개성으로 돌아간다며 봇짐을 지고 떠났다.

"집주인에겐 잘 부탁해놨으니, 몸이 나을 때까지 여기서 걱

정 말고 머물러 있어요. 난 서너 달 후에 또 들를 텐데, 혹 인연
이 닿으면 그때 다시 보게 될지도 모르겠소."

떠나면서 소 씨가 등 너머로 무심한 듯 흘린 말이었다. 이듬
해 봄, 그는 정말 다시 나타났다. 기력을 찾은 순례를 보고는
대뜸 자신과 함께 고향에 내려가 살림을 차리자고 말했다. 순례
로서야 백번 감지덕지였다. 됨됨이도 듬직하고 오랜 사이인 양
은근한 정이 느껴지는 사내였다. 하지만 육신이 만신창이인 처
지라 못내 스스로 죄스럽기만 했다. 고심 끝에 순례는 힘겹게
지난 일들을 다 털어놓았다. 뜻밖에도 그는 이미 처음부터 짐작
했었노라고 말했다.

26

어둠을 빌려 두만강을 건넌 두 사람은 다시 기차를 타고 개성
에 도착했다. 소달섭은 개성 시내에서 한약방을 하는 부친을 돕
고 있었다. 배다른 형이 둘 있었고, 막내인 그 혼자만 첩의 자
식이었다. 처음부터 그의 집안에선 두 사람의 결혼을 완강히 반
대했다. 근본도 모르는 떠돌이 여자를 받아들일 수 없다고 했지
만, 진짜 이유는 따로 있었다. 만주에 있는 군수 공장에 끌려갔
었다는 말을 믿어줄 만큼 어수룩한 이들이 아니었다.

순례는 소 씨를 위해서라도 저 혼자 몰래 고향으로 내려가려

고 했다. 그러나 때마침 삼팔선이 막혔고, 무엇보다 소 씨가 놓아주려 하지 않았다. 이 남자는 나 같은 여자를 왜 이렇듯 붙잡는 것일까. 그 의문은 한참 뒤에야 풀렸다. 순례보다 여덟 살 위인 소 씨는 이미 한 번 장가를 갔었다. 오래 마음속에 품어온 이웃집 처녀를 아내로 맞았는데, 그녀는 아이도 없이 이태 만에 병으로 세상을 등지고 말았다. 하필 순례가 그 여자의 모습을 빼닮았다는 거였다.

두 사람은 개성 변두리의 농촌으로 나가서 옹색한 살림살이를 시작했다. 가난하고 팍팍한 생활이었지만, 순례에겐 난생처음 행복한 시간이었다. 그곳에서 농사를 지으며 두 해를 살았다. 세상은 날이 갈수록 뒤숭숭해졌다. 외딴 농촌 마을에서조차 사상 교육입네 학습입네 하여 밤마다 사람을 불러냈다. 소 씨는 천성적으로 간섭받기를 싫어했고, 순례 역시 남쪽 출신인 데다가 과거를 감추고 사는 처지라 낯가림이 심했다. 당연히 부부가 이웃의 눈 밖에 벗어날 수밖에 없었다. 소 씨는 자신들을 남쪽으로 데려다 줄 길잡이를 은밀히 수소문했다. 한밤중 해안까지 걸어 나와 낡은 쪽배에 오르기 전까지, 부부는 몇 차례나 죽을 고비를 넘겼다. 그들이 강화도와 김포를 거쳐서 서울에 도착한 것은 1948년 5월이었다.

그동안 순례는 잠시도 고향 집을 잊지 않았다. 남쪽에 닿자마자 당장 고향 집으로 내달릴 생각이었다. 하지만 막상 서울에 와서 보니, 모든 게 생각처럼 쉽지 않았다. 당장 서울에서 살아

남아야 했다. 맨손으로 내려온 처지라 고생이 극심했다. 남편은 지게를 구해 서울역 앞을 맴돌고, 그녀는 시장통 귀퉁이에 사과 궤짝 하나 엎어놓고 팥죽도 끓이고 국수도 삶았다. 노숙을 전전 하던 끝에 서너 달 만에 간신히 한강로 천변 판잣집 방 한 칸을 얻게 되었다.

그해 가을, 고향 인근인 여수와 순천에서 반란 사건이 터졌 다. 겨울로 접어들자 소문은 더욱 흉흉해졌다. 지리산 골골에 숨어든 공비 수천 명을 토벌하기 위해 군과 경찰 대규모 병력이 투입되었고, 밤낮없이 치열한 전투가 벌어지는 바람에 지리산 일대가 온통 난리 속이라고 했다. 식구들 걱정에 순례는 속이 까맣게 타들어갔다. 마침내 더는 참지 못해서 혼자라도 구례로 찾아가려는 참인데, 이번엔 남편이 덜컥 자리에 드러누웠다. 복 막염 수술을 받고 한 달 만에 퇴원을 했지만, 병구완하느라 반 년 넘게 숨 돌릴 겨를조차 없었다. 온갖 흉흉하고 살벌한 소문 은 그치지 않고, 몇 차례 고향으로 편지를 띄웠으나 감감무소식 이었다.

27

이듬해 1949년 4월, 순례는 몸 불편한 남편을 남겨둔 채 혼 자 호남선 기차에 올랐다. 식구들 줄 옷과 고무신, 먹을 것 따위를 보따리에 잔뜩 싸들고 상기된 채 구례역에 내렸다. 나이 열여섯에 떠났다가 십수 년 만에 다시 밟는 고향 땅이었다. 집에 닿으면 당장 마루에 쌀 한 가마를 턱 들여놓을 생각이었다. 식구들에게 흰 쌀밥을 실컷 먹여주고 싶었다. 할아버지 할머니는 살아 계실까. 동생들은 어떻게 변했을까. 지금쯤 온 마을에 산수유꽃이 만발하겠네. 온갖 상상에 가슴이 벌렁거렸다. 읍내 다리를 지날 때는 트럭에 실려 끌려가던 오래전 그날이 떠올랐다. 잘 있어라 구례 다리야. 돈 많이 벌어 돌아올 때까지. 트럭 짐칸에 웅크려 앉아 봉심 언니와 함께 작별 인사를 되뇌던 기억에 순례는 목이 멨다.

저녁 무렵, 버스를 타고 동네 어귀에 도착했다. 순례는 어리둥절했다. 저만치 건너다뵈는 마을 모습이 너무 낯설었다. 텅 빈 마을처럼 음산하고 황량하기만 했다. 저수지를 돌아섰을 때, 순례는 눈을 의심했다. 뒷산 전체가 완전히 까맣게 변해 있었다.

"세상에, 저게 뭐이라냐!"

산이 아니라 끔찍한 폐허였다. 성황당 주변의 울창한 노송 숲. 등성이에서 골짜기까지 이어진 서어나무 군락. 공동 우물을 감싸 안고 사철 푸른빛을 내뿜던 대나무 밭. 그 모두가 흔적도 없었다. 그게 전부가 아니었다. 산수유나무 숲이야말로 가장 참혹했다. 겨우 저수지 둑길 언저리 일부만 살아남은 듯했다. 매년 이맘때면 온 동네는 한바탕 노란 꽃구름에 뽀얗게 에워싸였다. 마을 전체를 에워싸고 햇병아리 같은 노란 꽃잎을 일제히 뭉클뭉클 피워내던 수백 그루의 산수유나무. 이제 그것들은 불탄 둥치만 남긴 채 유령들처럼 거꾸로 박혀 있을 뿐이었다.

거짓말처럼 마을은 인기척이 없었다. 초가지붕 사이로 드문드문한 몇 가닥 흐린 연기만 아니라면 영락없는 빈 동네였다. 조무래기 몇이 후다닥 골목으로 숨어버렸다. 돌담 너머 머리통 몇이 흘깃거리다 사라지기도 했다. 순례는 보따리를 머리에 인 채 골목을 단숨에 올라갔다.

사립 앞에서 순례는 한참을 말뚝처럼 박혀 있었다. 집이 보이지 않았다. 통째로 집이 사라지다니, 내가 꿈을 꾸고 있을까. 순례는 사방을 두리번거렸다. 앞집 뒷집은 그대로였다. 순례네 집만 사라져버린 거였다. 홀린 듯 마당으로 들어서던 순례는 한순간 풀썩 주저앉았다. 불탄 기둥과 서까래, 흙벽 무더기가 마당 가운데 수북했다. 깨진 장독, 반쯤 타다 만 멍석, 그릇 조각들이 풀덤불 속에 박혀 있었다. 대체 무슨 일이 있었을까. 불이 났을까. 식구들은 모두 어디로 갔을까. 넋이 빠져 땅바닥에 퍼질러 앉았는데, 사립 안으로 누군가 주춤주춤 들어섰다.

"혹시 수, 순례 아니냐?"

"오메, 아주머니!"

뒷집 승주댁이었다. 와락 울음을 쏟아내려는 순례의 입을 승주댁의 손이 다급히 틀어막았다.

"너, 여기 있어선 안 돼. 얼른 성황당에 가 있거라. 동네로 들어가지 말고, 뒷길로 돌아서 가란 말이여. 내 금방 뒤쫓아 갈 테니께."

다급한 속삭임을 남기고 승주댁은 서둘러 사라졌다. 순례는 뒷길로 빠져나와, 성황당 앞에서 기다렸다. 승주댁은 순례의 손을 잡고 눈물을 질금거렸다.

"우리 순례, 불쌍해서 어쩔거나. 네 어무니가 너를 얼마나 목빼고 기다렸는디. 아이고, 이렇게 살아 돌아왔구나."

"어무니는, 아부지는 어디 있어요? 동생들은요?"

"오네, 순례야. 이제 너희 식구들은 이 세상에 없단다. 그 무지막지한 놈들이, 한밤중에 너희 집에 불을 지르고……"

승주댁의 입에서 믿을 수 없는 이야기가 흘러나왔다. 순례가 끌려간 그 이듬해 순례 아비는 징용에서 풀려났다. 한동안 아비는 술에 취하기만 하면 끌려간 큰딸의 이름을 부르며 울었다. 만주에 있다는 공장이 어떤 곳인지 그는 알고 있었다. 순례의 조부모는 해방되던 해 한 달 간격으로 나란히 세상을 떴다. 아비는 열심히 농사를 지어 난생처음 논 두 마지기를 장만했다.

그런데 느닷없이 여순반란 사건이 터졌고, 그 불똥은 지리산으로 튀었다. 모든 비극의 시초는 큰아들 길만 때문이었다. 순례보다 두 살 아래인 길만은 일찍 장가를 들어 남의 전답을 소작하고 있었는데, 어느 날 밤 마을 청년들을 따라 소리도 없이 입산해버렸다. 토벌대와 빨치산의 전투가 시작되었다. 날마다 낮은 이쪽 세상, 밤은 저쪽 세상으로 바뀌었다. 그러다가 빨치산이 근동 일곱 개 부락을 야간에 급습, 지주와 유지 여럿을 처형한 뒤 사라진 사건이 터졌다. 순례의 마을에서도 세 명이 죽임을 당했다. 그중 하나는 순례를 정신대로 보냈던 이장이었다. 바로 다음 날, 토벌대가 들이닥쳐 온 마을을 뒤집어놓았다. 내통자를 찾는다고 했다. 순례 아비도 다른 입산자 가족과 함께 지서로 끌려가 반죽음이 되도록 매질을 당하고 돌아왔다.

얼마 후 토벌대가 한밤중에 또 마을을 덮쳤고, 빨치산들은 잽싸게 도망쳤다. 그중엔 길만도 있었다. 잔뜩 독이 오른 토벌대는 입산자 가족의 집들을 포위했다. 군인과 경찰로 이루어진 토벌대엔 서북청년단이라는 정체 모호한 집단이 항시 동행했다. 몽둥이와 칼, 쇠꼬챙이로 무장한 그들은 수백 명씩 몰려다니며 닥치는 대로 사람들을 죽이거나 병신을 만들어버렸다. 그들은 지옥의 사자였다. 이날 밤도 그자들이 앞장을 섰고, 빨치산의 손에 가족을 잃은 주민들까지 합세했다. 순례의 집을 빙 둘러 쌓아놓은 짚단 무더기에 석유가 뿌려지고 불이 당겨졌다. 그들은 불길을 둥글게 에워싸고 기다렸다. 그리고 누구건 안에서 뛰쳐나오기만 하면 죽창 쇠스랑 쇠꼬챙이 따위로 찔러 죽였다. 그 밤, 순례의 부모와 두 동생, 길남의 처, 도합 다섯이 불길 속에서 변을 당했다. 그게 불과 몇 달 전 일이었다.

"사람 목숨이 개돼지 목숨만도 못한 세상이여. 이쪽저쪽으로 갈려 하루아침에 원수지간이 된 집이 한둘이 아니다. 아이고, 식구들 다 죽어불고, 이젠 세상천지에 순례 너하고 그 갓난아기만 남았구나."

"갓난아기요?"

"길만이 딸아이 말이다. 세상에, 애기 돌날인 걸 기억하고 길만이가 그날 밤 내려왔등갑더라. 때마침 외할무니가 낮에 찾아와서 외손녀를 친정으로 안고 돌아갔었는디, 그 덕에 아이만 천만요행으로 살아남았제."

그새 땅거미가 내리고 있었다. 애기하는 내내 주위를 살피곤 하던 승주댁은 서둘러 일어났다. 순례는 풀밭에 주저앉아 숨만 헐떡거렸다. 울음도 눈물도 나오지 않았다.

"너희 집 식구들은, 닷새 만이든가, 이웃 사람들이 나서서 한군데다 묻어드렸다. 저수지 아래 너희 묵정밭, 기억나제? 그렇지만 오늘은 이 길로 곧장 돌아가거라. 식구들은 다음에, 훗날 이 미친 세상 잠잠해지거든 그때 찾아보든지 하고…… 나는 이만 갈란다. 어디서든 부디 잘 살아라, 순례야."

승주댁은 뒤도 안 돌아보고 쫓기듯 언덕 아래로 사라졌다. 순례는 그 자리에 주저앉아 배 속에 든 것을 모조리 왁왁 토해냈다.

28

서울로 돌아온 순례는 아예 넋을 놓아버렸다. 며칠째 곡기를 끊은 채 시체처럼 잠만 잤다. 남편 소 씨는 뭉그러진 아내의 눈빛에서 죽음의 그림자를 보았다. 그는 부랴부랴 아내를 병원으로 옮겼다. 그런데 의사의 입에서 뜻밖의 말이 튀어나왔다.

배 속에 아이가 들어섰다니. 처음 순례는 믿지 않았다. 밑이 완전히 망가져서, 평생 아이를 생산할 수 없다고 믿었던 것이다. 순례는 남편의 품에 안겨 병원이 떠나가게 울음을 터뜨렸다. 참으로 알 수 없는 게 삶이었다. 생의 막다른 골목에서 기적처럼 새 생명이 찾아왔다. 또 한 번, 그래도 살아남아야 할 이유가 생겼다.

순례는 자리를 털고 일어났다. 남대문시장 한쪽에 세를 얻고 청과물을 팔았다. 남편은 손수레를 밀었다. 벌이는 변변찮아도 힘이 솟았다. 고개 돌리지 말고 앞만 보고 살아야 했다. 11월에 아이를 낳았다. 사내아이였다. 적십자병원 침대에서 핏덩이를 안아들고 순례는 눈이 붓도록 펑펑 울었다. 이젠 죽어도 여한이 없을 듯싶었다. 남편도 덩달아 콧물을 훌쩍였다. 그 몇 달이 순례에겐 평생 가장 행복한 시간이었다. 하지만 그것은 너무 짧았다.

6·25가 터졌다. 서울은 인민군이 점령했다. 부부는 그대로 집에 남아 있었다. 돌도 지나지 않은 아이를 안고 피난길에 나설 자신이 없었다. 단칸방에서 숨죽이며 지내던 어느 날, 완장 찬 사내 두 명이 판잣집 문을 거칠게 두드렸다.

"여보, 나 금방 돌아올 테니까 아무 걱정 마."

겉옷만 급히 걸친 채로 잠자리에서 끌려 나간 남편은 밤새 돌아오지 않았다. 이북에서 월남한 사람이라고 조사를 하나 보다 여겼다. 이튿날 아침부터 아이를 업고 사방으로 뛰어다니며 수소문을 했다. 누군가 시청에 가보라고 귀띔을 해주었다. 헐레벌떡 달려갔더니, 남편은 이미 어딘가로 옮겨간 뒤였다.

"소달섭 동무는 자랑스러운 의용군으로 입대했으니, 집에서 기다리시오. 남편은 무사히 돌아올 것이오."

어깨에 금줄을 단 인민군 장교가 말했다. 그 말만 믿고 순례는 집으로 돌아왔다. 남편에게선 편지 한 장 오지 않았다. 국군이 다시 서울을 점령했나 싶더니, 몇 달 만에 재차 남쪽으로 밀려 내려갔다. 1·4후퇴였다. 이번엔 순례도 어쩔 수 없이 피난길에 나섰다. 아이와 함께 폭격에 맞아 가루가 될 수는 없었다.

영등포역에서 천신만고 끝에 화물차에 올라탔다. 하지만 그 아수라장 속에서 그만 지갑과 함께 기저귀 보퉁이까지 잃어버렸다. 대전까지 간다던 기차는 평택에서 멈추었다. 그런데 어째선지 다음 날 오후까지도 움직이질 않았다. 눈발은 앞이 안 보이게 줄곧 퍼붓고, 화차 안은 고드름이 얼도록 추웠다. 순례는 아이를 품에 안은 채 안절부절못했다. 젖이 말라붙어 아이는 보채는데, 갈아 채울 기저귀조차 없었다. 떡장수한테 애걸복걸한 끝에 겨우 더운 물을 얻어 먹였다. 날 때부터 병약한 아이는 밤 사이에 온몸이 불덩이처럼 끓어올랐다.

기차는 이틀 만에 대전역에 도착했다. 차에서 내리자마자 순

례는 역 광장의 팥죽 장수 아낙을 붙잡고, 젖먹이 줄 더운 물
좀 달라고 애걸했다. 왠지 심상찮은 표정으로 아낙은 포대기 속
에 손을 쑥 넣어보더니, 꺅 비명을 질렀다.

"에구머니. 애기가 죽었네. 진즉 뻣뻣하게 굳었잖어유."

"미친년! 그까짓 더운 물 한 모금이 아까워서."

순례는 사납게 욕을 뱉고 돌아섰다. 쏟아지는 눈발을 피해 역
전 창고 처마 밑에 쭈그려 앉았다. 문득 품에 안긴 아이가 너무
조용하다는 느낌이 들었다. 포대기를 들춰보니, 아이는 숨을 쉬
지 않았다. 그녀는 처마 밑에 한나절 내내 주저앉아 눈발만 바
라보고 있었다. 이윽고 순례는 일어나 느릿느릿 걷기 시작했다.
천지엔 목화송이 같은 눈발만 하염없이 펑펑 쏟아졌다. 시내를
벗어나자 강이 나타났다. 순례는 강변으로 내려갔다. 쇠막대기
를 주워 모래를 파내고, 포대기째 아이를 묻었다.

"내 새끼. 우리 새끼!"

순례는 가슴이 찢어져라 통곡했다. 귀여운 내 아이. 웃을 땐
눈초리가 먼저 감기는, 아비를 빼다 박은 아이였다. 흰 눈에 소
복하게 덮여가는 봉긋한 모래 무덤 앞에서, 순례는 오래오래 엎
드려 있었다. 그녀의 등허리와 머리에도 눈이 수북이 쌓여갔다.

그런 어느 순간이었다. 그녀의 온몸이 가마솥처럼 뜨겁게 달
아오르기 시작했다. 이 추한 지상에서 보낸 모든 시간들. 마주
친 얼굴들. 그리고 무수한 수컷들이 그녀 몸속에 쏟아붓고 간
썩은 정액, 땀, 피, 매독 균 덩어리가 한데 뒤섞인 채 몸 안에서

용암처럼 부글부글 끓어올랐다. 펑. 마침내 그 불덩이는 엄청난 파열음과 함께 폭발했다. 그녀는 벌떡 일어나, 옷을 훌훌 벗어 던졌다. 온몸이 쇳물처럼 지글지글 달아올랐다. 그녀는 눈보라 속을 맨발로 미친 듯 내달리기 시작했다.

또다시 순례의 유랑은 시작되었다. 방향도 목적지도 이유도 없었다. 마냥 걷기만 했다. 날도 달도 모르고, 밤낮도 계절도 구분하지 못한 채 그저 걷고 또 걸었다. 봄 가을이 오고, 여름 겨울이 흘러갔다. 꽃 피고, 잎이 물들고, 비가 오다가 금세 눈이 펄펄 날렸다. 충청도, 경상도, 전라도, 서울, 부산, 목포…… 어디라도 흘러들었다가 또 흘러나왔다. 잠자리야 산과 들, 다리 밑, 기차역 어디라도 좋았다. 바가지 하나 쥐고 나서면 굶어 죽지는 않았다. 대문 앞 길바닥에 내놓은 사잣밥도 집어 먹고, 총 맞아 죽은 시체들 허옇게 널린 들판에서 피 묻은 호박도 주워다 먹었다.

29

몇 년이 흘러갔다. 어느 날 홀연히 순례에게 맑은 정신이 찾아들었다. 그것은 초목의 빛깔들이 점차 바래가고 있는 어느 산기슭 무성한 풀밭에서였다. 풀덤불 위에 아무렇게나 엎어져 있던 순례는 천천히 눈을 떴다. 한없이 깊은 꿈에서 막 깨어난 느낌이었다. 싸늘한 한기에 몸을 잔뜩 웅크리며 그녀는 주위를 두리번거렸다. 초겨울이었다. 발 아래쪽은 작은 저수지. 위쪽엔 야트막한 산과 빈약한 나무들. 그리고 오른쪽으로 낮고 초라한 초가지붕들이 저만치 건너다보였다. 순례는 연신 눈을 깜박였다. 어딘지 눈에 익은 풍경 같았다.

"여기가 어디일까."

자신이 어떻게 그 풀밭에 누워 있게 되었는지, 전혀 기억이 없었다. 문득 저수지 둑 위, 음산하게 늘어선 몇 그루 검고 이상한 나무 둥치들에 시선이 멎었다. 순간 전신이 부들부들 떨려오기 시작했다.

"아아, 저, 저것은……"

순례는 튕기듯 벌떡 일어났다. 그랬다. 불탄 산수유나무 둥치들이었다. 순례는 사방을 두리번거렸다. 다시 자신이 서 있는 풀밭 주변을 유심히 살폈다. 풀밭 귀퉁이에 남은 밭둑 흔적이 보였다. 어머니가 콩이며 깨를 심었던 그 묵정밭이 틀림없었다. 그렇다면? 순례는 우르르 달려가 덤불을 헤집기 시작했다. 무성한 들풀 속에서 도톰한 흙무덤의 형태가 차례로 드러났다. 모두 다섯 개였다.

"아아, 그랬구나. 그랬었구나!"

순례는 그것들 위에 엎어져버렸다. 아아아아아으. 무서운 통곡이 목구멍을 찢어내며 솟구쳐 나왔다. 그녀는 풀밭 위에서 데굴데굴 뒹굴었다. 서산 너머 뉘엿뉘엿 해가 졌다. 밤이 다시 찾아왔다. 순례는 그 버려진 무덤들 가에 혼자 바위처럼 남겨져 있었다. 저만치 마을에선 흐린 불빛 하나 보이지 않았다. 달이 홀연 떠올랐다. 저수지 물속에도 또 다른 달 하나가 떴다. 기온은 빠르게 뚝뚝 떨어졌다. 온몸이 얼어붙기 시작했다. 순례는 그래도 움직이지 않았다. 그녀는 울지 않았다. 목구멍에서 자두 알만 한 핏덩이 두 개를 뱉어낸 이후, 더는 울음도 나오지 않았다.

순례는 조용히 몸을 일으켰다. 몸속에서 맹렬히 들끓던 불길조차 어느새 다 꺼져버렸음을 그녀는 깨달았다. 불탄 자리엔 분노도 슬픔도 더 이상 남아 있지 않았다. 그녀는 죽기로 작정했다. 저수지를 향해 천천히 걸어 나갔다. 빠지직. 발밑에서 살얼음이 부서졌다. 무릎이 잠기고, 허리를 지나 가슴까지 차례로 물에 잠겼다. 마지막 한 발을 막 내디디려는 순간이었다.

"순례야!"

돌연 어디선가 크고 또렷한 음성이 천둥처럼 우렁우렁 울렸다. 그녀는 놀라 두리번거렸다.

"순례야…… 내 딸, 순례야."

이번엔 두 번 크고 또렷하게 울렸다. 어머니 음성이었다. 아니 아버지 같기도 했다. 그 순간 눈앞이 환하게 밝아왔다. 가마솥만 한 거대한 불덩이 하나가 물속에서 불쑥 솟구쳐 올랐다. 그것은 이내 찬란한 빛살로 흩어지며 허공을 빠르게 맴돌기 시작했다.

"아아, 나비야! 나비!"

순례는 부르짖었다. 어디서 나타났을까. 수천수만 마리의 황금빛 나비였다. 그것들의 날개가 수면 위를 등불처럼 환하게 밝히고 있었다. 순례는 물 가운데 서서, 가슴에 두 손을 모았다. 아아, 어무니. 아부지. 쇳물같이 뜨거운 눈물이 철철 흘러내렸다. 이윽고 나비들이 수면 위로 차례차례 내려앉기 시작하더니, 한순간 홀연히 사라져버렸다. 순례는 조용히 몸을 돌려 밖으로 걸어 나왔다. 달빛이 물 위로 소복이 내려 쌓이고 있었다.

30

"조상님이 살린 거지요. 지금껏 하도 불쌍하게 살았으니까, 넌 세상에서 조금 더 살다 오거라 하고 말이오. 아니었으면, 저러고 아직까지 살아 계시겠어요?"

아랫목을 돌아보며 전 씨가 말했다. 노인은 여전히 곤한 잠 속이다. 딸각. 녹음기가 멈춘다. 박 선생이 얼른 테이프를 갈아 끼운 뒤 다시 녹음 버튼을 누른다. 낡은 반닫이 위에 얹힌 꼬질꼬질한 이부자리가 눈에 들어오자 정동수는 담배 생각이 간절해진다. 그들은 늦은 아침 식사를 막 끝낸 참이다. 전 씨가 붙잡는 바람에 눌러앉은 그는 억지로 밥 한 그릇을 비워냈다. 침침한 방 안엔 곰팡이와 노인의 체취가 가득하다. 방금 치운 음식 냄새까지 섞였다.

전 씨의 이야기는 다시 이어진다. 녹음기가 작동 중이지만, 박 선생은 가끔 노트에 뭔가를 적어 넣는다. 그녀는 여성학 전공인 대학원생이자 정신대 피해자 연구 모임의 일원이라고 했다.

"생존자 분들을 대상으로 구술 기록 작업을 죽 해오고 있어요. 직접적인 문서 자료가 전무하다시피 한 상황이라, 피해자들의 생생한 경험담 채록 작업이 무엇보다 시급해요. 증인들이 다 고령인 까닭에, 시간이 갈수록 세상을 떠나는 분이 늘고 있거든요. 전순례 할머님도 마찬가지예요. 3년 전만 해도 건강하셨는데. 다행히 이분 증언은 이미 어느 정도 따놓았지요. 오늘은 할머님 건강도 살필 겸, 조카 분을 통해 몇 군데 보완할 게 있어서 방문했어요."

서른 안팎인 그녀는 초면임에도 붙임성이 좋았다. 몸이 불편한 할머님을 여기까지 모시고 오시다니, 존경스럽네요. 느닷없는 칭찬에 정동수는 얼굴이 달아올랐다.

"전쟁 끝나고 난 이후 부분부터 말씀해주세요."

"거기서부터는 나도 대충만 알고 있는걸 뭐. 서울로 다시 올라와선 식모살이를 오래 하셨던가 봐. 재봉틀 공장 일, 청소부, 여관 빨래까지 안 해본 일이 없었대. 10년 넘도록, 전에 살던 집이랑 시장 부근을 한사코 안 떠나고 살았던가 봐. 우리 고숙, 소달섭 씨가 혹여 돌아올까 하고 말이여. 다 헛수고였제. 그 양반

진즉 전사했거나, 북쪽 자기 고향으로 돌아갔을 텐데 뭐……”

순례의 인생은 내내 먹구름 속이었다. 한번은 열두 살 많은 홀아비를 만나, 전처 자식 셋을 돌보며 몇 년 살았다. 그런데 위안부 일을 어찌 알았는지 더럽네, 화냥년입네, 걸핏하면 손찌검을 하는 통에 헤어졌다. 그 후 순례는 줄곧 혼자 살았다. 실성기는 이따금 도졌다. 가슴속 불덩이가 되살아날 때마다 순례는 굿당을 찾았다. 아예 무당 밑에서 밥 빨래 해주며 붙어살기도 했다. 무당도 아무나 되는 게 아니었다. 언젠가 제법 이름난 무당이 순례를 위해 신내림굿을 해준다고 나섰다.

“오메, 이 징헌 년! 네년은 평생 험한 꼴을 하도 많이 겪어서, 칠성님조차 안 받아들이신다는구나! 재수 없는 년, 다신 얼씬도 말어!”

밤새도록 용을 쓰다 지쳐버린 무당은 결국 신칼을 내던지며 욕을 퍼부었다. 조카 전 씨와 순례가 기적처럼 만난 곳도 수원 광교산 기슭의 어느 굿당에서였다.

“나는 고모란 사람이 있는지조차 몰랐어. 열두 살 때 외가를 나온 뒤로 식모살이만 15년을 했지. 그러다 시집이라고 갔더니만, 술에 노름꾼에 순전히 개차반이더라고. 그길로 도망 나와버렸제…… 그날 우연히 거기 놀러 갔다가 혼자 굿 구경을 한 거여. 굿 끝난 뒤 술 몇 잔 얻어먹고, 울컥한 심사에 무당한테 내 기구한 내력을 줄줄이 읊었어. 나 때문에 몰살당한 우리 집안 얘기도 하고. 그런데 옆에서 가만히 듣고 있던 중늙은이 하나가 느닷없이 날 부여잡고 대성통곡을 하잖어. 세상에, 그렇게 고모랑 첫 상봉을 했다니까. 아무렴. 조상님이 도우셨제……"

딸각. 이윽고 박 선생이 녹음기를 끈다. 전 씨가 주전자에 물을 끓여올 동안 두 사람은 잠시 말이 없다. 벽에 걸린 액자엔 노파와 전 씨의 최근 사진이 들어 있다. 면사무소에서 영정사진을 겸해 무료로 찍어준 모양이다. 바로 그 아래, 작은 사진 한 장이 끼여 있다. 동수는 누렇게 바랜 그 흑백사진을 들여다본다. 스물대여섯 살의 여자. 짧은 파마머리에 한복 저고리 차림. 동그스름하고 귀염성 있는 얼굴의 미인이다.
"참 예쁘네요. 누구 사진이죠?"
"누굴 거 같아요?"
박 선생이 웃음을 머금고 되묻는다.
"설마……"
"정말 고우시죠? 할머님 젊었을 적 모습이래요. 전쟁 직후 찍은 거라는데, 믿기지 않을 정도로 표정이 차분해 보여요."
동수는 아랫목의 노인과 사진 속 여인을 번갈아 바라본다. 이렇듯 고운 모습이었다니. 그의 가슴이 먹먹해진다. 박 선생의 말처럼, 사진 속 여인의 표정에선 그 고통스러운 시간의 흔적 같은 건 없는 듯하다. 두 눈. 어딘가 쓸쓸한 그 눈빛 말고는.
"젊은 시절 찍은 사진은 그거 한 장뿐이랍디다. 소달섭 씨랑 찍은 것도 있었는데, 피난통에 그만 잃어버렸다고 어찌나 애달

파하던지. 쯧."

전 씨가 커피 잔을 건네며 웃는다. 고모님이 그분을 무척 사랑하셨던가 봐요. 그러게. 말은 안 해도 그랬던갑서. 공연히 자기 때문에 월남했다가 의용군으로 잡혀갔다고, 입버릇처럼 그랬으니까. 참, 정신이 오락가락할 무렵엔 그러더라니까. 통일되면 개성으로 그 사람 찾아갈 거라고. 어떤 날은 또 이래. 다음 세상에서 또 여자로 태어난다면, 결혼도 하고 아기도 여럿 낳아 키워볼란다고 말이여. 내심 한이 되었던 모양이제.

"그런데 저 가방 말예요. 제법 묵직하던데, 어떤 게 담겨 있나요?"

"아, 저거? 아이고, 이걸 보고서 놀래지들 말어요. 으흐흐."

전 씨는 방 윗목에서 가방을 끌어내린다. 지퍼를 열고 덮개를 훌렁 뒤집더니, 하나씩 끄집어낸다. 알록달록한 싸구려 옷이 여러 벌이다. 스웨터. 점퍼. 티셔츠. 원피스. 양말. 그리고 고무신은 두 켤레가 나온다. 세상에 원! 이게 다 고향에 있는 식구들 줄 선물이래요. 벌써 다 삭아서 뼈도 안 남았을 텐데 식구는 무슨 식구냐고. 그러면서 내가 그걸 내다 버릴라고 하면 금방 죽일 듯이 펄펄 뛴다니께요. 이젠 나도 포기했구먼요. 마지막으로 전 씨가 작은 종이 뭉치 하나를 집어내 방바닥에 툭 내던졌다.

"이, 이건……"

"어머, 기차표 아녜요? 많기도 해라."

박 선생이 신기한 듯 만져보다가 정동수에게 건네준다. 그는 하나하나 펼쳐본다. 똑같이 출발지도 목적지도 없는 빈 승차권. 노파는 그것을 빠짐없이 모으고 있었다. 매일같이 그녀는 어디로 떠나려 했던 것일까. 그럼에도 정작 왜 단 한 번도 기차에 오르지 않았을까. 그의 눈이 까닭 없이 시려온다.

담배를 피워 무는데, 박 선생이 따라 나왔다. 마당엔 부채 모양의 노란 이파리가 수북하다. 그는 은행나무의 우람한 둥치를 올려다본다. 가지마다 휑하니 비어 있다.

"할머니들을 만나보면, 한 가지 공통점이 있어요. 몸을 더럽혔으니 자신은 부모 형제, 자식들에게 커다란 죄를 졌노라고 여겨요. 단지 여자라는 이유 때문이지요. 가해자는 기억조차 하지 않는데, 피해자들이 오히려 평생 죄의식으로 고통을 받아야 하다니. 이건 말도 안 돼요."

정동수는 잠자코 나무만 올려다본다. 우듬지에 붙어 있던 이파리 한 줌이 호르르 떨어져 내린다.

"일본 종군위안부로 끌려간 숫자는 최소 8만에서 20만 명으로 추정됩니다. 그 절대다수는 나이 어린 조선 여자들이었지요. 지금 그 여자들은 모두 어디로 갔을까요. 그들을, 전순례 할머니 같은 이들의 생을, 누가 기억해주기나 할까요?"

박 선생의 음성이 가늘게 떨리고 있다.

"어머, 그만할래요. 난 늘 이래서 문제거든요. 증언을 이끌어

내는 자리에서조차, 제풀에 먼저 감정이 북받쳐 일을 엉망진창
으로 만들곤 하니까요. 저도 하나 주세요.”

그는 담배와 라이터를 함께 건네준다. 은행잎이 또 호르르 진
다. 이제 나무 우듬지는 거의 비어 있다. 문득 그는 혼잣말처럼
묻는다.

“그곳이 어디일까요.”

박 선생이 그를 쳐다본다.

“목적지 말입니다. 저 무거운 가방을 끌고, 할머니는 어딜 찾
아가시려는 걸까요.”

“그러게요. 어디일까요, 거기가……”

잠시 후, 정동수는 두 사람에게 인사를 남기고 대문을 나섰
다. 엷은 눈발이 다시금 푸슬푸슬 흩날리기 시작했다. 좁은 골
목을 빠져나오던 그는 문득 저만치 앞서가는 단발머리 소녀를
발견했다. 검정 치마에 노랑 저고리 차림의 소녀. 아까 본 그
이상한 아이다. 눈발 사이로 소녀는 한 마리 노랑나비처럼 팔랑
팔랑 걷고 있다. 그러더니 홀연 담 모퉁이로 사라진다.

“애, 잠깐만!”

그는 급히 아이를 뒤쫓아 간다. 담 모퉁이를 돌아서보니, 골
목은 텅 비어 있다. 어디로 사라졌을까. 길 잃은 사람처럼 그는
숨을 몰아쉬며 두리번거린다. 눈발이 점차 더 굵어지고 있다.

봄

－손가락

역 맞은편엔 제과점이 하나 있다. 첫눈에도 생뚱맞기 그지없는 그 가게는 애당초 터를 잘못 잡았음이 분명하다. 주변엔 삭아가는 슬레이트 지붕을 뒤집어쓴 채 찻길가에 부스럼 딱지처럼 오종종 나앉은 시골집들뿐, 그 을씨년스러운 풍경 속에서 가게라곤 달랑 저 혼자다. 그나마 이웃집들 중 절반은 숫제 빈집처럼 썰렁하다. 대부분 자식 떠나보낸 늙은이들만 하릴없이 헌집을 지키고 있는 까닭이다.

생뚱맞기로야 '음악이 있는 베이커리'라는 간판이 한술 더 뜬다. 처마 끝에 매달린 손수건 크기의 그 아크릴 간판은 나름대로 제법 멋을 부린 것 같긴 하다. 흰 바탕에 깔끔하게 새긴 고딕체. 혹여 도시 거리 한 모퉁이에 걸렸다면 모를까, 볼품없는 시골집들 틈새에 티눈처럼 홀로 볼록 도드라진 그 가게엔 영 어

울리지 않는다. 가게의 업종 또한 모호하다. 알루미늄 새시로
짠 출입문과 창유리엔 ‘빵, 샌드위치, 생일 케이크’ 그리고 ‘차
와 음악’ ‘스낵, 김밥’ 까지 골고루 씌어져 있다.

가게가 처음 들어선 건 재작년 초여름이다. 어느 날 그 낡은
집 앞에 트럭 한 대가 멎더니, 똑같이 모자를 쓰고 망치와 톱을
쥔 사내 몇이 내렸다. 읍내 집수리 전문 업체의 작업 차량이었
다. 혼자 구멍가게를 보던 노파가 세상을 뜬 후 내내 비어 있던
그 집은 한바탕 뚝딱뚝딱 망치 소리를 내더니, 며칠 만에 거짓
말처럼 말쑥하게 변했다. 대체 이 헌집을 사들여 누가, 무슨 장
사를 하려는 걸까. 이웃 노인네들이 삼삼오오 기웃거리며 호기
심을 한껏 부풀렸다. 쪼그만 동네 슈퍼가 들어선다더라. 에이
설마, 티켓 다방 아니면 술집이겠지. 하지만 주인은 공사가 끝
나고도 한 달이 넘어서야 모습을 드러냈다.

그날 동네 노인들은 딱 두 번 놀랐다. 가게 주인이 혼자 사는
여자라는 사실, 그리고 그 요상한 간판 명칭 때문이었다. 그 여
자가 한낮 땡볕 속에 상복 비슷한 검은 원피스 차림으로 홀연 등
장했던 그날을 노인들은 기억한다. 그녀는 털털거리는 낡은 경
차를 혼자 몰고 왔다. 공터 느티나무 아래 평상에 모여 앉은 노
인들은 그 낯선 여자가 자질구레한 짐 보따리를 들고 가게와 차
사이를 들락거리는 걸 유심히 지켜보았다. 얼마 후 차를 몰고 사
라지나 싶었는데, 여자는 금세 되돌아왔다. 그녀는 음료수와 새
우깡 담긴 봉지를 손에 쥔 채 쭈뼛쭈뼛 다가와 고개를 숙였다.

"저어, 요 앞 가게에 새로 이사 올 사람이에요. 앞으로 어르
신들께 많은 도움 부, 부탁드립니다."

몹시 서툴고 수줍은 기색으로 웅얼거리며, 여자는 봉지를 평
상 위에 슬그머니 내려놓았다. 도로를 등지고 엉거주춤 선 그녀
를 향해 일제히 눈길이 쏠렸다. 여름 한낮 땡볕 아래, 발끝에서
머리끝까지 온통 검정 일색인 모습이 허깨비인 양 기이하고 현
실감이 없었다. 등에 멘 작은 가방 탓에 얼핏 꼽추처럼 보이기
도 했다. 바싹 마른 삭정이 혹은 헌 싸리빗자루를 떠올린 노인
들도 있었다.

뜯어볼수록 여자의 용모는 특이했다. 30대 중후반의 나이.
껑충한 키에 바싹 마른 체구. 발목까지 내려오는 헐렁한 검정
원피스와 굽 없는 검정 구두. 곱슬머리에 주근깨 깔린 홀쭉한
뺨. 얼굴에 비해 지나치게 큰 뿔테 안경. 그 안경 뒤편에 움츠
린 그녀의 동그란 눈은 몽롱하고 겁 많아 보였다. 노인들은 음
료수 뚜껑을 따면서 번갈아 질문을 던졌다. 어디서 살다 왔는
가. 나머지 가족은 언제 오는가. 어떤 업종의 가게인가. 이곳에
연고는 있는가.

쏟아지는 질문에 여자는 곤혹스러운 표정으로 웅얼웅얼 대답
했다. 이삿짐은 서울에서 곧 내려올 것이다. 가족은 없고 나 혼
자다. 조그만 제과점을 차릴 예정이다. 이곳에 아는 사람은 전
혀 없고, 동네가 마음에 들어 무작정 내려왔다. 잔뜩 기어들어
가는 음성을 통해 노인들은 대충 그 정도만 알아들었다. 그런데

여자의 특이한 버릇 하나가 시선을 끌었다. 그녀는 시종 한쪽 손을 허리 뒤에 감추거나 핸드백으로 가리기를 반복했다. 타인 앞에서 제 손 하나를 어찌 처리해야 할지 몰라 쩔쩔매는 모습이 보기 민망할 지경이었다. 허둥지둥 달아나는 여자의 뒷모습을 지켜보며 한 노인이 말했다.

"안경 쓴 말라깽이로구먼."

그 말을 듣고 모두들 제법 그럴듯한 표현이라고 여겼다. 이때부터 노인들은 그녀를 '안경 쓴 말라깽이'라고 불렀다.

"영 박복하고 쓸쓸하게 생긴 여자일세."

"자고로 키가 수숫대같이 크면 남편 복이 없다고 했어."

"낯빛이 너무 어둡잖나? 젊은 여자가."

"그래도 인상은 선해 뵈든데."

"이마 한가운데 부처님 점이 들어앉았더군. 재물 운은 있을 상이야."

"개뿔. 오죽했으면 이런 산골까지 여자 혼자 흘러들었을까."

"처녀는 아닐 듯싶은데, 어쩌다 혼자 사는고?"

"왜, 재취 자리 알아봐줘?"

"흥, 고약한 늙은이. 또 시작일세."

"그러니까 저 요상한 간판이 빵집이었구먼. 요새 횡성 안흥 찐빵이 유명하다더니, 그걸 쪄 팔려는 건가."

"아니래요 형님. 찐빵 말고 서양 빵을 만들 거라잖아요. 크림 빵이나 카스텔라 같은."

"뭐든, 애당초 사 먹을 입이 있어야지. 하필 저리 귀 빠진 자
릴 택했을꼬."

"역 앞이니, 장사가 될 줄 알았겠지. 역을 이용하는 손님이래
야 기껏 하루 스무 명도 안 되는데."

"기차역이 곧 없어질 거라는 소문도 못 들었나보군."

"척 보면 몰라? 부동산 박 씨 농간에 넘어간 거야."

"거, 딱하네."

다음 날 이삿짐 차가 도착했다. 단출한 살림 보따리와 함께
무거운 제빵 기구들, 냉장고, 진열장 등을 인부들이 들어 날랐
다. 며칠 후 그 집에선 빵 굽는 냄새가 솔솔 흘러나오기 시작했
다. 실내에선 귀에 생소한 고전음악이 은은히 흘러나왔다. 노인
들은 코를 킁킁대며 성급하게 가게 주변을 얼씬거렸다. 개업식
날은 주민 몇이 빨래비누며 두루마리 화장지 묶음을 들고 찾아
와, 눈치껏 공짜 빵 맛을 보고 돌아갔다. 맛이야 괜찮았지만,
내심 비싸서 자주 사 먹을 건 못 된다는 눈치들이었다.

"노인 분과 자녀들 구, 군것질 거리로 아주 좋아요. 아침에
우유랑 함께 드시면 식사 대용으론 그만이지요."

여자가 연신 손을 등 뒤로 감추며 서투른 단역배우처럼 웅얼
거렸을 때, 사람들은 '저 여자가 뭘 모르는 소릴 하고 있네그려'
하는 표정을 지었다. 하긴, 산골 살림살이를 도시 여자가 어찌
알겠는가. 개업 후 며칠은 가게를 찾는 발길이 간간이 이어졌
다. 하지만 그것으로 그만이었다.

노인들의 예상은 빗나가지 않았다. 매일 가게에선 은은한 선율이 흘러나왔으나, 찾는 손님은 별로 없었다. 애초에 근처를 오가는 행인 자체가 드물었다. 덕분에 이웃 노인들은 팔리지 못한 빵을 종종 얻어먹으면서도 마음이 썩 편치만은 않았다. 아니나 다를까. 결국 반년 만에 여자는 나름대로 변화를 시도하는 눈치였다. 기존 메뉴에 분식 몇 가지를 곁다리로 끼워 넣은 거였다. 읍내 중고 시장에서 필요한 집기를 구해온 다음, 그녀는 붓과 붉은 페인트를 들고 나와 새로운 메뉴를 유리창에 손수 써 넣었다.

이제 가게에선 빵 냄새와 잡다한 음식 냄새가 함께 풍겨 나왔다. 전보다는 약간 나아진 눈치였으나, 여전히 손님은 가뭄에 콩 나듯 했다. 저 안경 쓴 말라깽이, 대관절 얼마나 더 버틸 수 있을꼬. 노인들은 호기심 반 안타까움 반 심정으로 지켜보고 있었다.

*

그 기묘한 사건은 어느 봄날, 가랑비 추적추적 내리는 한밤중에 일어났다. 현장을 목격한 사람은 아무도 없었다. 지상에서 그 일을 기억하는 사람은 오직 한 사람, 그녀뿐이었다.

그날 새벽녘, 말라깽이 여자는 꿈을 꾸었다. 기이하고 당혹스러운 꿈이었다. 꿈 때문에 그녀는 눈을 뜬 채로 이부자리 속에 오래 머물러 있었다. 아침 7시. 그녀의 침실은 작고 소박했다. 가구라고는 싸구려 간이 이불장, 서랍장, 앉은뱅이 화장대뿐이었고 벽에 걸린 작은 액자가 유일한 장식품이었다. 액자 속엔 백 살 먹은 중국 푸젠 성 어느 노파의 흑백사진이 들어 있었다. 호호백발, 지팡이보다 짧은 키에 전족을 한 노파의 등은 꼽추처럼 불룩했다. 그 사진은 언젠가 산부인과 병원 대기실에 비치된 여성 잡지에서 그녀가 남몰래 뜯어낸 것이다. 서울을 뜨기 전날 그녀는 그 액자를 아파트 쓰레기통에 내다 버렸다. 그랬는데, 왜 한밤중에 나가 그걸 도로 찾아왔는지 자신도 모를 일이었다.

"이년아. 네 등짝엔 허깨비 한 놈이 들러붙어 있어. 그놈을 떼어놓지 못하면 종내는 네가 말라 죽고 말아."

휠체어 바퀴를 갈퀴 같은 손으로 그러 뜯으며 그르렁대던 어머니의 얼굴이 떠올랐다. 그러고 보니, 요양원에 입원비를 송금해야 할 날짜가 이틀이나 지나 있었다. 통장 잔고를 떠올리다가 그녀는 고개를 흔들었다.

"틀림없어. 뭔가 다가오고 있어."

안경 속 큰 눈을 껌벅이며 그녀는 중얼거렸다. 그것의 정체는 알 수 없었지만, 육감이 그녀에게 다급히 비상 신호를 보내고 있었다. 바로 오늘, 무슨 일인가 일어날 것임을. 늘 그랬듯 그녀는 이번에도 자신의 육감을 신봉했다. 그녀에게 육감은 명명

백백한 계시와 다름없었다. 새벽녘 꿈의 잔상이 망막에 아직 머물러 있었다. 이번에도 나비를 보았다. 커다란 부채꼴 날개를 단 주홍색 나비. 온몸에서 핏물이 묻어날 듯 선연한 빛을 발하는 그 나비는 생의 특별한 고비마다 그녀의 꿈속을 찾아들었다. 나비 꿈을 꾸면 어김없이 안 좋은 일이 생겼다. 그런데 이번 꿈은 어딘가 좀 달랐다.

"이상하지. 하필 왜 동수 씨가 눈에 보였을까……"

*

반 시간 후, 그녀는 주방으로 나가서 하루 일을 시작했다. 피아노의 선율이 좁은 실내를 송사리 떼마냥 통통 헤엄쳐 다녔다. 그녀는 말랑말랑해진 버터를 볼에 담고, 설탕과 소금을 섞어가며 거품기로 휘저었다. 그다음엔 평소보다 많은 양의 밀가루에 베이킹파우더를 섞고, 우유를 고루 뿌려가며 반죽을 시작했다. 이날은 특별히 카스텔라와 도넛이 많이 필요했다. 신앙수련회 차 서울에서 손님이 여러 분 내려오시거든요. 전도사 부인이 사흘 전에 전화로 주문을 해왔다. 그 작은 교회는 동쪽 언덕 기슭에 서 있었다. 최소한 매일 이 정도씩만이라도 팔린다면 얼마나 좋을까. 그녀의 입에서 한숨이 새어 나왔다.

그녀는 빵 굽는 일이 좋았다. 반죽을 빚어 오븐에 넣고 기다리면 눈앞에선 요술 같은 일이 벌어졌다. 오븐 안에서 노릇노릇

부풀어 오르는 그것들은 그녀에게 지극한 행복감을 안겨주었다. 빵은 살아 있었다. 온기와 체취를 지닌 채 숨 쉬는 생명체였다. 그 놀라운 존재들이 자신의 손을 빌려 태어났다는 사실에 그녀는 매번 감격했다. 하지만 그 유일한 즐거움도 머잖아 그만일 터였다. 더 늦기 전에 부동산 박 씨를 찾아가 가게를 내놔야하지 않을까. 며칠 전부터 그녀는 심각하게 고민 중이었다.

"똑, 토도독, 또똑."

유리창 두드리는 소리에 그녀는 고개를 돌렸다. 할미새 한 마리가 날개를 파닥이며 쪽창 바깥을 맴돌고 있었다. 발과 부리로 창유리를 다급하게 두드려대는 그놈은, 어제, 그제도 찾아왔었다. 이즈음이 번식기일까. 새는 유리창에 비친 제 모습을 짝으로 여기는 눈치였다.

"대낮에 집 마당으로 찾아드는 새는 조상님이거나 식구들 넋이란다. 생시 적 버릇대로 무심코 찾아오는 거야. 하지만 밤에 새가 들어오면 집안이 망하는 법이지. 밤새는 언제나 불길하고 흉한 일만 몰고 오거든. 그것들이 왜 밤에 우는 줄 아니? 한을 품은 혼령이 찾아올 거라고 미리 알려주는 거야."

어머니는 그런 기이한 속삭임을 어린 그녀의 귀에 불어 넣곤 했다. 어머니가 보여주는 세상은 놀라운 비밀로 가득 차 있었다. 세상은 눈에 보이는 것과 보이지 않는 것, 그 두 가지로 이루어져 있었다. 개와 고양이, 새와 사마귀, 뱀과 지렁이, 나무와 꽃, 풀과 돌멩이에게도 영혼이 깃들어 있었다. 그것들은 모두 죽은 혼령의 처소이기도 했다. 사람처럼 생각하고, 속삭이고, 웃고, 미워하고, 복수를 꿈꾸고, 피를 철철 흘리며 아파할 수 있었다.

꽤 오랫동안 그녀는 혼령들의 존재를 믿었다. 항상 이상한 얘기만 한다고, 아이들은 가까이 오려 하지 않았다. 타인과 섞여 살아가는 방식을 끝내 배우지 못한 채 그녀는 어른이 되었다. 어머니가 종적을 감춘 이후, 그녀는 한사코 어머니를 부인하고 증오해왔다. 하지만 나이 들어갈수록 자신이 어머니를 점점 닮아간다는 생각에 그녀는 고통스러워했다. 서울에서 나고 자란 어머니는 대체 그런 얘기들을 어디서 배웠던 것일까.

유리창에 흰 똥 흔적만 남긴 채 할미새는 호르르 날아가버렸다. 그녀는 흘러내리는 안경을 손등으로 밀어 올리며 반죽을 계속했다. 한동안 잠잠하더니, 그 끔찍한 꿈이 왜 또 찾아온 걸까. 유년기 등하굣길이었던, 강원도 화천의 그 길고 가파른 고갯길. 25년 전 바로 그날처럼, 꿈속에서 그 주홍색 나비는 눈앞으로 홀연 날아들었다. 팔랑팔랑 달아나는 그것을 쫓아 그녀는 숲으로 달려 들어갔다. 깎아지른 절벽 그늘 아래서 나비는 문득 사라졌고, 대신 그 자리에 한 남자가 묘비처럼 우뚝 서 있었다. 그런데 간밤엔 여느 꿈속의 그 사내가 아니었다. 놀랍게도 역무원 청년 정동수였던 것이다. 그는 무섭게 화난 얼굴로 그녀를 노려보며 고함을 쳤다. 이것 봐! 당신 손에 피가 묻어 있어! 대답해봐. 이게 누구의 피지? 그녀는 두 손을 감추며 비명을 질렀다. 아아, 아니야. 아니라니까.

맛을 보니, 크림은 달고 팥은 싱거웠다. 그녀는 팥고물에 설탕을 듬뿍 끼얹었다. 도시와는 달리 이곳 사람들은 진한 단맛을 찾았다. 달걀을 하나씩 톡톡 깨서 흰자와 노른자를 따로따로 그릇에 담았다. 그건 또 무슨 의미일까. 엉뚱하게도 왜 동수 씨가 거기 서 있었을까. 머릿속이 어지러웠다. 별안간 전신의 힘이 일시에 빠져나가는 것 같은 낯익은 무력감이 엄습해왔다. 서둘러 찬장 서랍을 열고 약봉지를 꺼냈다. 몇 년째 복용해온 우울증 약이었다. 그녀는 물과 함께 알약을 삼켰다.

"만에 하나, 동수 씨가 정말로 그 남자의 아들이라면……?"

숨이 가빠졌다. 아니야. 그건 말도 안 돼. 세상엔 똑같은 성씨에, 닮은 얼굴들이 얼마나 많은데. 그녀는 크림을 거칠게 휘저었다.

*

지난 초겨울, 그녀는 청년을 처음 보았다. 아침부터 쌀가루처럼 푸슬푸슬 흩날리던 눈이 점심 무렵엔 함박눈이 되어 펑펑 쏟아졌다. 역사 지붕 위로 쌓이는 눈발을 창 너머로 바라보던 그녀는 불현듯 기차를 타고 싶은 강렬한 충동에 사로잡혔다. 몇 달째 가게 안에서만 지내온 참이었다. 눈 쌓인 산골짜기와 얼어붙은 강을 따라 하염없이 걷고 싶었다. 얼굴이 꽁꽁 얼어붙도록 찬바람을 실컷 맞아보고 싶었다. 그녀는 당장 가게 문을 닫고 역으로 나갔다. 코앞에 역사를 놔두고서도 정작 거기서 기차를 타보긴 처음이었다.

"구절리. 한 장 주세요."

매표구로 돈을 들이밀던 그녀는 헉하고 숨을 들이켰다. 그 남자였다. 꼬마 아가씨. 아까 나랑 약속한 거 잊지 마. 자아, 약속! 흙투성이 손가락을 내밀며 쓸쓸하게 웃던 그 남자. 온몸이 형체도 없이 흩어진 채 죽었다는 그 불행한 남자가 바로 눈앞에 앉아 있었다. 가슴에 단 명찰이 무심코 눈에 들어왔다. 역무원 정동수. 세상에! 성씨마저 똑같았다. 차표를 받아 쥐고 어떻게 열차에 올랐는지, 기억이 잘 나지 않는다. 종점인 구절리역에 닿도록 충격은 가시지 않았다. 열차에서 내리자 눈발은 멎어 있었다. 발목까지 푹푹 빠지는 눈을 밟으며 그녀는 강변을 따라 혼자 무작정 걸어 나아갔다. 두어 시간 걷고 나자 마음이 좀 가라앉았다.

며칠 후, 그 청년이 아침 일찍 가게 문을 열고 들어섰다. 매일 앞을 오가면서도 이제야 처음 들어와보는군요. 청년은 이를 드러내며 씩 웃었다. 그녀의 가슴속에서 쿵 북소리가 울렸다. 두툼한 눈썹, 고른 치아, 숫기 없는 웃음이 영락없이 그 남자였다. 깊고 음울한 눈매가 특히 그랬다. 창가 자리에 앉은 청년은 샌드위치와 커피를 주문했다.

"브람스군요. 음질이 무척 좋은데요. 여기서 이처럼 근사한 음악을 들을 수 있다니, 믿어지지가 않아요."

"고전음악을 좋아하시나 봐요."

"겨우 귀동냥만 했을 뿐인걸요. 대학 시절 클래식 기타를 배우다 말았는데, 그게 지금도 아쉬워요."

"다시 시작해보지 그러세요."

"이런 산골에서 그럴 기회가 있습니까. 교본을 펴놓고 혼자 해보다가 포기했죠. 손가락이 완전히 굳었더군요. 하하."

첫날은 그렇게 몇 마디를 주고받았다. 앞으로 자주 들르겠습니다. 약속할게요. 가게를 나서며 청년은 또 씩 웃었다. 그 웃음이 그녀에게 얼마나 고통스러운 기억을 떠올리게 만드는지를, 물론 그는 알 턱이 없었다. 청년은 종종 찾아왔다. 아침 교대 후 퇴근길 혹은 근무가 없는 날 오후 같은 때였다. 매번 혼자였다. 그는 창가 자리에 앉아 노트에 뭔가를 적어 넣기도 하고, 조용히 책을 읽기도 했다. 그의 휴식 시간을 지켜주기 위해 그녀는 최대한 배려해주었다.

그가 시를 쓴다는 것, 자작시가 역 대합실에 걸린 적이 있고, 경찰서 뒤편에 그의 하숙집이 있다는 사실도 그녀는 차츰 알게 되었다. 하굣길이면 이따금 몰려와 빵을 물어뜯으며 끊임없이 조잘대는 계집아이들의 입을 통해서였다. 어느 날, 그녀는 유리창 한쪽을 가리고 있던 냉장고를 홀 구석으로 밀어냈다. 그 자리엔 새로 구입한 원목 탁자를 놓았다. 야아, 전망이 훨씬 근사

해 보이는데요. 고맙습니다. 탁자를 손으로 연신 쓰다듬어보면
서 청년은 흡족한 표정을 감추지 않았다.

*

8시 반. 오븐 안에 반죽을 넣은 다음 타이머로 작동 시간을
입력했다. 이젠 빵이 구워지기를 기다려야 한다. 그녀는 가위를
찾아들고 뒷마당으로 나갔다. 개나리꽃 몇 줄기를 잘라 와 화병
에 꽂아놓자 실내가 한결 밝아졌다. 시디플레이어에 쇼팽의 곡
을 올려놓고 나서 커피를 끓였다.

"전 피아노 소리가 특히 좋아요. 어렸을 적 우리가 세 든 집
안방에 피아노가 있었는데, 전 매미처럼 벽에 귀를 바싹 붙인
채 듣곤 했지요."

그 이후 청년이 오면 그녀는 으레 피아노곡을 골랐다. 커피
잔을 들고 청년의 자리인 원목 탁자 앞에 앉았다. 그녀 역시 혼
자일 때는 종종 그 자리에 앉곤 했다. 의자를 가만히 어루만지
면 청년의 체온이 손바닥에 오롯이 묻어나는 느낌이었다.

"아, 이건 정말 아름다운 시예요. 한번 들어보실래요?"

혼자 시집을 읽다 말고, 청년은 가끔 소리 내어 읽어주기도
했다. 그럴 때 표정은 영락없는 사춘기 소년이었다. 고른 앞니
를 드러내며 환하게 짓는 웃음. 그때마다 그녀는 심장에 바늘이
날아와 박히는 것만 같았다. 가게를 내놓기로 했다는 얘길 들으

면, 그가 어떤 표정을 할까.

그녀는 역사 쪽으로 우울한 시선을 던졌다. 벚나무들이 화사한 분홍빛을 일제히 피워내고 있었다. 읍내에선 곧 벚꽃축제가 시작될 것이다. 4월 중순. 초목 때깔이 더없이 찬란하고 햇살 또한 병아리 솜털같이 보드라운 시기였다. 하지만 이날 아침은 왠지 늦가을처럼 어둡고 스산해 보였다. 하늘엔 비를 품은 구름들이 무겁게 드리워져 있었다.

역 공터는 비어 있었다. 곧 교대를 마친 역무원들이 나타날 시각이었다. 벌써 열흘째 청년의 모습을 보지 못했다. 그사이 두 차례나 그녀는 역까지 발걸음을 했다. 짐짓 무심한 척 사무실 안을 훔쳐보았지만 그의 자리는 비어 있었다. 휴가는 이미 끝났을 텐데, 무슨 일이 생겼나. 혹 병이 났을까. 그렇다고 역으로 전화를 걸어볼 수도 없었다. 계집아이들마저 이즈음은 웬일인지 발길이 뜸했다.

그녀는 천천히 커피를 마셨다. 이게 어떻게 마련한 가게인데, 겨우 두 해 만에 문을 닫아야 하다니. 그녀는 가슴이 모래 더미에 짓눌리는 듯했다. 이젠 이웃과도 낯을 익혔고, 무엇보다 산골 생활에 정이 많이 들었다. 이른 아침 숲 속의 새소리, 개울물 소리를 그녀는 가장 좋아했다. 숲은 평화와 고요에 가득 찬 신비로운 둥지였다. 아늑한 숲에 둘러싸인 이곳에서 그녀는 난생처음 행복감을 배웠다. 서울엔 두 번 다시 돌아가고 싶지 않았다. 날마다 들쥐 떼처럼 허둥지둥 쫓겨 다녀야 하는 그 거대한 도시는 전쟁터였다. 하지만 가망 없는 가게를 언제까지 부둥켜안고 있을 수만도 없었다. 파국은 코앞에 당도해 있었고, 그녀에겐 더 이상 버틸 기력이 없었다. 줄어드는 통장 잔고를 확인할 때마다 발밑이 푹푹 꺼져드는 것만 같았다.

*

별어곡에 자리를 잡은 건 순전히 우연이었다. 처음 이곳에 왔던 때를 그녀는 기억한다. 바로 그 전날은 아버지 기일이었다. 제사상을 치우기도 전에 큰아버지 내외는 돌아갔고, 뒤치다꺼리는 고스란히 여자의 몫이었다. 올해로 삼년상은 치른 셈이로구나. 혼자 남은 네 처지를 생각해서 우리가 이번까진 찾아왔다만, 앞으론 너 혼자서 제사를 챙겨 모시도록 해라. 퇴근길에 들른 큰아버지는 사뭇 못마땅한 기색으로 말했다.

집 안 정돈을 마친 뒤 그녀는 아파트를 나섰다. 구로동 회사까지는 버스로 한 시간 반 걸렸다. 낡은 4층 건물 꼭대기의 사무실은 두 달째 폐쇄 중이었다. 출입문을 따고 들어간 그녀는 여느 날처럼 창문을 열어 환기를 시키고 바닥을 걸레로 닦아냈다. 그리고 책상 앞에 앉아 책을 뒤적이거나 뜨개질을 하며 낮 시간을 보냈다. 부도를 낸 직후 사장은 종적을 감추었다. 국제구제금융 사태로 밤사이 무너지는 기업들이 속출할 때였다.

음향기기 부품업체인 그 회사에서만 그녀는 10년 가까이 일했다. 부도 사실을 그녀는 당일 출근해서야 알았다. 그 이후 사장에게선 전화 한 통 없었다. 그래도 그녀는 출근을 계속했다. 빈 사무실을 혼자 유령처럼 지키다가 오후 5시면 문을 잠그고 집으로 돌아왔다. 그러다 우연히 사장에 관한 소문이 들려왔다. 일찌감치 돈을 몰래 챙겨뒀던 사장은 아내와 함께 필리핀에서 잘만 살고 있다고 했다. 전화선마저 끊긴 빈 사무실로 그녀는 여전히 출퇴근을 계속했다. 무얼 바라서도 누굴 기다려서도 아니었다. 달리 갈 곳이 없었다.

그녀는 임신 중이었다. 사장과 수년간 은밀한 관계를 지속해왔으나 그런 실수는 처음이었다. 혼자서 낳아 키우겠다고? 너, 완전히 정신 나갔구나. 사흘 휴가를 줄 테니까, 말끔히 긁어내! 사장은 수표 한 장을 내던지고 휙 나가버렸다. 그 이틀 후 부도가 터졌다.

"너에겐 묘한 그늘이 끼어 있어. 음산한 동굴에서만 사는 이끼 같단 말이야. 칙칙한 옷 색깔도 그렇고, 솔직히 첫인상부터 너무 어두워서 영 밥맛이었거든. 근데 참 모를 일이라. 그게 되레 사람을 묘하게 끌어당기더란 말씀이야. 넌 필시 전생에 무당이었을 거라. 예쁘지도 않고 성적인 매력도 없는데, 이상스럽게 자극적이거든. 빌어먹을. 내가 변태라 그런가. 흐흐."

사무실에서건 모텔에서건 사장은 무례하고 거칠었다. 그의 역겨운 구취와 겨드랑이 냄새에 치를 떨면서도 그녀는 그 무의미한 관계를 지속했다. 오히려 그녀 쪽에서 매달렸다고 해야 옳았다. 자신의 그 기이한 집착의 정체에 대해 그녀는 오랫동안 무지했다. 아니, 일부러 외면했었는지도 모른다. 그랬는데, 그 날 빈 사무실에 허깨비처럼 앉아 있을 때 불현듯 깨달았던 것이다. 바로 그 남자였다. 오래전, 고갯길 숲 속에서 우연히 맞닥뜨린 그 불행한 탈영병. 사장의 눈매와 웃음이 그 남자와 많이 닮았다는 사실을 퍼뜩 깨닫는 순간 그녀는 벼락이라도 맞은 듯 발딱 일어났다. 문도 잠그지 않고 사무실을 뛰쳐나와, 청량리역에서 무작정 표를 끊었다.

열차는 별어곡역에서 1분간 정차했다. 왜 그랬을까. 그 특이한 이름의 낯선 산골 역에서 그녀는 무턱대고 하차했다. 반나절 동안 그 작은 산골 동네를 혼자 어슬렁대며 돌아다녔다. 경찰서, 면사무소, 우체국, 소방서, 초등학교, 협동조합, 주유소가 하나씩 있었다. 교회 둘, 다방 셋, 여관 둘, 식당 예닐곱, 철물점 둘, 잡화 가게가 대여섯 개. 하지만 제과점은 한 군데도 없었다. 그녀는 손뼉을 짝 하고 쳤다.

그녀에겐 아무도 모르는 꿈 하나가 있었다. 조용한 소도시에 제과점을 차리는 것. 아침마다 빵과 쿠키를 굽고, 실내엔 늘 음악이 흐르게 하고, 틈틈이 창가에 앉아 책을 읽거나 스케치북을 펴놓고 연필화를 연습해보는 생활. 결코 막연한 몽상만은 아니었다. 그녀는 이미 제빵사 자격증까지 갖춰놓고 있었다.

"아가야. 네가 세 살이 되면, 우리 둘이 이곳으로 이사를 오는 거야."

지붕을 분홍색으로 칠한 아담한 유아원 앞에서 그녀는 배 속의 아이에게 속삭였다. 아이는 그 팬지꽃 알록달록한 안마당에서 그네를 타고 미끄럼을 타게 될 거였다. 서울로 돌아오는 열차 안에서 그녀는 잠시 행복한 꿈에 젖었다. 밤 차창 저편 농가의 자잘한 불빛들이 보석처럼 영롱하고 아름다웠다.

*

심장 기형인 채로 태어난 아이는 인큐베이터 안에서 숨을 거두었다. 한 줌도 안 되는 가루를 그녀는 제부도 바닷가에 뿌렸다. 그리고 헐벗은 암벽 끝에 온종일 혼자 넋 잃고 주저앉아 있었다. **이년아. 네년 등짝엔 허깨비 한 놈이 붙어 있어.** 어머니의 가래 끓는 음성이 저주처럼 귓전을 맴돌았다. 고갯길 숲에서 마주친 탈영병의 모습이 자꾸만 떠올랐다. 지키지 못한 그 사람과의 약속도…… 그녀는 비로소 알 것 같았다. 그간 자신에게 일어난 모든 일들이, 실은 그날 그 고갯길에서부터 이미 예정되어 있었을 것임을. 그녀는 전율했다. 지금껏 불행과 불운은 내내 그녀를 그림자처럼 따라다녔다. 남은 날들 또한 마찬가지일 터였다. 운명, 업보, 저주. 온갖 불길하고 무서운 말들이 뇌리를 맴돌았다. 썰물이 아득히 빠져나간 개펄을 바라보며 그녀는 중얼거렸다.

"난 벌을 받고 있어. 그 남자가 복수를 하고 있는 거야."

　돌아오는 길에 그녀는 요양원에 들렀다. 차라리 어머니가 지독스러운 욕설이라도 한바탕 퍼부어주었으면 싶었다. 하지만 휠체어에 앉은 어머니의 입에선 더러운 침만 끊임없이 흘러나올 뿐이었다. 아버지 장례를 치른 그해 가을, 어머니는 느닷없이 눈앞에 나타났다. 어린 딸과 반신불수가 된 남편을 남겨둔 채 홀연 종적을 감춘 뒤 무려 20여 년이 지나서였다. 꽤 오래 전, 그녀는 어머니가 부산에서 점집을 차렸다는 소문을 얼핏 들었다. 늘그막에 어머니는 재혼을 했던 모양이다. 그녀 발 앞에 어머니와 커다란 여행 가방 두 개를 덜컥 부려놓자마자 뒤도 안 보고 내빼버린 그 중년 사내는 전처의 아들이었다. 그 남자가 건네준 예금통장엔 반년치의 요양원 입원비가 들어 있었다.

　요양원에 어머니를 맡기고 돌아오는 길에 그녀는 부동산중개소를 찾아갔다. 유일한 재산인 아파트를 처분한 돈으로 별어곡에 헌 집 한 채를 구입했다. 외진 자리이긴 해도, 역 앞이라는 점 때문에 결심을 굳혔다. 이사한다는 얘기를 그녀는 큰댁에조차 알리지 않았다. 세상의 모든 관계와 인연으로부터 영영 벗어나고 싶었다.

*

　공터에 두 사람의 모습이 나타났다. 오늘도 정동수는 없었다. 두 역무원은 곧 네거리 쪽으로 사라졌다. 일주일 전이던가. 점심 무렵, 청년은 가방을 어깨에 멘 채 가게에 들렀었다.

"휴가를 앞당겨 받았죠. 마침 어머니 건강도 살펴드릴 겸해
서요."

잇몸을 드러내며 그는 싱긋 웃었다. 방금 면도를 끝낸 수염
자국이 파랬다. 풋풋하고 싱그러운 젊음 앞에서 그녀는 눈이 부
셨다. 주지스님께서 전화를 하셨더군요. 어머닐 모시고 병원에
도 가볼 겸, 한번 내려오라고요. 작년 가을 이후 여태 못 갔거
든요. 청년의 흰 목덜미와 파릇한 구레나룻을 훔쳐보며, 그녀는
자신이 이곳을 떠나야 할 또 다른 이유를 새삼 확인했다. 그랬
다. 돈 때문만은 아니었다. 더 늦기 전에 벗어나야 했다. 그 오
랜 미망, 허깨비 같은 집착이 다시금 그녀를 수렁 속에 밀어 넣
으려 하고 있었다.

"어머님께서 절에 계신가요?"

"원래 심장이 좋지 않으시거든요. 주지스님과는 여고 동창
사이여서, 절 살림을 봐주면서 조용히 지내시길 원하세요. 제
나이 열 살 때부터 줄곧 절에서 혼자 사신걸요."

"동수 씨가 많이 외로우셨겠네요."

"대신 외할머니가 곁에 계셨으니까요. 그 덕분에 일찍부터
혼자 있는 일엔 익숙해졌습니다."

언뜻 그의 눈가에 스치는 헛헛한 그늘을 그녀는 읽어냈다.
아, 이 사람도 그 지독한 외로움을 이미 알고 있구나. 그의 숫
기 없는 웃음의 내력을 어렴풋이 짚어낼 수 있을 것도 같았다.

모처럼의 휴가 때문인지, 그는 평소와 달리 약간 들떠 있었다. 묻지도 않은 이야기를 이것저것 털어놓았다.

"아버지의 얼굴은 기억나지 않아요. 사진으로 얼핏 봤을 뿐이죠. 내가 태어나기도 전, 사고로 돌아가셨거든요."

사고로? 그녀의 가슴이 출렁 하고 요동을 쳤다. 원양어선을 타셨는데, 태풍으로 배가 침몰했다더군요. 그게 겨우 두번째 항해였다니까, 아버진 억세게도 운이 없었던 거죠. 그녀는 몰래 가슴을 쓸어내렸다. 거봐. 원양어선이었다지 않는가. 비로소 의심이 풀린 셈이었다. 그런데도 이상한 일이었다. 그녀의 육감은 여전히 촉수를 맹렬하게 움직이고 있었다.

"고향에 산소가 있긴 하지만 사실은 가묘입니다. 빈 무덤이란 얘기죠. 그때 실종된 여섯 사람 모두 유해를 찾아내지 못했으니까요."

"고향이 어디라고 하셨지요?"

"목포예요."

네에. 그녀는 내심 안도하며 고개를 주억거렸다. 분명 탈영병의 고향은 전라남도 강진군의 작은 어촌이라고 했다. 그의 이름은 그녀도 알지 못한다. 정 일병이라는 호칭뿐. 그리고 대학을 마치고 입대한 까닭에 다른 병사들보다 나이가 많은 편이고, 이미 결혼해서 갓난아이 하나가 있다는 얘기만 기억할 뿐이었다. 하지만 사건이 터지고 나서 얼마 후, 탈영병의 늙은 부모가 마을까지 찾아왔던 일은 또렷이 기억했다. 마을 이장이 고갯마

루까지 안내해주는 광경을 어린 그녀는 장독대 뒤에 숨어 지켜
보았다. 차마 현장을 살필 용기는 없었던지, 부부는 고개 위에
털썩 주저앉더니 계곡을 내려다보며 오래도록 통곡을 하더라고
했다.

그녀는 동수에게 나이를 물었다. 스물일곱 살입니다. 한데
그건 왜 물어보세요. 중매라도 서주시게요? 왜요, 그래도 괜찮
겠어요? 그녀는 어설픈 웃음을 떠올리면서 내심 재빨리 시간
을 셈해보았다. 숲에서 그 남자와 마주친 것은 그녀가 초등학
교 4학년 때였다. 동수는 유복자라고 했다. 두 해 정도 차이가
나는 셈이다. 역시 엉뚱한 추측이었을까. 그녀는 실소를 머금
었다. 하지만 뭔가 여전히 께름칙했다. 가만있자. 강진과 목포
는 가까운 거리이잖은가. 시간이 갈수록 머릿속이 더 혼란스러
워졌다.

*

삐잇, 오븐이 요란하게 소리를 질렀다. 오븐 뚜껑을 열자 잘
익은 빵 냄새가 훅 밀려 나왔다. 서둘러 포장을 꾸렸다. 10시
반쯤 전도사 부인이 봉고차를 끌고 나타나 꾸러미를 찾아갔다.
그 후엔 가게를 찾는 손님이 거의 없었다. 하교 시간쯤에나 아
이들 몇이 찾아올 터였다.

샌드위치로 점심을 때운 그녀는 걸레를 쥔 채 밖으로 나갔다.

현관문과 유리창을 닦아내고, 가게 앞을 비로 쓸었다. 산등성이 너머 한결 어두워진 하늘이 무겁게 걸려 있었다. 그녀는 비질을 끝내고 허리를 폈다. 증산행 열차가 막 역사로 들어오고 있었다. 정차 시간은 1분. 열차는 이내 왼편 터널 속으로 사라져버렸다. 역을 빠져나오는 승객은 아무도 없었다.

역이 조만간 사라지게 될지도 모른다는 얘기를 그녀는 최근에야 알았다. 지역 신문에 기사가 실렸다. 현재는 역무원 여섯 명이 격일제로 근무하는 일반 역이지만, 올 가을부터는 근무자 1인의 간이역으로 축소된다고 했다. 두 량만으로 운행 중인 정선선 완행열차 운행 횟수도 줄게 되고, 심지어 몇 년 후엔 역 자체가 완전히 없어지게 되리라는 날벼락 같은 소문까지 나돌았다. 그녀는 지갑을 들고 일어섰다. 가게 문을 잠근 다음 네거리를 향해 걷기 시작했다. 수면 부족 탓인지 머리가 어지러웠다. 며칠째 그녀는 잠을 제대로 이루지 못했다. 간밤엔 뒤란 자귀나무에 부엉이 한 마리가 찾아와 후잇, 후잇, 밤새도록 울어댔다.

아버지는 포병 장교였다. 강원도 산골 출신 남자와 서울 여자의 결합은 애초부터 아귀가 맞지 않았다. 풋내기 소위부터 대위 시절까지 그녀의 아버지는 가족을 이끌고 최전방 부대를 전전했다. 민통선 부근의 첩첩산중, 학교도 상점도 제대로 없는 오지 마을에 2,3년씩 처박혀 살았다. 한겨울 눈이 내리면 교통이 완전히 끊겨 사람 구경하기조차 어려웠다. 고립된 오지의 생활에 지친 어머니는 도시를 그리워했다. 번화한 거리, 북적이는 인파, 활력 넘치는 문명의 삶을 갈망했다. 그러나 완고하고 가부장적인 아버지는 그런 아내를 이해해줄 만한 포용력도 애정도 부족한 남자였다.

소령 진급을 앞둔 어느 겨울이었다. 아버지를 태운 지프차가 눈길에 미끄러져 벼랑 아래로 굴러떨어졌다. 탈영병 사건이 있고 나서 겨우 몇 달 만이었다. 성냥갑처럼 짜부라진 차 안에서 운전병은 즉사했고, 아버지는 척추가 완전히 망가진 채로 살아났다. 퇴원과 동시에 전역한 아버지는 신체 한쪽 절반을 제대로 쓰지 못했다. 공교롭게도 팔, 다리, 얼굴 모두 한쪽만 마비 증상이 나타났다. 어린 그녀는 그 사고가 자신 때문에 일어난 것이라고 생각했다. 죽은 그 남자가 자신과 가족들에게 남긴 저주 때문이라고 믿었다.

가족은 서울로 이사했다. 매달 나오는 연금으로 근근이 꾸려나가는 생활은 불안하고 위태로웠다. 불구가 된 아버지는 술에 절어 살다시피 했고, 식당 일을 나가는 어머니는 벙어리가 되기로 작정한 듯 말문을 닫아버렸다. 어느 날, 아침에 집을 나선 어머니는 그길로 영영 돌아오지 않았다. 그때 그녀는 열여섯 살이었다. 실업계 고등학교를 졸업한 뒤, 그녀는 보잘것없는 직장에서 참담한 20대 시절을 보냈다. 종내는 몸져누운 아버지의 똥오줌까지 혼자 다 받아내야 했다. 아버지의 죽음을 마음속으로 얼마나 간절하게 고대했는지 모른다. 마침내 그 은밀한 기도는 이루어졌다. 어느 날 늦게 퇴근해보니, 안방 한가운데서 아버지는 요강을 두 팔로 그러안은 채 숨겨 있었다.

*

중년의 우체국장과 젊은 여직원이 그녀를 맞았다.

"그새 또 송금하실 때가 되었나 봐요."

긴 머리의 여직원이 웃음을 지어 보였다. 그녀는 통장을 건네주었다. 어머니는 꽤나 점을 잘 쳤던 모양이다. '선녀보살' 하면 부산 영도 일대에선 유명했었다니, 그사이 적지 않은 재산도 모았을 터였다. 백수건달인 연하의 홀아비를 만나 재혼을 했는데, 마약에다 마작까지 하는 그 남자를 어머니는 무척 사랑했던 눈치였다. 남자가 갑자기 죽고 나서부터 어머니의 점술가로서의 능력은 급격히 쇠퇴해버렸고, 급기야 치매 증세까지 시작되었다고 했다. 어머니 몫으로 남았을지도 모를 재산의 행방에 관해 그녀는 아는 게 없었다. 필시 전처 아들이라는 그 사내가 고스란히 챙겼을 터였다.

우체국을 나서는데 편두통이 또 시작되었다. 지끈대는 머리를 손바닥으로 누른 채 그녀는 계단 위에 잠시 엉거주춤 서 있었다. 그녀에게 되돌려보내졌을 때, 어머니의 증세는 이미 손을 쓸 수 없는 정도였다. 천안 외곽의 요양원은 입원비가 싼 대신 시설은 대단히 열악했다. 화장실과 욕실은 불결했고, 식사와 이

부자리도 형편없었다. 의사와 간호사가 상주한다는 광고 문구
는 속임수 같았다. 환자 수에 비해 턱없이 부족한 간병인들 역
시 하나같이 무례하고 거칠었다. 가족이 지켜보는데도 저 정도
라면 평소 환자에게 얼마나 험악하게 굴지 안 봐도 빤했다. 하
지만 그녀는 그 모든 걸 한사코 외면했다.

"나더러 어쩌란 말이야. 더 이상 내가 뭘 할 수 있겠어?"

누군가에게 항변하듯 중얼거리며 그녀는 우체국 계단을 내려
왔다. 이곳으로 옮긴 후, 그녀는 딱 한 차례 면회를 갔을 뿐이
다. 그래도 송금 기일만은 꼬박꼬박 지켰다. 어머니 따윈 아예
없노라고 여기며 살아온 그녀였다. 허깨비가 되어 돌아온 어머
니에게 그녀는 미움이나 회한 따윌 끄집어낼 기력도 없었다. 어
머니는 그저 육중한 납덩이일 뿐이었다. 그녀의 발목을 휘감은
채 캄캄한 물밑으로 자맥질해 내려가는 납덩이.

그녀는 부동산중개사 사무실 앞에서 머뭇거렸다. 역시 서울
분답게 앞을 내다볼 줄 아시네. 그럼요. 이게 바로 역세권 아닙
니까. 제과점 자리로는 진짜 안성맞춤이죠. 유들유들한 박 씨의
얼굴이 떠오르자 그녀는 등을 돌렸다. 약국에 들러 두통약과 소
화제를 사들고 나오던 그녀는 주춤 걸음을 멈추었다. 맞은편에
정동수의 모습이 보였다. 방금 지나간 직행버스에서 내린 모양
이었다. 가방을 어깨에 메고 축 처져 걸어오는데, 며칠 사이 얼
굴이 반쪽이었다. 마침 정선식당 주인이 문을 열고 정동수를 불
러 세웠다.

"모친상을 당하셨다지. 문상도 못 가고, 미안해서 어쩌나."

"감사합니다. 염려해주셔서……"

식당 주인에게 힘없이 고개를 숙이더니, 그는 등을 돌려 이쪽으로 걸어왔다. 그는 그녀를 알아보지 못하고 터덜터덜 지나쳐 갔다. 눈자위는 퀭하고, 술 냄새가 진하게 풍겼다. 그간 줄곧 술에 젖어 있었으리라. 하숙집으로 가는 모양이었다. 고개를 푹 숙인 채 발끝만 내려다보며 걸어가는 청년의 뒷모습을 그녀는 안타깝게 지켜보았다. 후드득. 굵은 빗방울이 떨어지기 시작했다.

*

빗발은 점점 더 굵어졌다. 어둠이 깔리자 그녀는 일찌감치 가게를 닫기로 했다. 빗속에 벚나무 가지들이 축축 늘어져 있고, 길바닥에 깔린 꽃잎 무더기는 토사물처럼 추해 보였다. 찬장 깊이 넣어두었던 위스키 병을 꺼내어 들고 그녀는 창가 자리에 앉았다. 한 잔을 천천히 비워냈다. 쇳물 같은 뜨거운 기운이 식도를 타고 흘러내렸다.

실내는 적당히 어두웠다. 창문 블라인드를 모두 내리고 조명등 하나만 켜놓았다. 우울증은 곧 알코올중독이나 마찬가지입니다. 술을 끊지 못하면 우울증은 고칠 수 없어요. 의사의 말을 그녀는 기억했다. 이곳으로 온 이후 그녀는 술을 완전히 끊었다. 그랬는데, 이 순간 그녀는 2년 동안 지켜온 금주 약속을 스스로 깨뜨리고 있었다.

장중하고 느린 현악기의 선율이 검은 망토 자락처럼 홀 안을 천천히 휘감았다. 피를 토하는 슬픔으로 활은 부들부들 떨고, 현은 끊어질 듯 고통스럽게 전율하고 있다. 지상에서 가장 비통하고 애절한 곡이라고 그녀 스스로 이름 붙인 브루흐의 「콜 니드라이 Kol Nidrei」였다. 기도(祈禱)라는 뜻이라던가. 브루흐가 사랑하는 어린 딸을 병으로 잃고 나서 미친 듯 단숨에 써내려갔다는 작품. 그녀는 탁자 위에 이마를 얹고 두 눈을 감았다. 자신의 육신과 영혼에 거미줄처럼 좍좍 그어진 균열들이 보였다. 살짝 건드리기만 해도 온몸이 모래알처럼 와르르 무너져 내릴 것만 같았다. 눈물 한 방울이 볼을 타고 흘러내렸다. 한참을 가만히 엎드려 있었지만 가슴은 후련해지지 않았다. 목구멍까지 차오른 그 슬픔의 덩어리를 그녀는 평생 한 번도 터뜨려본 적이 없다는 사실을 문득 깨달았다. 간간이 빗소리가 끼어들고, 음악은 처절하게 흐느끼며 절망과 슬픔의 극한으로 치닫고 있었다.

그녀는 고개를 들었다. 바깥에서 무슨 소리가 들렸다. 뭔가 벽에 부딪친 것 같기도 했다. 조심스레 다가가 출입문을 열어보았다. 아무도 없었다. 전조등을 켠 차량들이 간간이 빗속을 뚫고 빠르게 지나갔다. 문을 닫으려는 순간, 누군가 불쑥 튀어나왔다.

"동수 씨!"

"미, 미안합니다. 잠시만 들어가도 되겠습니까?"

술 냄새가 훅 끼쳐왔다. 우산도 없이 혼자 걸어온 모양이었다. 그녀는 청년을 부축해서 의자에 앉혔다. 물속에서 막 건져낸 양 청년의 몸에서 물줄기가 흘러내렸다.

"안 되겠어요. 윗도리만이라도 벗으세요."

"괘, 괜찮습니다."

그러면서도 청년은 순순히 점퍼를 벗었다. 그녀는 마른 타월로 그의 머리와 얼굴의 물기를 닦아주었다. 에취. 청년이 재채기를 해대며 몸을 떨었다. 그녀는 방에서 자신의 겨울 스웨터를 꺼내와 그의 어깨를 덮어주었다.

"이런 빗속을! 역에서 오는 길인가요?"

"아뇨. 혼자 좀 마셨습니다. 누구하고든 얘기를 나누고 싶어서…… 도저히 혼자선 견딜 자신이 없어서요."

며칠 사이 10년은 더 늙어버린 것 같은 얼굴. 혼자 울다 왔는지, 두 눈이 발갛게 부어올라 있었다. 그녀는 술잔 하나를 더 꺼내왔다. 그는 연거푸 몇 잔을 털어 넣더니, 쉰 목소리로 이야기를 시작했다.

휴가 이틀째 날 아침, 어머니는 절 마당을 쓸어내다가 심장 발작을 일으켰다. 대전 시내 병원의 중환자실로 옮겼으나 줄곧 혼수 상태였다. 운명 직전에 기적같이 어머니의 의식이 잠깐 돌아왔다.

"눈을 감은 채로 말없이 내 손을 쥐시더군요. 지푸라기같이 푸석한 그 손을 잡는 순간 문득 이런 생각이 드는 겁니다. 이 손을 잡아본 게 언제였더라…… 잘 기억이 나지 않더군요. 유치원 졸업 땐가 초등학교 입학했을 때가 마지막이었으니까요. 어머니의 손이 무척 낯설다는 느낌이 들자마자 느닷없이 눈물이 쏟아지지 뭡니까. 슬퍼서가 아니었습니다. 뭔가 너무 안타깝고 억울해서 미칠 것 같더군요."

그는 자조하듯 소리 내어 웃었다. 죽어가는 어머니 곁에서 그는 난생처음 투정을 부렸다. 왜 이제야 내 손을 잡아주는 거냐고. 어째서 남들처럼 한 번도 따뜻하게 품에 안아준 적이 없었느냐고. 설움과 안타까움에 복받쳐 그는 울음을 터뜨렸다. 가까이 오라는 어머니의 눈짓을 보고, 그는 바싹 마른 입술 가까이 귀를 가져갔다.

"미안하다. 내가 몹쓸 어미였구나. 그 사람, 네 아버지 때문에, 너한테까지…… 어미를, 용서해다오."

모기 소리처럼 입술을 달싹이더니 어머니는 스르르 눈을 감았다. 장례 기간 내내 그는 그 말을 되새겨보았다. 왜 어머니는 평생 아버지 얘길 그토록 한사코 입에 올리지 않으려 했을까. 두 분 사이에 무슨 일이 있었던 걸까. 새삼스레 온갖 의혹들이 한꺼번에 되살아났다. 정확히 언제부터인지 모르지만, 집에서 아버지 제사를 지낸 적이 한 번도 없었다. 그 대신 절에서 제를 올리고 있다고, 어머니는 말했다. 때문에 그는 아버지의 기일조차 제대로 기억하지 못했다. 또 한 가지, 아버지 쪽 친척은 아예 존재하지 않았다. 고아나 월남한 이산가족도 아닌데, 그런 경우는 무척 드물었다. 아버지가 독자인 데다가 늙은 양친이 일찍 세상을 떠난 때문이라고, 외할머니는 설명했다.

"내게 아버지는 완전한 미지의 세계였습니다. 얼굴조차도 모릅니다. 집 안 어디에도 사진 한 장 걸려 있지 않았으니까요. 필시 어머니가 모두 태워버렸을 거예요. 어린 시절 딱 한 번 외할머니 반닫이 속에서 빛바랜 사진을 얼핏 본 적이 있어요. 외할머니와 어머니 옆에 웬 낯선 사내가 서 있더군요. 그땐 무심히 넘겼는데, 한참 뒤에야 아버지일지도 모른다는 생각을 했어요. 그게 전부입니다. 어때요, 웃기는 얘기죠? 우리 집안, 정말 한심한 사람들 같다는 생각 안 들어요?"

그는 키득키득 웃어대기 시작했다. 술병이 절반쯤 비어 있었다. 그녀는 그의 얼굴에서 시선을 떼지 않았다. 짙은 눈썹, 음울한 눈빛, 엷은 구레나룻, 웃을 때마다 드러나는 고른 치열. 그녀의 숨결은 급격히 가빠지고, 특유의 상상력이 맹렬히 가동하기 시작했다. 맞아. 이젠 분명히 알겠어. 틀림없어. 마침내 판결을 내리듯 그녀는 혼자 중얼거렸다. 떨리는 손으로 잔을 집어 들어 입안에 술을 털어 넣었다.

"어머니와 아버지 사이엔 분명 뭔가 비밀이 있었습니다. 나 혼자만 몰랐을 뿐, 모두들 철저히 감춰왔던 거지요."

장례를 마치자마자 그는 일본에서 급히 건너온 이모를 붙들고 늘어졌다. 마침내 이모의 입에서 집안의 어두운 과거가 흘러나왔다. 서울로 올라가 대학을 다니던 어머니에겐 약혼자가 있었다. 졸업과 함께 결혼할 예정이었는데, 어느 날 그녀는 돌연 하숙집 앞 골목에서 행방불명되고 말았다. 1년 만에야 가족들은 그녀를 강원도 어느 소읍에서 찾아냈다. 배 속엔 아이가 들어 있었고, 그녀는 얼이 반쯤 나간 상태였다. 그녀를 납치한 범인은 뜻밖에도 어머니의 사촌 오빠였다. 어머니보다 다섯 살 손위인 그 동네 건달은 결국 가문의 씻을 수 없는 수치와 오욕의 징표가 되었다. 고향에서 추방당한 그는 술 귀신이 되어 전국을 떠돌다가, 어느 날 고맙게도 원양어선을 타고 사람들의 눈앞에서 사라져주었다. 그사이 누구도 원치 않은 아이가 태어났고, 그녀는 친정 어미와 함께 소리 소문 없이 고향을 떠났다. 그 아이가 정동수였다. 이모는 말했다.

"네가 그 사람 얼굴을 쏙 빼닮았어. 나조차도 널 보면 깜짝깜짝 놀랄 정도니까. 네 엄만 평생 불행했다. 필시 그래서였을 터이지. 너를 대하면 어쩔 수 없이 그 사람 생각이 나서 고통스럽다고, 언젠가 내게 말하더구나. 그래선 안 되는 줄 알면서도, 좀체 너한테 정이 가지 않는다고……"

어흐흑. 청년이 손바닥으로 얼굴을 감싸 쥐었다. 그녀는 잠자코 술잔을 비워냈다. 그녀는 청년이 주절대고 있는 그 모든 얘기를 믿지 않았다. 대신 그녀는 자신의 육감을, 추리력을 확신했다.

'우연이라고? 천만에. 이건 운명이야. 이 모든 건 처음부터 정해져 있었어. 그 남자가 날 여기로 불러온 거야. 이 산골짜기 마을에서, 나를 자기 아들과 맞닥뜨리도록 만든 거야. 내게 복수하려고. 나를……'

그녀는 어금니를 앙다물었다. 그리고 탁자 위에 얼굴을 묻은 채 횡설수설하고 있는 청년을 노려보았다.

*

25년 전 그날. 휴전선 인접한 강원도 화천의 어느 산골. 계집아이는 고개를 넘고 있었다. 토요일이었다. 교문을 나서면 곧장 집으로 돌아가도록 해. 절대로 혼자서 가면 안 돼. 여럿이 패를 지어 함께 가란 말이야. 당분간 일요일에도 산에 올라가지 말고, 수상한 사람을 보면 즉시 군부대에 신고해야 한다. 알았지? 종례 시간에 선생님은 불안한 기색으로 말했다.

아이들은 교문을 나섰다. 초여름의 문턱, 하늘은 비를 쏟아낼 듯 한껏 우중충했다. 계집아이의 집은 고개 너머 마을에 있었다. 왁자지껄 앞서가는 무리의 맨 뒤에 처져서 아이는 혼자 느릿느릿 걸었다. 마을까지는 비포장 고갯길을 따라 한 시간 거리였다. 아이들은 탈영병 얘기로 떠들썩했다. 그저께 삼거리 검문소 부근에서 잡힐 뻔했다는 소문은 누구나 알고 있었다. 하지만 간밤 바로 이웃 마을에 출현했었다는 사실은 모르는 눈치였다.

계집아이의 아버지는 대위였다. 탈영 사고는 아버지의 옆 중
대에서 일어났다. 야간 경계 근무 중 사병 하나가 순찰 중이던
중사를 사살한 뒤에 도망쳤다. 총과 수류탄을 소지한 채로였다.
전 부대에 비상이 내려지고, 무장 병력이 수색 작전을 펴느라
연일 소동이었다. 열흘 넘도록 탈영병의 행방은 오리무중이었
다. 그런데 바로 어제 외딴집에 수상한 남자가 나타나 빨랫줄에
서 옷을 훔쳐갔다는 신고가 들어왔다. 이젠 잡히는 건 시간문제
라고, 그날 아침 아버지는 말했다. 며칠 만에 집에 들른 아버지
는 속옷만 갈아입고는 다시 지프를 타고 부대로 복귀했다.
　아이들은 벌써 모퉁이를 돌아 사라졌다. 혼자 뒤처진 계집아
이는 노래를 부르기 시작했다. 이 몸이 새라면 날아가리. 저 건
너 보이는 작은 섬까지. 그때였다. 홀연 주홍색 나비 한 마리가
나타나 눈앞을 팔랑팔랑 맴돌았다. 난생처음 보는 아름다운 나
비였다. 아이는 나비를 쫓아, 차도를 벗어나 숲으로 들어섰다.
그늘 짙은 골짜기를 따라서 절벽 근처까지 왔을 때 나비는 어디
론가 사라져버렸다.
　아이는 절벽 아래 옹달샘을 찾아갔다. 엎드려 물을 마시려는
데, 수면 위에 사람의 그림자가 비쳤다. 놀라 돌아보니, 한 남
자가 비석처럼 등 뒤에 혼자 우두커니 서 있었다. 짧은 머리,
헐렁한 검정 운동복에 군화를 신은 그 남자의 정체를 아이는 단
번에 알아차렸다. 이상하게도 별로 두렵지가 않았다. 남자의 눈
빛 때문이었을까. 마치 지구 반대쪽 나라에서 내내 혼자서 걸어

온 듯한, 한없이 슬프고 쓸쓸한 눈이었다.

"꼬마 아가씨. 이름이 뭐지?"

남자가 부드러운 음성으로 물었다.

"순지예요. 양순지."

"예쁜 이름이구나."

그의 등 뒤편 풀덤불 사이에 드러나 있는 검은 총신을 아이는
못 본 척했다. 함께 온 사람은 없니? 아뇨. 집에 가는 길인데,
목이 말라서요. 이 옹달샘은 나 말고는 아무도 몰라요. 아이는
태연히 종알거렸다. 오, 그래. 남자는 허물어지듯 바닥에 벌렁
드러누웠다. 완전히 기진맥진한 모습으로 그는 한동안 눈을 감
고 숨을 몰아쉬었다. 목덜미와 손등이 온통 상처투성이였다.

"혹시 담배 가진 거 없니?"

남자는 그렇게 말해놓고는, 스스로도 어이가 없는지 가지런
한 앞니를 보이며 씩 웃었다.

거참, 모를 일이야. 정 일병이라고, 나도 잘 아는 녀석이거
든. 입대 전에 결혼해서, 고향 집에 갓난아이까지 있다더군. 평
소 말수도 적고 양순한 녀석인데, 어떻게 그런 엄청난 짓을 저
질렀는지 모르겠어. 진짜 악질은 박 중사였지. 오죽하면 그 인
간, 죽어서 안됐다고 말하는 사람이 하나도 없을까. 전에 있던
부대에서도 박 중사 때문에 신병 하나가 자살한 사건이 있었대.
그 일로 해서 우리 부대로 쫓겨왔던 건데, 결국 이번엔 변을 당
한 거지. 아버지가 어머니에게 들려준 얘기였다.

"너, 내가 누군지 알고 싶지 않니? 난 약초꾼이야. 산삼도 캐고 꿀도 따러 다닌단다. 일행이 저 위쪽에서 지금 날 기다리고 있어. 물을 마시려고 혼자 내려왔다가 널 만났지 뭐냐."

남자는 묻지도 않은 얘기를 늘어놓더니, 문득 굳은 표정으로 말했다. 너, 연필이랑 공책 좀 빌려주겠니? 친구에게 편지를 쓸 거야. 급한 일이 있거든. 아이는 가방에서 필통과 공책을 꺼냈다. 아 참, 여기 봉투도 있어요. 학교에서 내준 가정 통신문인데, 난 알맹이만 있으면 돼요. 그래? 마침 잘됐구나. 고마워, 꼬마 아가씨. 그는 그것들을 받아 들고 또 힘없이 웃었다.

그가 나무에 기대앉아 뭔가를 쓰는 동안 아이는 옹달샘을 들여다보는 척했다. 끄윽. 남자가 두 손으로 얼굴을 가린 채 우는 것 같았다. 아이는 물 위에 나뭇잎을 띄웠다. 순지라고 그랬지? 이리 와보렴. 아이는 일부러 토끼처럼 깡충깡충 뛰어갔다. 너, 아저씨 부탁 하나만 들어주겠니. 아이는 남자의 크고 쓸쓸한 눈을 향해 고개를 끄덕였다. 이 편지를 부쳐다오. 친구와 급한 약속이 있었는데, 깜박 잊고 산에 올라왔지 뭐냐. 우체통에 집어넣기만 하면 돼. 염려 마세요, 아저씨. 동네 가게 앞에 우체통이 있거든요. 봉투를 가방에 넣으려는데, 그가 아이의 양쪽 어깨를 덥석 쥐었다. 또 한 가지, 나랑 약속하자. 날 봤다는 얘기, 누구에게도 해선 안 돼. 여긴 민간인 출입 금지 구역이라서, 약초를 캐다 들키면 벌금을 많이 물어야 하거든. 알겠니? 아이는 한껏 귀엽게 보이도록 웃었다. 염려 마세요. 이건 비밀이에요.

아이는 새끼손가락을 내밀었다. 순간 남자가 아이를 와락 껴안았다. 따가운 수염, 땀 냄새와 후끈한 체온 때문에 아이는 숨이 막히고 눈앞에 노란 아지랑이가 아롱거렸다. 남자가 팔을 풀었다. 그의 두 눈에 물기가 가득 고여 있었다. 자, 꼬마 아가씨. 집으로 돌아가야지. 약속, 절대 까먹지 말아야 해. 남자가 힘없이 웃으며 손을 흔들었다. 몇 걸음 오다가 뒤돌아보니, 그의 모습은 보이지 않았다.

위스키 한 병이 동이 났다. 그녀는 주방에서 큼직한 과일주 병을 통째 꺼내왔다. 지난가을 손수 담은 머루주였다. 만취한 청년이 술잔을 단숨에 비우고 나서 갑자기 소리를 질렀다.

"난 지금껏 저, 전혀 몰랐습니다. 내가, 어머니한테, 어, 어떤 존재였는지를 말입니다."

어흐윽. 그가 다시 훌쩍거리기 시작했다.

"거짓말! 모두가 거짓말이에요."

이번엔 그녀가 외쳤다. 예? 뭐, 뭐라고요. 청년이 취한 눈으로 멀뚱히 쳐다보았다.

"동수 씨 아버진 바다에서 돌아가신 게 아니야. 선원도 아니었고 태풍 따윈 애당초 없었어. 전부가 꾸며낸 얘기일 뿐이야."

"무, 무슨……"

"내 말 잘 들으세요. 난, 난 동수 씨 아버질 만난 적 있어요."

"노, 농담 마세요."

"농담 아녜요. 그분을 본 최후의 목격자가 바로 나라고요."

"거짓말. 어, 어떻게."

"진짜예요! 사실이라니까요!"

울음을 터뜨릴 듯 그녀는 얼굴을 찌푸렸다.

"말도 안 돼. 으흐흣."

동수가 눈을 감고 키득키득 웃었다. 붉게 충혈된 눈으로 그녀는 그를 쏘아보았다.

"내 육감은 한 번도 틀린 적이 없어. 그 사람은 분명 당신 아버지였어. 그럴 수밖에! 이 모든 게 운명이니까. 운명이 이렇게 우리를, 당신과 나를 마주하도록 만들어놓은 거라고! 아직도 그걸 모르겠어요? 눈 떠요. 그리고, 내 말을 똑똑히 들어요. 당신 아버지 고향은 목포가 아니고 강진이에요. 돌아가신 날은 6월 4일. 그것이 정확한 날짜예요. 아버진 군대에서 돌아가셨어요. 바다라니! 새빨간 거짓말! 원양어선이니 태풍 따윈 몽땅 지어낸 거야. 동수 씨 엄마랑 외할머니, 이모까지도 끝까지 그 비밀을 숨기려 했던 거야."

"도, 돌았군. 왜, 뭣 때문에, 어머니가? 끅."

그녀는 청년의 얼굴을 뚫어져라 들여다보며 이렇게 말했다. 당신 엄만 남편을 끔찍이도 사랑했을 거야. 하늘처럼 믿고 의지했겠지. 그러나 그는 사람을 죽였어. 자신을 괴롭히던 중사뿐만 아니라, 죄 없는 약초꾼 할머니까지 살해했지. 그런 끔찍한 짓을 저지르고 자살한 남편을 엄만 절대 용서하실 수 없었을 거

야. 부처님께 수천 수만 배를 하고 또 해봐도 소용없는 일이었
겠지. 세상 사람들은 손가락질하며 침을 뱉었을 거야. 살인마의
처, 살인마의 아들이라고 말이야. 빤한 일이잖아? 결국 엄마는
아들을 데리고 아무도 모르는 곳에서 오래 숨어 살게 되었던 거
야. 그러니, 어떻게 사실을 밝힐 수 있었겠어. 아무것도 모르는
어린 아들에게 그 끔찍한 얘길 어떻게…… 안 그래요? 이래도
이해가 가지 않아요? 완전히 열에 들뜬 그녀는, 연기에 몰입한
배우처럼, 혼자 기묘한 눈빛을 반짝이며 놀랍도록 빠른 속도로
말을 이어나갔다.
　“동수 씨. 놀라지 마세요. 아버진 스스로 목숨을 끊었어요.
강원도 화천 대성산 부근, 곰치 고개에서. 군인들한테 포위를
당하자 수류탄으로 자폭을……”
　“뭐, 뭐라고요?”
　“이 두 귀로 똑똑히 들었어요. 폭발음을. 내가 그날 현장에
서……”
　“미쳤군. 완전히, 미, 미쳤어. 하하하.”
　청년이 탁자에 머리를 처박고 킬킬거렸다.

　계집아이가 큰길로 나왔을 때, 고개 아래쪽에서 군용 트럭 몇
대가 맹렬한 속도로 달려왔다. 무장한 병사들이 숲 속에서 우르
르 튀어나와 아이를 에워쌌다. 지프 위에서 소령이 훌쩍 뛰어내
렸다.

"너, 방금 저쪽 숲에서 나왔지?"

아이는 숨조차 쉬지 못했다. 맞았어. 너, 수상한 사람을 보았구나. 소령은 허리에 찬 검은 권총을 만지며 다그쳐 물었다. 그때 누군가 달려와 아이의 손을 그러잡았다. 순지야. 너 여기서 뭘 하는 거냐. 아버지였다. 어라. 애가 양 대위 딸이었어? 잘됐군. 애 눈치가 좀 이상해. 그 새낄 본 것 같아. 아이의 입에서 왁 울음이 터져 나왔다. 아버지가 물었다.

"대답해. 그 사람, 어디 있지?"

아이의 오줌보가 터질 듯 팽팽히 차올랐다. 아빠한테 대답해. 어느 쪽이지? 아이의 손가락이 절벽 쪽을 정확히 가리켰다. 오케이! 날 따라와! 소령이 권총을 뽑아 들며 소리치자 병사들이 새까맣게 고개 아래로 내닫기 시작했다. 수많은 트럭이 속속 뒤이닥쳤다. 곧 엄청난 총성이 고개 중턱에서 터져 나왔다. 순간 치마 속에서 오줌보가 분수처럼 쏟아져 나왔고, 아이는 깜박 의식을 잃어버렸다. 눈을 떠보니, 앰뷸런스 안이었다. 병사 두 명이 무전기를 쥔 채 떠들어댔다.

"강 병장님. 상황 끝이랍니다."

"어찌 된 거야?"

"자폭했대요. 수류탄 까서."

"시발, 또 우리만 죽어나겠군."

아이는 사지를 부들부들 떨기 시작했다. 온몸이 불덩이처럼 끓어올랐다. 어, 이 꼬마가 왜 이러는 거야. 얀마, 정신 차려.

아이는 두 눈을 감았다. 눈앞으로 거대한 파도가 까맣게 덮쳐
왔다.

*

우당탕. 술잔을 움켜쥔 채 청년이 탁자 아래로 쓰러졌다. 완
전히 인사불성이었다. 그녀 역시 만취한 상태였지만, 의식을 놓
지 않으려 안간힘을 쓰고 있었다. 이미 자정이 넘었다. 음악은
오래전 멈추었고, 스피커 혼자 지직 지직 소음을 내고 있었다.
밖은 빗소리가 요란했다. 일어나요, 동수 씨. 내 얘길 들어야
해요. 손바닥으로 탁자를 쾅쾅 두드리며 여자는 소리를 질렀다.
빈 술병이 바닥으로 굴러떨어져 박살이 났다.
　"뭐, 뭡니까. 왜 나를 괴, 괴롭히는 거요."
　청년은 실눈을 뜨고 실실 웃으며, 방아깨비처럼 고개를 앞뒤
로 흔들어댔다.
　"내 손을 봐요, 동수 씨. "
　그녀는 그의 눈앞에 자신의 오른손을 들이밀었다. 이 손을 보
라니까요. 연신 키득키득 웃어대던 청년은 홀 바닥으로 아예 벌
렁 드러눕더니, 소리 내어 엉엉 울기 시작했다. 으으, 엄마. 불
쌍한 엄마. 그녀도 무릎을 꺾으며 풀썩 주저앉았다. 그리고 청
년의 머리를 부드럽게 안아서 자신의 무릎 위에 올려놓았다. 이
몸이 새라면 날아가리. 저 건너 보이는 작은 섬까지. 여자의 입

에서 노래가 가만가만 흘러나왔다.

*

　탈영병의 자살로 수색 작전은 종료되었다. 아이는 꼬박 사흘을 앓아누웠다. 미친개같이 쏘다니느라 몸살이 난 거라고, 어머니는 읍내에서 쓰디쓴 탕약을 지어와 억지로 먹였다. 아이는 밤낮없이 혼곤한 잠에 빠져들었다. 꿈속에서 그 남자의 얼굴이 보였다. 꼬마 아가씨. 약속을 잊으면 안 돼. 남자는 쓸쓸하게 웃으며 낙엽송 아래 서서 손을 흔들었다. 사흘째 되는 날, 아이는 눈을 떴다. 한낮의 집 안은 깊은 물속처럼 조용했다. 아이는 자리에서 일어나, 책가방 속에서 편지봉투를 찾아냈다. 서울 관악구 봉천동 ○○번지. 홍은숙 앞. 아이는 와들와들 떨리는 손으로 종이를 펼쳤다.

은숙이. 사랑하는 당신. 부디 이 편지가 당신 손에 들어갈 수 있게 되기를 하느님께 빌고 있어. 요 며칠 동안 내게 대체 무슨 일이 일어난 것일까. 이 모두가 그냥 꿈이었으면, 악몽이었으면 하고 천번 만번 눈을 감았다 떠보곤 해……

　급히 휘갈겨 쓴, 짧막한 편지였다. 질 나쁜 종이 위엔 군데군데 눈물 얼룩이 남아 있었다. 아이는 부엌으로 나가 연탄아궁이

뚜껑을 열었다. 시뻘건 불꽃이 악마의 혓바닥처럼 일렁거리고 있었다. 봉투째 아궁이 속에 던져 넣자마자 아이는 후다닥 방 안으로 뛰어들었다.

*

청년은 여자의 무릎 위에서 곤히 잠들었다. 그녀는 오랫동안 그의 얼굴을 뚫어져라 들여다보고 있었다.

'그래. 모두들 떠났어. 많은 것들이 내 곁을 지나쳐 가버렸 지. 이젠 나 혼자만 이렇게 남겨졌어.'

후두둑. 굵은 눈물 방울이 청년의 이마 위로 떨어졌다. 꺼칠 한 턱과 볼, 코와 눈썹 위에도 눈물은 계속 떨어져 내렸다. 으 으으. 몸을 가볍게 떨더니, 청년의 팔이 여자의 허리에 힘껏 휘 감겼다. 엄마. 어, 엄마. 그의 손이 여자의 젖가슴을 더듬었다. 희미한 미소를 입가에 머금은 채 그녀는 자신의 블라우스 단추 를 하나씩 천천히 풀어내기 시작했다. 이윽고 빈약한 가슴을 활 짝 열고, 그녀는 청년의 입술에 젖꼭지를 찾아 물려주었다. 청 년의 흐느낌이 멎었다.

"울지 마요. 사랑하는 당신. 이 편지가 당신 손에 가 닿기를 하느님께 기도하고 있어요. 모두가 꿈이었으면, 악몽이었으면 하고 천번 만번 눈을 감았다 떠보곤 해요. 아아, 날 용서해줘 요. 사랑하는 당신. 사랑하는 내 아들……"

자신의 품에 안겨 곤히 잠든 청년의 얼굴을 들여다보며, 여자
는 끝없이 중얼거리고 있었다. 비는 밤새도록 내릴 모양이었다.

에필로그

정동수는 평소보다 일찍 잠자리에서 일어났다. 출근 전 이삿짐을 꾸려놓아야 했다. 짐이라야 단출하기 그지없었다. 이부자리를 뭉뚱그려 보자기로 싸고, 얼마 안 되는 옷가지며 책들을 가방에 담고 나자 방 안이 금세 휑해졌다. 방바닥을 비로 쓸어내고 있는데, 하숙집 아주머니가 문밖에서 식사 준비가 되었음을 알렸다. 밥상 위 반찬들이 전에 없이 화려했다. 누구 생일이냐는 동수의 물음에 그녀는 쑥스러운 듯이 웃었다.

"오늘 떠나면 정 선생 다시 못 볼 텐데, 잘 먹여 보내려고 일부러 차린 거래요. 맛있게 많이 들어요."

"다시 못 보긴요. 가끔 놀러 오겠습니다."

"맘이야 그래도, 역이 폐쇄되고 나면 일부러 예까지 찾아올 일이 어디 있겠수?"

"완전히 폐쇄되는 건 아녜요. 근무자는 없어도, 역은 당분간 남아 있을 겁니다."

"텅텅 빈 게 무슨 역이래요? 지키는 사람 없으면 폐가나 마찬가진 걸. 세상에 원, 기차역이 없어질 줄 누가 알았담. 엔간한 사람은 도시로 다 빠져나가고, 이젠 역까지 없어지게 생겼으니, 우리 같은 산골 사람들은 희망이 없는 거여, 진짜."

동수는 수저를 집어 들었다. 입맛이 당기지 않았다. 그러고 보니 이 집에서의 마지막 식사로구나. 새삼스레 마음이 뒤숭숭해졌다. 마을 사람들 심정 역시 그러할 터였다. 수십 년 동안 마을의 중심 역할을 해왔던 역이 돌연 역무원 한 명 없는 텅 빈 건물로 버려진다는 사실을 받아들이기 쉽지 않으리라. 겨우 밥그릇을 비운 뒤 동수는 출근 준비를 했다.

"짐은 방에 그대로 두고 갑니다. 이따 저녁에 들러서 마저 가져갈게요."

주인 여자에게 인사를 남기고 동수는 하숙집을 나섰다. 오후 근무를 마치는 대로 그는 자신의 중고 아반떼에 짐을 옮겨 싣고 새 근무지인 원주로 향할 생각이었다. 아침부터 잔뜩 흐린 날씨였다. 오후부터 산간 지역엔 눈발이 오락가락할 거라는 일기예보를 떠올리며 동수는 잰걸음을 했다. 교대 시각은 오후 1시였지만, 역사를 비워주려면 아직 할 일이 남아 있었다. 그는 이날의 마지막 근무자였다. 아마도 별어곡역 최후의 근무자로 기록될 것이라는 생각에 쓴웃음이 흘러나왔다. 역무실에 들어서니,

박이 자신의 책상을 정리하고 있었다.

"시설공단 사람들이 오후에 도착한답니다. 곧장 설비 철거 작업에 들어갈 예정이니, 사무실을 깨끗이 비워달라는군요."

"그렇게 빨리?"

"어차피 떠날 거, 얼른 나가라는 거겠죠. 선배님은 아무래도 많이 늦어지시겠군요. 어쩌죠. 이별주라도 나눠야 할 텐데."

"박 계장 먼저 출발하지. 이별주는 그저께 마셨잖아."

"하긴, 제천에서 원주는 금방이니까 앞으로 자주 볼 수 있겠네요."

동수보다 세 살 아래인 박은 이곳이 두번째 부임지였다. 사방 콱 막힌 골짜기 동네를 늘 답답해하던 박은 제천역으로 발령을 받게 되자 싱글벙글했다. 또 한 명의 근무자 유 씨는 전날 밤 근무를 마치자마자 영주로 떠났다.

별어곡역의 등급이 '보통역'에서 '1인 배치 간이역'으로 격하된 건 5년 전이었다. 등급 격하 조처와 함께 전국에서 정선선에만 유일하게 남아 있던 완행열차인 비둘기호가 폐지되고, 대신에 통일호가 운행되기 시작했다. 그 이후부터는 역무원 세 명이 하루 삼교대로 한 명씩 근무해왔으나, 그나마도 이제 몇 시간 후면 끝이었다.

2004년 3월 31일. 오늘은 역무원들뿐만 아니라 별어곡 주민들에게도 특별한 날이었다. 이날을 마지막으로, 별어곡역은 근무자가 단 한 명도 없는 '무배치 간이역'으로 떨어지게 될 운명이었다. 그와 동시에 증산역과 아우라지역 구간을 운행해온 통일호 열차도 폐지된다. 낡은 기관차 꽁무니에 달랑 객차 한 칸만 달고 시속 50킬로미터로 정선선을 오가던 그 느림보 '꼬마 열차'는 몇 시간 후면 영영 역사 속으로 사라질 터였다.*

"이별하는 골짜기라니! 누가 하필 이름을 그렇게 붙였나 몰라."

"왜?"

"막상 여길 떠나려니까 속이 영 불편해서요. 인수인계할 후임자도 없이, 꼭 빈집 버려두고 우리만 도망치는 것 같아, 주민들에게 죄스럽기도 하고요."

"나 역시 그래. 이 낡은 역 건물한테도 미안하고……"

12시, 박은 자신의 승용차에 짐을 싣고 먼저 떠났다. 제천에 아파트를 얻어 주말부부 신세를 면하게 된 까닭에 박은 무척 밝은 표정이었다. 박을 떠나보낸 뒤 동수는 자신의 책상 서랍과 캐비닛 안의 잡동사니를 마저 가방 안에 쓸어 담았다. 이제 역무실 안에 남은 건 책걸상과 폐지 더미가 전부였다. 나머지 복잡한 통신 설비들은 시설공단 직원들이 알아서 처리할 터였다.

동수는 폐지와 잡동사니를 상자에 담아 앞마당 한쪽으로 옮겼다. 그것들을 불에 태우고 있을 때, 용달차 한 대가 주차장으로 들어섰다. 기사의 부축을 받으며 차에서 내린 사람은 뜻밖에

---

* 실제로 별어곡역이 무인역으로 격하된 시점은 이보다 1년 후인 2005년 3월 21일이다. 소설에선 편의상 고속철도가 개통되고 통일호가 폐지된 2004년 4월 1일로 설정했음을 밝힌다.

도 신태묵 씨였다. 5년 전 신 씨가 명예퇴직한 이후, 두 사람이 만나기는 처음이었다.

"신 주사님!"

"정 군 아닌가. 여태 여기 있었나!"

신 씨도 반색하며 동수의 손을 잡았다.

"아닙니다. 태백에서 작년에 재차 이쪽으로 왔지요. 여기까지 웬일이십니까."

"무인역이 된다는 소식에 마지막으로 한번 와보고 싶더군. 사위가 마침 이쪽에 일이 있다기에 따라나섰다네."

동수는 신 씨의 사위 송영인과도 반갑게 악수를 나누었다. 신 씨가 입원해 있을 때 몇 차례 본 적이 있었다. 신 씨의 건강은 몰라보게 좋아진 것 같았다. 퇴직할 때만 해도 휠체어를 이용했는데, 지금은 지팡이에 의지해 혼자 충분히 걸어 다닌다고 했다. 송영인은 평창에 볼일이 있어 잠시 다녀오겠다며 차를 몰고 떠났다.

"내 걱정은 말고 천천히 돌아오게나. 여차하면 나는 증산에서 기차를 타도 되니까."

사위에게 신 씨가 말했다. 역무실로 자리를 옮긴 두 사람은 그간의 소식을 주고받았다. 신 씨는 양평읍에서 혼자 지내고 있었다. 딸 내외는 노량진 수산시장에서 장사를 새로 시작했고, 그는 어린 손녀 재롱 보는 재미에 종종 서울 나들이를 한다고 했다. 참, 양기백 그 친구는 어디서 근무하는지 궁금하구먼. 신 씨가 물었다.

"양 선배는 퇴직한 지 꽤 됩니다. 신 주사님 떠나시고 반년쯤 뒤에요."

"아니, 왜 그리 일찍?"

당시 3년간에 걸친 경영합리화 계획에 따라, 양 씨를 포함해 수천 명이 옷을 벗고 나갔다. 그 기간에 감축된 인원만 해도 무려 8천 명. 과거 철도청 전체 인력 3분의 1에 가까운 엄청난 숫자였다. 까짓것. 굶어 죽기야 하겠나. 정 시인, 언제 한번 인제로 찾아오라고. 메밀칼국수랑 불고기를 푸짐하게 대접해줄 테니까. 우리 마누라가 음식 솜씨 하난 괜찮거든. 헤어지던 날, 양 씨는 애써 밝은 얼굴로 웃어 보였다. 지금도 그는 고향 인제 읍내에서 아내와 함께 식당을 꾸려나가고 있을 터였다.

그때 누군가 큼지막한 골판지 상자를 가슴에 안고 안으로 불쑥 들어섰다. 정선식당 주인 내외였다. 서 씨 내외는 대뜸 상자를 풀어, 책상 위에 음식 접시며 술병들을 늘어놓았다.

"이게 다 뭡니까?"

"신 주사님께서 내신 거라네. 이웃에서 노인들 몇 분도 오실 거야."

서 씨가 말했다.

"신 주사님도 참. 당연히 제가 대접해드려야 할 텐데."

동수는 머리를 꾸벅 숙였다.

"아닐세. 내일이면 역이 텅텅 비고 말 텐데, 서로 이별주라도 나누고 헤어져야 하지 않겠나. 허허.”

잠시 후 마을 노인 예닐곱 명이 한꺼번에 찾아들었다. 동수는 구석에 쌓아놓았던 의자들을 도로 꺼내왔다. 이어 우체국장과 약국 주인 송 씨도 찾아왔다. 열댓 명이 모이자 썰렁하기 그지 없던 역사가 한바탕 시끌벅적했다. 술잔 오고 가는 광경이 얼핏 무슨 잔칫날 같았다. 하지만 그도 잠시, 사람들은 문득문득 착잡한 표정으로 되돌아왔다.

“이 역이 들어선 지 한 40년쯤 됐나?”

“그리 될 거구면요. 1966년, 그해 우리 집을 새로 지었으니까는.”

“그런데 어째 백 년도 더 된 것 같은 느낌이네그려.”

“정이 들어봐서 그러지 뭐.”

“나는 중고등학교 6년을 통학한 탓에, 기차는 원 없이 타보았구면.”

“이보게. 나는 자식 일곱을 이 역에서 죄다 도시로 떠나보냈다네.”

“역 건물은 당분간 이대로 남겨둘 거라면서?”

“누가 그걸 믿어? 보나마나 3년도 못 가서 때려 부수고 말걸.”

그런저런 대화가 오고 가는데 짠짜자안, 텔레비전에서 요란한 팡파르 소리가 터져 나왔다.

2004년 4월 1일. 우리 앞에 새로운 세상이 열립니다. 경이로운 속도의 혁명이 시작됩니다. 세계에서 다섯번째! 시속 3백 킬로미터의 꿈의 철도. 자랑스러운 대한민국 고속철도가 서울 부산 간을 2시간 20분에 주파합니다……

연일 귀 따갑게 쏟아내는 고속철도 홍보 방송이었다. 공사 개시 후 12년 만의 개통식이 바로 내일이었다. 전국적으로 대대적인 축하 행사가 예정되어 있었다. 하지만 그 시각을 기점으로 이 땅의 수많은 역들이 무인 간이역으로 일제히 바뀌게 된다는 사실을 아는 사람은 거의 없을 터였다. 정선선 일곱 개 역 중, 증산과 정선을 제외한 다섯 개 역 모두 똑같은 운명이었다.

노인들은 한동안 흐린 시선으로 텔레비전 화면을 멍하니 올려다보았다. 유선형의 날렵한 초고속열차가 꿈길 같은 들판과 강과 다리를 지나 섬광처럼 현란한 속도로 질주하는 광경이 펼쳐졌다. 노인들의 눈에 그것은 마치 지구 밖으로 날아가는 우주선처럼 낯설기만 했다. 속도의 혁명도, 꿈의 철도도 오직 도시 사람들의 몫일뿐이었다. 저쪽에선 우주선이 씽씽 나는데, 우린 고작 이 코딱지만 한 간이역조차도 빼앗기고 마는구나. 노인들의 흐린 눈빛들은 그렇게 말하고 있었다.

그사이 동수는 밖으로 나가 오후 2시 10분 구절리행 열차를 통과시킨 다음 돌아왔다. 종점인 구절리역은 5개월 뒤엔 완전히 폐쇄될 운명이었다. 여량—구절리 구간 노선이 아예 폐지되는 까닭이었다. 이윽고 사람들은 하나 둘 자리에서 일어났다.

저마다 불콰한 얼굴을 하고 역사 유리문을 통해 어정어정 플랫폼으로 몰려나왔다. 약국 주인 허 씨가 철로 레일 위에 올라서더니, 문득 탄식하듯 뇌까렸다.

"이 역을 통해 참 무수히 많은 사람들이 떠나고 찾아들고 했었지. 이젠 그걸 누가 기억이나 해줄까."

그 말이 신호라도 되는 양, 노인들은 일제히 철길 이쪽저쪽 끝으로 흐린 시선을 보냈다. 산모퉁이를 돌아 아스라이 사라지는 철길 풍경이 오늘따라 유난히 서글퍼 보였다.

생각해보니, 정말 그러했다. 이 작은 간이역에서 얼마나 많은 이별과 만남을 치렀던가. 좋은 일도 많았지만, 궂은 일이 더 많았던 성싶다. 슬하의 자식들 줄줄이 기차에 태워 도시로 시집 장가를 보냈다. 그들 중 누구 하나 고향에 터 잡고 눌러앉은 녀석은 없다. 한번 떠났다가 끝내 살아서 돌아오지 못한 이들은 또 얼마나 많은가. 큰 병원을 찾아 서울로 원주로 나섰다가 결국 시신이 되어 돌아온 부모, 형제, 혹은 마누라……보따리 싸서 집 나간 그길로 영영 남이 되고 만 며느리. 군대 갔다가 월남에서 졸지에 유골로 변해 귀향한 아들. 탄광 낙반 사고로 석탄 더미에 깔려 죽은 동생. 일자리 찾아 서울로, 공장으로, 탄광으로, 식모살이로, 공사판으로 하나 둘씩 떠나간 얼굴들…… 그들 모두 이 초라한 산골 역에서 기차를 타고 고향을 떴다. 그런데, 이젠 역무원들마저 완전히 떠난다고 하지 뭔가. 무인역으로 격하되었다나. 그놈의 '격하' 라는 말이 노인들의 가슴에 천근 무게로 덜커덕 얹힌다. 더 이상 떠밀려날 자리도 없는데, 이젠 아예 개울 구덩이에 처박히는 것만 같은 기분이다.

"참! 오늘 같은 날, 여기 꼭 있어야 할 사람이 하나 있는데……"

대합실을 지나 역 마당으로 나설 때 누군가 말했다.

"누구 말여?"

"가방 할멈! 날이면 날마다 이리 출근해, 혼자 맥 놓고 앉아 있었잖어. 딱 저 자리에서."

"맞아, 그랬지. 그 할망구 죽었을 때, 테리비에 나온 사진 봤나? 젊었을 적엔 제법 한 인물 했겠더구먼."

재작년 가을, 노파는 세상을 떠났다. 동수가 태백에서 근무할 때였다. 텔레비전 지역 방송 뉴스를 본 동수는 제천의 종합 병원에 차려진 빈소를 찾았다. 조문객은 드문드문했다. 몇몇 사회단체의 사람들과 함께 정신대 피해자 할머니들이 한쪽에 앉아 있었다. 국화에 파묻힌 액자 속 노파의 젊은 얼굴은 더없이 고왔다. 전 씨 아주머니와 박 선생이 그를 반갑게 맞아주었다. 노파는 잠자리에 든 채 편안히 숨을 거두었다고 했다. 부처님이 마지막으로 복을 내려주신 거여. 이승에서는 지옥 같았지마는, 다음 세상에선 아들딸 낳고 백배 천배 행복하게 사실 것이구먼. 그래요. 분명 그러실 거예요. 전 씨의 말에 박 선생이 화답을 했다. 동수 역시 영정 앞에서 절을 하면서 되뇌었다. 할머니. 저도 그렇게 믿습니다. 믿고말고요.

노인들은 동수와 일일이 악수를 나눈 다음, 올 때처럼 한무리가 되어 마을로 돌아갔다. 4시 반, 송영인의 용달차가 주차장으로 들어왔다. 신 씨와 헤어질 시간이었다. 차에 오르기 전, 신 씨는 지팡이에 의지한 채 잠시 역사 주변을 우두커니 바라보았다.

"참으로 비정한 세상이지 뭔가. 빠른 것, 새것은 무조건 선이고, 느리고 오래된 건 모조리 악이 되고 말아. 이런 간이역들은 이 땅에서 곧 흔적도 없이 사라지겠지. 철도 공무원 36년에 수많은 역을 돌아다녔네만, 어째선지 난 이 도토리 깍지만 한 역이 유난히 기억에 남는다네."

"저 역시 그럴 것 같은 예감이 듭니다. 왠지 모르지만요."

"저 이름 때문인가. 허허."

벌어곡. 지붕 위에 걸려 있는 역 간판을 올려다보며 신 씨는 혼자 웃었다. 모쪼록 건강하십시오, 신 주사님. 동수의 손을 힘껏 잡았다 놓는 신 씨의 눈빛은 깊고 쓸쓸했다. 주차장을 나선 용달차가 사거리 모퉁이로 사라질 때까지, 동수는 조용히 서서 지켜보았다.

문득 맞은편 찻길 건너에 동수의 시선이 멎었다. 그 조립식 창고 건물은 전에 빵집 '음악이 있는 베이커리'가 있던 자리였다. 태백에서 그가 재차 이곳으로 발령을 받아 출근한 첫날, 때마침 포클레인 한 대가 헌 집을 부수고 나서 터를 고르는 중이었다. 불현듯 안경 쓴 말라깽이 여자의 얼굴이 떠올랐다. 그리고 봄비 쏟아지던 어느 날 밤도.

그날 밤의 일이 동수에겐 여전히 찜찜한 수수께끼로 남아 있었다. 대체 무슨 일이 있었던 걸까. 새벽에 눈을 떠보니, 여자의 모습은 어디에도 없었다. 허둥지둥 빠져나온 뒤, 그는 출퇴근길마다 그 집 쪽엔 아예 눈길도 주지 않았다. 한참 뒤에야 그는 여자가 한밤중에 이삿짐을 싣고 소리 없이 떠났다는 소문을 들었다. 왜, 어디로 갔는지, 누구도 알지 못했다. 동수는 오랫동안 마음이 뒤숭숭했다. **울지 마요. 사랑하는 내 아들.** 그 빵집 여자가 자신을 껴안고 웅얼거리던 말. 동수가 기억하는 건 오직 그 어렴풋한 한마디뿐이었다. 그 여자는 왜 그런 이상한 소리를 했을까. 새벽에 눈을 떠보니, 놀랍게도 그 여자의 방에 그 혼자 누워 있었다. 그건 또 어찌된 영문이었을까. 까닭 없이 얼굴이 훅 달아올라, 동수는 얼른 돌아선다. 그녀는 어디로 갔을까. 왠지 그녀에게 무슨 잘못이라도 지은 양, 동수는 마음 한 귀퉁이가 저릿해온다.

19시 20분. 동수는 플랫폼으로 나가 마지막 열차를 기다렸다. 어둠이 깔린 철길 위로 진눈깨비가 내리기 시작했다. 5분 늦게, 열차는 숨을 헐떡이며 도착했다. 역시 내리는 손님은 아무도 없었다. 승무원 김 씨가 열차에서 훌쩍 뛰어내렸다.

"자네가 마지막 근무자였군."

“예. 선배님도 마지막이시죠?”

“젠장. 오늘은 모든 게 마지막이구먼. 통일호 열차도 이걸로 영원히 끝이니 말일세.”

“참, 그렇군요.”

내일 아침부터 정선선엔 전국 어디에도 없는 ‘통근 열차’라는 기이한 명칭의 열차가 운행된다. 정규 노선에서조차 제외된 임시 운행 열차인 셈이다. 정선선의 미래에 관해선 아직 소문만 무성했다. 서울 사람들을 위하여 읍내 오일장을 겨냥한 관광 열차로 바뀔 거라고도 하고, 객차 내부를 개조해 카페 열차를 만든다고도 했다. 어쨌건 또 다른 폐차 직전의 고물 기관차에 객차 한 량만 달랑 매단 열차가 당분간 매일 두 차례씩, 이 무인 간이역에 1분간 멎었다 떠나곤 할 것이었다.

“잘 가게나.”

“예, 선배님도 안녕히 가십시오.”

악수를 나누고 김 씨는 열차에 훌쩍 뛰어올랐다. 동수가 신호를 보내자 열차는 서서히 움직이기 시작했다. 어둠 속으로 멀어지는 열차를 향해 동수는 차려 자세로 거수경례를 했다. 열차의 불빛이 완전히 지워지는 순간, 동수는 까닭 없이 울컥 목이 메었다. 역무실로 돌아와 무선 전화기로 증산역에 업무 종료 보고를 했다.

“아아, 잘 알았습니다. 수고 많았습니다. 이상.”

회신은 언제나 그러하듯 지극히 간단명료한 문장으로 끝났다. 동수는 수화기를 쥔 채로 잠시 멍하니 서 있었다.

'여보세요. 여긴 별어곡역입니다. 이것이 마지막 보고입니다. 오늘이 이 별어곡역 최후의 날이란 말입니다. 제 말 들리십니까……'

동수는 전화기에 대고 그렇게 마구 소리치고 싶었다.

시설공단 직원 두 사람이 자동차를 타고 도착했다. 저녁을 먹고 오느라 조금 늦어졌다고 했다. 동수는 그들에게 열쇠 꾸러미를 인계해준 다음 가방을 들고 일어섰다. 도로가 꽤 미끄럽습니다. 운전 조심하십쇼. 문을 열고 나오려는데, 등 뒤에서 사내 하나가 말했다.

동수는 자동차에 올라 시동을 걸었다. 어느새 진눈깨비는 눈으로 변해 있었다. 수천수만 마리의 흰나비들이 고요히 허공을 날고 있는 모습을 동수는 잠시 지켜보았다. 노면이 얼기 전에 마차 고개를 넘으려면 서둘러야 했다. 공터를 천천히 빠져나오던 동수는 문득 차를 세웠다. 꼭 누군가 자신의 이름을 부르고 있는 것만 같았다. 창유리를 내려 고개를 내밀고 그는 사방을 두리번거렸다. 역사 앞마당은 횅하니 비어 있었다.

동수는 창을 올리고 다시 핸들을 움켜잡았다. 별어곡 골짜기가 온통 하얗게 눈 속에 묻혀가고 있었다. 3월의 꽃눈이었다.

* 2005년 3월 21일 무인 간이역으로 격하된 이후, 수년 동안 창문마다 합판으로 못질해놓은 채 방치되어 있던 별어곡역은 2009년 8월, 역사 리모델링을 통해 지금은 '민둥산 억새 전시관'으로 바뀌었다. 현재, 이 작은 무인역엔 매일 1회씩 왕복 운행하는 아우라지─제천, 아우라지─청량리 간 무궁화호 열차가 1분간 정차한다.

　몇 해 동안 강원도 산간 지역을 혼자 무던히도 돌아다녔다. 사방이 막힌 정선의 산골짝에서 그 작은 간이역과 마주친 것은 순전히 우연이었다.

　'별어곡(別於谷)'

　도토리 깍지만 한 역사 지붕에 걸린 그 낡은 간판을 보는 순간, 가슴속에서 뭔가 툭 끊어지는 소리가 났다. 역 건물은 폐가나 다름없었다. 합판으로 못질 된 창문들, 칠 벗겨진 벽체와 지붕, 잡초 무성한 화단…… 그날 먼지 수북한 대합실 나무 의자에 나는 한참을 홀로 우두커니 앉아 있었다.

　그날 밤, 꿈속에 그 간이역이 다시 보였다. 역사는 말쑥한 모습이었고, 대합실엔 흰옷 입은 낯선 얼굴들이 삼삼오오 모여 기차를 기다리고 있었다. 그때 누군가 내 귀에 대고 속삭였다.

"나를 기억해줘."

꿈에서 깨어났을 때, 나는 그 버려진 역이 나한테 말을 걸어 온 것이라고 생각했다. 이 소설은 그렇게 해서 태어났다. 그러므로 두 남자와 두 여자의 이야기로 이루어진 이 소설의 진짜 주인공은 그 간이역이다. '이별하는 골짜기'라는 애틋한 이름을 지니고 태어났으나, 이젠 모두에게 잊힌 채 홀로 흔적 없이 스러져가고 있는……

마치 묘비처럼, 그 무인역은 아직 그 자리에 서 있을 것이다. 빠름은 무조건 선이고, 느림은 악이 되는 시대. 일회용 감각, 일회용 이미지, 일회용 관계들만 넘쳐나는 이 세상은 더는 지난 시간을 향해 고개를 돌리려 하지도, 기억하려 하지도 않는다. 어쩌면 우리는 지금 저마다의 생애조차도 일회용이기를 꿈꾸고 있는 건 아닌가. 혹 그렇다면, 이 소설은 과거의 시간에 포박된 사람들, 혹은 망각을 거부하는 사람들의 이야기라고 불러도 좋겠다.

처음 연재 당시의 원고에 비해 많이 달라졌다. 「겨울—귀로」 부분에 특히 심혈을 기울였는데, 한국정신대문제대책협의회에서 발행한 여러 권의 증언록 및 연구 논문들로부터 큰 도움을 받았다. 그분들의 놀라운 의지와 귀한 노력에 깊은 경의와 감사를 바친다. 철도와 관련한 자료 수집을 성심껏 도와주신 김

세홍 선생님, 유종욱 군, 또 이 책이 나오도록 애써주신 문학과
지성사 여러분께 두루 감사드린다.

2010년 여름, 관악산 기슭에서
임철우